Von einem Tag auf den anderen geht der 13-jährige Hugo nicht mehr zur Schule. Ängste bestimmen seinen Alltag. Zwischen den Stühlen seiner geschiedenen Eltern sucht er sich und seine Identität und findet Ullrich Lichte, einen Schulbegleiter, der ihn wieder in die Normalität zurückführen soll. Doch Hugos Angst und sein Misstrauen, den meisten Männern gegenüber, bilden eine heikle Ausgangslage für dieses Unterfangen.

Ein Entwicklungsroman über das Seelenleben eines verunsicherten Jugendlichen, der die ersten Schwellen zur Erwachsenenwelt überschreiten muss.

Hendrik von Drachenfels, geboren 1992 in Hannover, studierte nach seinem Abitur an der Stiftung Universität Hildesheim Grundschullehramt. Heute arbeitet er als Grundschullehrer in Hannover. „Irgendwas in mir" ist sein Debütroman.

Kontakt: irgendwasinmir@hendrikvondrachenfels.de

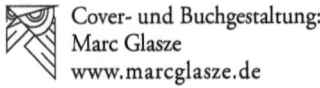
Cover- und Buchgestaltung:
Marc Glasze
www.marcglasze.de

ROMAN

IRGENDWAS IN MIR

Hendrik von Drachenfels

Bibliografische Information der Deutschen Nationalbibliothek:
Die Deutsche Nationalbibliothek verzeichnet diese Publikation in der Deutschen Nationalbibliografie; detaillierte bibliografische Daten sind im Internet über dnb.dnb.de abrufbar.

© 2021 Hendrik von Drachenfels
Herstellung und Verlag:
BoD - Books on Demand, Norderstedt

ISBN: 978-3-7543-1720-4

Für Elisabeth,
Sunhild
und Jörg-Ulrich

Jedes Jahr aufs Neue werfen Laubbäume im Herbst ihr Laub ab. Sie ziehen die wertvollen Stoffe, die sie zum Leben benötigen, in ihren Stamm zurück, um sich für die kälteste Jahreszeit zu wappnen.

Die Blätter stellen für sie eine zunehmende Gefahr dar. Richtung Winter wird der Boden immer trockener. Würde weiterhin Feuchtigkeit über die Blätter verdunsten, trocknet der Baum aus. Der Laubfall ist somit ein Schutzmechanismus, denn mit ihm werden darüber hinaus giftige Stoffe abgestoßen. Man könnte auch von einer Selbstreinigung der Bäume sprechen. Ein weiterer Vorteil ist, dass Laubbäume im Winter weniger Schneelast zu tragen haben.

Es war ein Aprilmorgen, der nicht so richtig wusste, ob er noch zu einem Frühlings- oder schon zu einem Sommertag werden sollte. Ich stand im großen, rechteckigen Flur unserer Wohnung und überlegte, ob ich zur Jeansjacke greifen sollte. Ich ließ es sein. Erstens war mein Schulweg unglaublich kurz und zweitens hatte ich schon immer daran geglaubt, dass man den Sommer durch die Wahl seiner Kleidung frühzeitig zum Erscheinen zwingen sollte. So ging ich im dünnen Pullover das halbdunkle Treppenhaus hinunter. Meine Mutter war bereits bei der Arbeit. Sie sorgte meistens dafür, dass ich rechtzeitig am Frühstückstisch erschien und stieg dann auf ihr Fahrrad, um früh im Büro zu sein. Sie war ein richtiger Morgenmensch. Sie mochte es, aus dem Haus zu gehen, wenn sich die meisten anderen Menschen noch an ihren beruhigenden vier Wänden erfreuten. Ich war da ganz anders. Ich schlief am liebsten bis zehn oder elf Uhr aus. Heute machte ich das Licht im Treppenhaus nicht an, um mich noch ein bisschen in der Dunkelheit der Nacht zu wähnen, und zog die Haustür auf. Obwohl die Sonne im April schon deutlich vor meiner Zeit aufging, lag unsere Straße noch im Dunkeln. Eine Allee von großen Platanen säumte die Straße, die einen grünen Tunnel aus ihr machte. Die Blätter wurden kräftiger und dichter und ließen bis hier unten wenig Sonne durch. Die meisten Mitschüler von mir kamen aus anderen Stadtteilen mit dem Bus angefahren und stiegen an der Haltestelle aus, die unmittelbar vor meiner Haustür unter dem Deckmantel der großen Bäume lag. Ich versuchte eigentlich immer, meine Freunde dort abzupassen und die kurze Wegstrecke mit ihnen zurückzulegen. Heute war ich jedoch zu spät losgegangen und reihte mich allein in den Strom derer ein, die ohne öffentliche Verkehrsmittel der Schule zustrebten. Ich regelte meinen MP3-Player auf volle Lautstärke: Kool Savas & Azad mit *All 4 One*. Das Album *One* war zwei Monate zuvor erschienen. Ich hatte es mir zuerst bei Saturn angehört und es dann von der CD eines Mitschülers auf den MP3-Player überspielt. Die beiden in Kombination waren der Hammer! Kool Savas mit seinem Flow, scharf und präzise wie ein Degen, und Azad mit seiner brachialen, männlichen Stimme. Rapmusik gab mir immer ein starkes Gefühl, ein Gefühl von Überlegenheit, von Selbstvertrauen und von einer Coolness, die ich in letzter Zeit immer häufiger vermissen ließ. Viele Rapper sprachen mir aus der Seele, weil sie in Schwierigkeiten steckten und diese beim Namen nannten, und dennoch stark blieben. So ging ich mit *All 4 One* auf den Ohren den geraden Weg an der Hecke entlang zur Schule. Hin und wieder pflückte ich mir ein Blatt von der Hecke, zerkleinerte es und hinterließ das ein oder andere natürliche Konfetti auf dem Fußweg. Zerstreut.

Ich richtete mich auf, atmete die frische Morgenluft tief in mich ein und passierte die große, alte Platane, die, im Vergleich zur Allee in unserer Straße, einsam und verloren wirkte. Dies machte sie allerdings durch ihren dicken Stamm und die weitreichenden Äste wett. Dann ging ich an den rauchenden Oberstufenschülern vorbei, die sich missmutig und demotiviert vor dem Schuleingang tummelten. Im Eingangsbereich der Schule angekommen, nahm ich meinen MP3-Player ab und steckte ihn in den Rucksack. MP3-Player waren schließlich im Schulgebäude verboten und gehörten in die Tasche. Ich hatte kein Interesse daran, einige Tage auf ihn zu verzichten zu müssen, nur weil irgendein Lehrer ihn einkassieren wollte. Am Vertretungsplan sah ich schon Mitschüler stehen.

„Moin, Hugo."

„Na, fällt was aus?"

„Nee. Natürlich nicht."

„Na super."

Gemeinsam schoben wir uns durch die Schülermenge allen Alters in Richtung Klassenzimmer. Ich ließ meinen Rucksack auf den Boden neben meinem Tisch krachen und begrüßte erstmal das Mobbingopfer der Klasse mit einem kräftigen Schlag auf den Rücken. -BAM-!

„Alles fit?", rief ich ihm dabei zu.

Der sehr hagere Christof knallte fast mit dem Kopf auf die Tischplatte und brachte nur ein wimmerndes „Klar" heraus. Die halbe Klasse tobte vor Lachen. Dann ging ich nach vorne zur Tafel, griff mir alle Kreidestücke und fing an, diese im hohen Bogen im Klassenraum zu verteilen.

„Oh, Hugo, hör auf, Mann!", rief Marlene aus der letzten Reihe, die sich nur durch Ducken vor einem Kreideeinschlag schützen konnte. Ich kicherte nur und meine Jungs stimmten mit ein.

„Frau Marcon kommt", rief ein Mitschüler, der meistens vor der Klasse auf der Heizung saß, um eben jenes Erscheinen der Lehrpersonen anzukündigen.

Ich setzte mich auf meinen Platz und schlüpfte schnell in die Rolle des Unschuldslamms. Meinen Posten als cooler Klassenclown hatte ich manifestiert. Als unsere Französischlehrerin wenig später nach Kreide suchte, hob ich schnell ein Stück vom Boden auf und brachte es ihr nach vorne. Ich sah zu, dass ich stets gekonnt zwischen Klassenclown und Lehrerliebling balancierte, ohne dabei zu sehr einer Rolle zu verfallen.

Drei Schulstunden später saßen wir im Englischunterricht bei Frau Winckler. Es war ungefähr die Hälfte der Englischstunde erreicht, als sich in mir plötzlich eine seltsame Übelkeit bemerkbar machte. Der Unterricht lief an mir vorbei, wie als würde ich in einem fahrenden Zug sitzen, ohne aus dem Fenster zu blicken. In den Augenwinkeln nahm ich zwar wahr, dass sich da etwas fortbewegte, aber ich konnte es nicht greifen, war nicht mehr Teil davon. Die Übelkeit nahm mich vollends ein, bis ich das Gefühl hatte, die Wände des Klassenzimmers wüchsen immer weiter auf mich zu. Eben war doch noch alles normal gewesen. Jetzt wurde es mir zu eng hier. Ich musste raus.

„Frau Winckler, darf ich mal auf die Toilette?"

„Nein, Hugo. In zwanzig Minuten ist Pause. Bis dahin hältst du es ja wohl noch aus!"

Ich war gefangen. Die Fenster des Zuges strebten weiter auf mich zu. Er fuhr mittlerweile so schnell, dass es in meinen Ohren rauschte. *Soll ich ihr sagen, dass mir schlecht ist? Wie unangenehm! Wie würden die Mitschüler gucken? Soll ich einfach gehen? Nein, dann bekomme ich Ärger und ich gebe ein noch seltsameres Bild ab. Konzentrier dich einfach! Nur noch zwanzig Minuten!*

Die zwanzig Minuten dehnten sich zu einer gefühlten Stunde. Wir sollten Aufgaben aus dem Buch bearbeiten. Der englische Text verschwamm vor meinen Augen. Zu den Aufgaben kam ich gar nicht erst. Was war nur los auf einmal? Ich konzentrierte mich darauf, so zu tun, als würde ich etwas bearbeiten und meiner Übelkeit dabei Herr zu werden. Ich musste mich stark anstrengen, nicht aufzustehen und aus dem Klassenzimmer zu rennen. Irgendwas in mir wollte raus, allein sein, in Sicherheit sein, aber es ging nicht. Der Stundenplan sah vor, dass ich noch zehn Minuten in diesem verfluchten Raum bleiben musste. Kilian stupste mich immer wieder an oder beäugte mich von der Seite. Irgendwann hörte er auf, weil ich nicht reagierte. Der Zug, in dem ich saß, raste an ihm vorbei. Fünf Minuten. Gedanklich packte ich schon mal meinen Rucksack zusammen, ging den Schulweg nach Hause, roch den vertrauten Duft unserer Wohnung. Dann unterbrach Frau Winckler die Arbeitsphase. Wie sie den Unterricht beendete, bekam ich nicht mit. Es flog dumpf an meinen Ohren vorbei. Dann kam endlich der erlösende Gong und der Zug rollte in den Bahnhof ein. Bewegung kam in die Klasse. Gedämpftes Stimmengewirr. Der Sog der Geschwindigkeit gab mich langsam frei. Jetzt war große Pause und wir hatten noch zwei Stunden, aber ich musste raus, raus aus dem Klassenzimmer, raus aus dem Schulgebäude, raus aus dem Zug. Ich ergriff meinen Rucksack und überhörte meine Freunde.

„Komm, Hugo, schnell zur Tischtennisplatte."

Ich folgte ihnen wie betäubt und bog, anstatt links zum Schulhof, rechts zum Ausgang ab, wo ich Stunden vorher, durch die Rapmusik gestärkt, hineingekommen war. Jetzt war ich nur noch ein Schatten meiner selbst. An den ersten Pausenrauchern aus der Oberstufe vorbei, ging ich schnellen Schrittes in Richtung Platane. *Puh, geschafft! Ab hier sieht mich keiner mehr.* Ich stieg aus dem Zug aus und war in Sicherheit. Ich strich mit meiner rechten Hand über die raue Rinde, die immer etwas ungesund aussah, die so viele Makel hatte und doch so majestätisch über allem thronte, und folgte dem geraden Heckenweg nach Hause. Die Übelkeit ließ langsam nach. Ich atmete die frische Luft tief ein. Durch die Nase ein, durch den Mund aus. Und noch einmal. Und noch einmal. Die Beklemmung ließ nach. Ich bog links in die Allee ein und fühlte mich plötzlich ganz sicher unter dem grünen Deckmantel der Platanenkronen. Die Stille des dunklen Treppenhauses begrüßte mich wie ein alter Freund und ganz wohl war mir, als ich den vertrauten Geruch unserer Wohnung einatmete. Hier umgab mich wieder Sicherheit und Geborgenheit. Meine Mutter war noch bei der Arbeit. Ich griff zum Telefon und rief sie an.

Wenn ich heute sagen müsste, wann der Schlaghammer der Erwachsenenwelt zum ersten Mal das dünne Porzellan meiner Kindheit traf, dann gehe ich gedanklich in das Jahr 2002 zurück. Ich war zehn Jahre alt und strebte die heilige Erstkommunion in der nächstgelegenen katholischen Kirchengemeinde an. Ich konnte zwar nicht sonderlich viel mit dem anfangen, was der schon etwas in die Tage gekommene Pfarrer da so vom Heiland und dem ewigen Leben erzählte, aber immerhin verschaffte mir der Unterricht mehr Zeit mit Timon und Lennard, meinen beiden besten Freunden aus der Grundschule. Wir drei saßen während des Gottesdienstes in der zweiten Bankreihe und krümmten uns regelmäßig vor Lachen, wenn der Pfarrer zu seinem schiefen, kopfstimmigen „Evangeeeeelium unseres Hääärrn Jesuuuuhs Christuuuuuhs" ansetzte. Wir konnten uns während der einschläfernden Predigt, bei der wir kein einziges Wort verstanden, vollkommen in Ekstase lachen. Wenn der Pfarrer oder andere Gemeindmitglieder uns ermahnten, gab es erst recht kein Halten mehr. Der Supergau kam dann aber beim Vaterunser, zu dem alle angehenden Kommunionskinder nach vorne kommen sollten. Wir versammelten uns rund um den Altar und hielten uns an den Händen. Unter den ernsten Blicken der versammelten Gemeinde mussten wir uns ohnehin schon konzentrieren, nicht vor lauter Lachen auf den blank polierten Boden zu pinkeln. Als Timon es dann auch noch dem erwachsenen Messdiener gleichmachte und die Hände ausfuhr, um die Hostie zu empfangen, die uns als Fast-Kommunionskindern noch gar nicht zustand, und er im Gegenzug lediglich das Kreuz auf die Stirn gezeichnet bekam, war alles zu spät und wir prusteten nur so los. Wie er da stand, die ausgefahrenen Hände und dieser erwartungsvolle Blick. Voll ins Leere gegriffen! Herrlich! Ich wünschte, ich könnte noch einmal solche Lachkrämpfe haben, wie ich sie mit Lennard und Timon hatte. Wenn man auf gar keinen Fall lachen darf, muss man es erst recht tun. Dagegen anzukämpfen und irgendwann nicht mehr standhalten zu können, war das wahre Hochgefühl dieser Kindertage. Wir nannten es Drucklachkrampf. Timon und ich waren Experten für Drucklachkrämpfe in den unpassendsten Situationen. In diesen Zustand erhoben wir uns auch häufig in der Schule, weshalb wir uns nicht selten auf dem Schulflur ausschütteln mussten, bevor wir wieder am Unterricht teilnehmen durften. Ich habe mich in den letzten Tagen oft gefragt, wann ich das letzte Mal so sehr lachen musste und kann mich nicht erinnern.

Die Aussicht, das Ausbildungsjahr bis zur großen Kommunionsfeier mit den Freunden an meiner Seite durchzustehen, war keine schlechte. Darüber hinaus leitete meine Mutter als Katechetin die Kleingruppe, in der wir uns einmal in der Woche trafen. So kam die Gruppe, bestehend aus vier Jungen und drei Mädchen, immer zu uns nach Hause und ich fühlte dann einen warmen Stolz, wenn meine Mutter uns Bibelstellen erklärte, sich nach unserer Meinung zu bestimmten religiösen Fragen erkundigte oder Gebete vorlas, während wir die Augen geschlossen halten sollten. Meine Mutter konnte das irgendwie gut. Sie war nicht so abgehoben und belehrend, wie der alte Pfarrer in der Kirche, von dem man kein Wort kapieren konnte. Sie klärte abstrakte Worthülsen auf, wenn uns beispielsweise die Aussicht auf ein ewiges Leben oder die Wiederauferstehung ziemlich märchenhaft erschien.

„Mit dem ewigen Leben meint der Pfarrer nicht, dass wir ewig auf dieser Erde herumlaufen und hunderte Jahre alt werden." Wir Kinder schauten uns kichernd an.

„Nee? Schade!", streute Timon witzelnd ein.

„Es bedeutet, dass wir nach dem Leben, also wenn wir gestorben sind, zu Gott in den Himmel kommen und dort auf eine andere Art weiterleben."

Bedächtig unterbrachen wir unser Gelächter. Das wussten wir natürlich.

In der Kleingruppe war auch Natascha, in die ich während der gesamten Grundschulzeit verliebt war. Ich freute mich, dass sie immer zu uns kam, meiner Mutter zuhörte und ich sie dabei beobachten konnte. Es fühlte sich gut an, dass sie mit meiner Mutter scheinbar etwas anfangen konnte. Das beruhte auf Gegenseitigkeit.

„Mama, wie findest du eigentlich Natascha?", fragte ich sie eines Abends, nachdem die Kommunionsgruppe gegangen war. Sie lächelte mich verschmitzt an und sagte nur:

„Wirklich ein süßes, schlaues und liebes Mädchen… oder?" Froh über ihre gelungene Typbeschreibung nickte ich lächelnd und ging, mit einem warmen Kribbeln im Bauch, hoch in mein Zimmer.

Leider hielten diese federleichten Tage nicht lange an. Eines Abends setzte sich meine Mutter zu mir ans Bett. Sie sah besorgt aus und hatte gerötete Augen, als hätte sie vorher noch heftig geweint.

„Hugo… ich muss dir etwas sagen", fing sie zögerlich an.

„Was denn?"

Sie streichelte mit der linken Hand durch meine Haare und

hielt mit der rechten meine Hände fest.

„Mama ist krank. Ich habe eine Krankheit, die Krebs heißt. Hast du davon schon gehört?"
Spontan meldete sich in mir eine Assoziation zu diesem Wort.

„Das, was Onkel Hans hatte?"
Mein Magen drehte sich um 180 Grad. Ich wusste noch, dass wir vor vielen Jahren auf einer Beerdigung gewesen waren. Onkel Hans, der Schwager meiner Oma, war gestorben. Meine Mutter hatte damals sehr geweint, und ich gleich mit. Rund um diese Beerdigung hatte ich oft den Begriff „Krebs" gehört.

„Onkel Hans hatte Kräpps."
Mein Opa sprach dieses Wort immer etwas ungewöhnlich aus. Dadurch bekam es eine noch viel befremdlichere und härtere Note. Es war die erste Beerdigung, an die ich mich erinnern kann und das erste Mal, dass ich meine Mutter bitterlich hatte weinen sehen.

„Ja, genau. Aber ich habe es nicht so schlimm und ich habe gute Ärzte, die mir helfen. Ich werde bald wieder gesund sein."
Ich lag da und wusste nicht, ob ich ihren Optimismus teilen sollte. Wenn sie bald wieder gesund sein würde, konnte die Nachricht ja nicht so schlimm sein. Warum hatte sie dann so verweinte Augen? Warum wirkte sie hinter ihrem vorgeblichen Lächeln so tief besorgt?

„Ich kann leider nicht mehr den Kommunionskurs leiten. Den macht jetzt Frau Köhler, die Mutter von Melina. Ich muss jetzt erst einmal gesund werden."
Nun fing ich an zu weinen. Diese Neuigkeit war, im Gegensatz zu der davor, schrecklich greifbar für mich. Ich wollte nicht, dass irgendeine Frau Köhler den Kommunionsunterricht leitete. Sie nahm mich in den Arm und strich die Tränen aus meinem Gesicht.

„Ich habe dich so lieb. Mach dir keine Sorgen! Mama schafft das!" Über ihre Schulter hinweg sah ich plötzlich meinen Vater im Türrahmen stehen. Als sich unsere Blicke trafen, fing er an, merkwürdig zu blinzeln und zu schnauben, und zog sich in den Flur zurück. Meine Mutter folgte meinem Blick zur Tür, doch da stand niemand mehr.

„Möchtest du heute Nacht bei uns schlafen?"

„Nein. Erstmal nicht."

„Gut. Wenn was ist, komm einfach rüber, ja? Ich habe dich so lieb!"

Meine Mutter machte einen Schritt von meinem nicht sehr hohen Hochbett weg, deckte mich noch richtig zu, küsste mich auf die Wange und ging zur Tür.

„Soll ich die Tür etwas offenlassen?"

„Hm, ja!"

„Gute Nacht!"

Sie lächelte mich noch einmal mit ihrem breiten, aber bangen Lächeln an, zog die Tür bis auf einen Spalt zu und verschwand im Flur. Da lag ich. Im Halbdunkeln. Wörter, die zu stechenden Gedanken wurden, kreisten in meinem Kopf. Krebs. Kräpps. Onkel Hans. Beerdigung. Frau Köhler... Ich fing erneut an zu weinen. Ich begriff zu diesem Zeitpunkt überhaupt nicht richtig, wie schlimm es um meine Mutter stand. Was ich erinnerte und was mich beschäftigte war, dass Onkel Hans Krebs gehabt hatte und er nicht mehr da war und alle ganz traurig gewesen waren bei seiner Beerdigung. Ich wollte sie nicht verlieren. Schmerzende Angst durchfuhr mich, die bittere Tränen hervorzwängte. Ich konnte es nicht wahrhaben, dass von nun an Frau Köhler die Kommunionsgruppe leitete und nicht mehr meine Mutter. Was würden Natascha und die anderen darüber denken? Ich drehte mich zur Wand und weinte immer mehr, bis ich irgendwann so müde wurde, dass ich einschlief.

Die Neubausiedlung, in der wir wohnten, lag in einem dörflichen Vorort einer Großstadt. Mir fehlte wenig. Wir machten regelmäßig schöne, sonnige Urlaube. Meine Eltern arbeiteten zwar viel, aber sie schafften es, dass immer jemand da war, wenn mein Bruder oder ich von der Schule nach Hause kamen, dass warmes Essen auf dem Tisch stand, dass gefragt wurde, wie es in der Schule war, dass angeordnet wurde, zuerst die Hausaufgaben zu machen und dann zu spielen.

Mein Bruder Basti ist zwar sechs Jahre älter als ich, beachtete mich aber in den Tagen der Kindheit trotzdem viel und spielte mit mir, so oft er konnte. Er offenbarte mir seine Geschwisterliebe dadurch, dass ich weitestgehend in alles miteingebunden wurde, was er zuhause tat. Und das, obwohl ich so jung war und seine Freunde mich immer häufiger irritiert und genervt anschauten. Sie fragten sich wahrscheinlich insgeheim, warum ich ständig daneben sitzen musste, über jeden dämlichen Witz der Großen lachte und einige jugendliche Gespräche mit meiner kindlichen Anwesenheit blockierte. Doch nicht so mein Bruder. Für ihn gehörte ich einfach dazu.

In unserer Familie hatte Basti einen schweren Stand, insbesondere bei unserem Vater. Mehr gemeinsame Nenner, als den Nachnamen Penser, hatten sie nicht. Sie konnten sich nicht ausstehen.

„Mein Sohn ist ein Krimineller. Ich schäme mich für dich! Wer mein Geld für Sprühdosen und Drogen klaut, wer nachts irgendwelche Hauswände besprüht und ständig bekifft durch die Gegend rennt, ist nicht mein Sohn!"

Seit diesen Sätzen, die unser Vater Basti bei einem Abendessen voller Enttäuschung und Abscheu entgegengeschleudert hatte, herrschte Eiszeit zwischen ihnen.

Für meinen Vater gab es von da an ausschließlich seine Arbeit, die Malerei, Tischtennis, meine Mutter und mich. Und vielleicht noch Detlev, seinen besten Freund. Für Basti interessierte er sich ganz offensichtlich nicht. Das hatte ich schon früher gespürt und mich immer wieder bemüht, die beiden zusammenzubringen. Auch meine Mutter sorgte sich ständig um ihre Bindung. Doch von Jahr zu Jahr gingen sie mehr auf Abstand zueinander. Es passte einfach nicht. Mein Vater konnte überhaupt nicht nachvollziehen, warum Basti so am Hip-Hop hing. Ständig taggte mein Bruder irgendwelche herumliegenden Zettel voll. Mein Vater strich sich immer am Wochenende die Sendungen in der Fernsehzeitung an, die er in der folgenden Woche sehen wollte. Fernsehzeitung und Stift waren für Basti ein gefundenes Fressen für seinen Entfaltungsdrang. „RIOT" schrieb er in geschnörkelten, verwinkelten, fast unlesbaren Lettern in alle Freiräume. Ich wusste nicht, was das bedeutete, fand es aber beeindruckend, sogar ästhetisch. So kritzelte auch ich das ein oder andere „RIOT" in mein Hausaufgabenheft. Heimlich, versteht sich. Schließlich hatte mir Basti schon deutlich gemacht, dass ich mein eigenes Tag finden sollte.

„Hör doch endlich auf mit diesem ewigen Rumgekritzel! Was soll das denn?", sagte mein Vater eines Tages wieder einmal zu ihm, als wir zu dritt zu Abend aßen. Mein Vater ließ ihn, samt seiner für die Arbeit geschmierten Butterbrote, links liegen.

„Du verstehst das nicht", bremste Basti ihn nüchtern aus, ohne ihn auch nur eines Blickes zu würdigen. „Kunst...", legte er noch trotzig nach.

„Pah… Kunst… Dass ich nicht lache. Wenn das Kunst ist, kannst du ja damit dein Geld verdienen. Dann muss ich jedenfalls nicht mehr deine Stifte bezahlen… Kunst… Diese Schweinereien!", entgegnete mein Vater.

Sie schauten sich gar nicht an. Jeder machte an seinem Abendessen herum und feuerte aus der Deckung heraus. Ich hatte stets beide im Blick. Beide liebten sie ihre eigene Form von Kunst. Beide behaupteten sie von sich, Künstler und Kunstliebende zu sein, doch probierten sie nicht ansatzweise, die Kunst des anderen zu begreifen. Trotzig und kompromisslos verteidigten sie ihr Metier. Sie trugen ihre Scheuklappen und ritten in verschiedene Richtungen, bloß weit auseinander.

„Ich nehme dich gerne mal mit ins NEOART-Museum. Dann kannst du mal sehen, was junge Künstler in deinem Alter alles zustande bringen. Vielleicht begreifst du dann, was wirklich Kunst ist."

„Kein Interesse! Mach das mal schön alleine!"

Erneut hatten sie keine Blicke ausgetauscht.

Alles, was Basti betraf, war falsch, nicht nachvollziehbar, ja fast schändlich. Eben „RIOT". Er war fünfzehn.

Doch nicht nur Graffiti war Basti wichtig. Er schrieb eigene Songtexte, die er in einem selbst zusammengebastelten Studio eines Freundes einrappte. Nachmittags hing er oft im Jugendzentrum rum und breakdancte.

„Das ist Hip-Hop: Graffiti, Breakdance, Rap und DJ! Die vier Sachen. Die vier Elemente.", versuchte er mir immer zu erklären, was er da betrieb.

Ich ging verhältnismäßig gern und erfolgreich in die dritte Klasse der Grundschule, die ich durch den Ortskern zu Fuß erreichen konnte. Auch dank meines großen Bruders war ich ein angesehener Schüler und nun schon zum dritten Mal zum Klassensprecher gewählt worden. Während die anderen noch ihre quadratischen Kindertornistern mit Autos und Einhörnern schulterten, hatte ich bereits ab der dritten Klasse einen mit „RIOT" zugetaggten Eastpak-Rucksack, den ich täglich mit Stolz auf dem Rücken trug. Mein Bruder hatte ihn mir überlassen. Außerdem hatte mir Basti gezeigt, wie man sich eine coole Gel-Frisur machte. Es verging kein Schultag, an dem ich nicht mit viel zu viel von dem Zeug in den Haaren auflief. Mit der Zeit taten es mir meine Klassenkameraden gleich. Bei meinem Bruder hatte ich auch beobachtet, dass es sich gehörte, gute Freunde mit einem besonderen Handschlag zu begrüßen. Ich setzte bei meinen den folgenden durch: zweimal mit der flachen Hand einschlagen, dann die gerade Faust, Faust von unten, Faust von oben - das wars! Ich kam gut an, weil die Mitschüler wussten, dass ich jugendliche Einflüsse von zuhause mitbrachte und diese nur zu gern mit ihnen teilte.

Meine Mutter sprach leise und unsicher. Beides war untypisch für sie.

„Ich hatte heute meinen ersten Chemo-Termin."

„Was ist das?", fragte ich direkt.

Hastig warf mein Vater mit halbvollem Mund ein: „Müssen wir jetzt beim Essen davon reden?"

„Ja, müssen wir. Mama, erklär es ihm!"

„Bei der Chemotherapie wird meine Brust bestrahlt. Dadurch soll der Krebs abgetötet werden. Wenn das gut hilft, muss ich vielleicht nicht operiert werden."

Ich legte mein Honigbrot aufs Brettchen.

„Und wie war das?", fragte ich.

„Es war okay. Mir ist jetzt nur ziemlich übel, deswegen esse ich auch nichts."

Nun hatten alle ihr Brot abgelegt. Keiner aß mehr. Mein Vater starrte auf die Tischplatte. Mein Bruder blickte zwischen mir und meiner Mutter hin und her.

„Und wann bist du dann wieder gesund?"

„Schwer zu sagen, aber gewiss bald."

Stille. Mein Vater trommelte mit seinen Fingern irgendwelche Rhythmen auf den Esstisch. Dann wechselte er das Thema:

„Heute kommt ein wirklich guter Film im Fernsehen. Wäre das für euch in Ordnung, wenn ich ihn gucke?"

Alle nickten, bis auf Basti.

„Welcher?", fragte ich interessiert.

„*Stadtneurotiker* heißt der."

„Darf ich aufstehen?", fragte Basti in genervtem Ton.

„Nein. Wir beenden das Essen zusammen.", bestimmte meine Mutter.

„Und worum geht's da so?", fragte ich, immer noch aufrichtig interessiert.

„Sehr durchgeknallter Film. Schwer zu verstehen. Nichts für Kinder.", schob meine Mutter ein.

„Für Menschen, die nur leicht verdauliche Seifenopern gucken, ist das natürlich nichts.", sagte mein Vater mit einem spöttischen Lächeln auf den Lippen.

„Haha, ist klar." Meine Mutter schaute bitter zu meinem Vater rüber.

„Darf ich jetzt aufstehen?" Basti stand auf, wartete keine Antwort ab.

„Sebastian...", setzte mein Vater an.

„Lass nur... aber hilf noch beim Abdecken. Ich glaube, den Aufstrich brauchen wir nicht mehr", sagte meine Mutter.
Basti griff einige Sachen vom Tisch, stellte sie auf sein Brettchen und ging. Ich schaute ihm hinterher. Dann brach es plötzlich aus mir heraus:

„Warum habt ihr es uns nicht zusammen gesagt?"

„Was?" fragte meine Mutter. Mein Vater schaute mich irritiert an.

„Na, das mit dem Krebs. Hier am Tisch. Alle zusammen."
Mein Vater blickte erwartungsvoll zu meiner Mutter. Sie sollte wohl darauf antworten.

„Hugo, ich wollte dich nicht unnötig beunruhigen. Ich habe es schon länger geahnt, aber keine Gewissheit gehabt. An dem Tag hatte ich sie und dann habe ich es dir direkt gesagt. Basti war ja an dem Abend bei Paul. Sonst hätte ich es euch zusammen gesagt."

„Und Peter? Warum war er nicht dabei? Das will er auch

26

wissen." Mein Bruder stand wieder in der Tür und richtete einen erwartungsvollen Blick auf unseren Vater. Er nannte ihn schon lange nicht mehr Papa.

„Was soll das?", angriffsbereite Wut mischte sich sofort in die Stimme meines Vaters.

„Ihr hättet euch zusammen an sein Bett setzen können." Dann fing ich an zu weinen. Mein Bruder ging hoch in sein Zimmer. Meine Mutter kam um den Tisch herum und nahm mich in den Arm. Mein Vater blieb auf seinem Platz sitzen und fluchte vor sich hin.

„Unverschämtheit…Was erlaubt der sich… Das muss ich mir nicht gefallen lassen … Für wen hält er sich… Respektlos…" Dann stand er auf und schaltete den Fernseher an. Es war schließlich 20:12 Uhr.

An einem Dienstag ging ich mit Lennard, Timon und Marco, drei Jungs aus meiner Klasse, den Schulweg. Wir ließen uns Zeit. Nichts drängte uns nach Hause. Wir quatschten über Fußball und Mädchen, spielten hier und da Streiche. In einem Garten gab es Himbeeren, Brombeeren und Stachelbeeren, an denen wir uns immer reichlich bedienten. Unsere Spezialität aber waren Klingelstreiche. Ungefähr auf halbem Weg stand ein Einfamilienhaus, in dem eine russischstämmige Familie wohnte. Da klingelten wir besonders gern. Wir wussten, dass der Mann arbeitslos und daher immer zuhause war. Heute war Timon an der Reihe. Hochmütig machte er die Gartenpforte auf, nicht gerade leise. Dann setzte er schnelle Schritte hoch zur Eingangstür, drückte bestimmt dreimal die Klingel und lief zurück auf uns zu, durch die Pforte hinaus auf den Weg. Wir stratzten hinterher. Als wir in die nächste Straße einge-bogen waren, blieben wir nichtsahnend stehen. Völlig aus der Puste schlugen wir uns ab. Flache Hand, gerade Faust, Faust unten - plötzlich packte mich jemand am Kragen. Ich drehte mich, versuchte erfolglos mich loszureißen und schaute in die böse funkelnden Augen des Russen. Meine Freunde konnten fliehen. Ich nicht. Einige Meter schleifte der Russe mich am Schlafittchen mit sich. Ich starrte auf seine Socken. Er war uns ohne Schuhe gefolgt. Dann stoppten wir an einem Gullideckel. Mit seinem russischen Akzent raunte er mir ins Ohr:

„Wenn du noch einmal machen Klingel und laufen weg, ich werfe dich in Gulli und mache zu. Ich haben Schlüssel dafür. JA?"

Sein saurer, beißender Atem verstärkte die Drohung um ein Vielfaches.

„Ich war das gar nicht", wimmerte ich elendig.

Er packte mich so, dass ich ihm geradewegs in die wässrigen Augen gucken musste. Verschreckt nickte ich. Dann schubste er mich weg und ich knallte auf die Straße. Sofort spürte ich, wie warmes Blut an meinem Schienbein herunterlief. Mein Knie war aufgeschürft. Trotzdem stand ich auf und rannte los, als wäre der Teufel höchstpersönlich hinter mir her. Ich lief, bis ich zuhause war. Meine Freunde waren nirgends mehr zu sehen. Ich klingelte und setzte mich auf die Stufe vor unserer Haustür. Lautlos liefen mir Tränen durch das Gesicht. Ich war völlig außer Atem. Ich krempelte gerade meine blutige Hose hoch, als mein Vater die Tür öffnete. Sofort war er bei mir.

„Was ist passiert, Hugo?"

Flennend beichtete ich ihm, was gerade geschehen war. Mit jedem Wort wurde er ernster. Ich hatte das Gefühl, ich würde gleich mächtig Ärger kriegen. Dann stand er auf, zog seine Schuhe an, holte seine Schlüssel und zog mich hoch.

„Komm mit. Zeig mir, wo der wohnt."

Überrumpelt von der Reaktion meines Vaters führte ich ihn zu dem Haus des Russen. Meine Hose war hin. Sie klebte am Bein fest und ein Blutfleck breitete sich aus. Vor lauter Ungewissheit, was gleich geschehen würde, hatte ich die Schmerzen aber verdrängt. Mein Vater klingelte und zog mich neben sich. Dann ging die Tür auf und der Russe stand vor uns.

„Was ist hier vorgefallen?"

Der Russe wollte gerade seinen Mund aufmachen, doch mein Vater ließ ihn gar nicht erst zu Wort kommen.

„Wenn Sie meinem Sohn noch einmal drohen, dann zeige

ich Sie an. Verstehen Sie das? Das sind Kinder. Die machen Streiche. Und Sie sind erwachsen und ihnen fällt nichts Besseres ein, als Drohungen auszusprechen und ihn zu schubsen? Ich warne Sie!"

Dann nahm er mich an der Hand und führte mich von dem Haus weg.

„Verpiss dich", rief der Russe uns hinterher.

Mein Vater drehte sich um, todernst, und zeigte mit dem Finger auf ihn:

„Ich warne Sie!"

Dann gingen wir weiter. Seine Hand krallte sich in meine, dass es wehtat. Ich spürte, wie mein Vater innerlich bebte.

„Und du…" fing er mit plötzlich brüchiger Stimme an, „das kommt nicht nochmal vor. Lass diesen Mann in Frieden und hör auf mit Klingelstreichen!"

Ich nickte. Wir gingen nach Hause. Hand in Hand. Irgendwann lehnte ich meinen Kopf an ihn. Er bebte immer noch, ging viel zu schnell. Ich spürte keinen Schmerz, keine Angst, keine Aufregung mehr. Da war nur die Verbindung zu meinem Vater. Er hatte sich aufrichtig und bedingungslos für mich eingesetzt. Wärme durchströmte mich. Er ließ mich erst los, als wir wieder an der Haustür ankamen.

Wenn ich mit meiner Mutter mal in der Stadt war, gingen wir immer in unseren Lieblingsbuchladen und verbrachten dort Stunden. Ich stöberte dann immer in der Jugendbuchabteilung, und sie bei den Erwachsenenbüchern. Sie las gern Krimis und Thriller, aber auch ab und zu Romane. Ich liebte Fantasy oder Abenteuergeschichten. Wir durchforsteten die Regale, bis wir jeder zehn Bücher ausgewählt hatten, die uns interessierten. Mit den Bücherstapeln trafen wir uns dann in der gemütlichen Leseecke. Meine Mutter hatte mir beigebracht, an den Regalen den Klappentext zu lesen, natürlich nur wenn mir das Cover und der Titel auch schon gefielen. In den Sesseln folgten dann die ersten fünf Seiten eines jeden Buchs.

„Wenn ein Buch dich nicht schon auf den ersten fünf Seiten fesselt und überzeugt, ist es sehr unwahrscheinlich, dass es dir gefällt. Und wenn du dich dabei erwischst, unbedingt wissen zu wollen, was auf Seite sechs steht, musst du es kaufen."
Und so hatten wir es auch dieses Mal wieder gemacht. Aus zehn Büchern hatte ich mich für die Geschichte des jungen Knappen Tiuris entschieden, der in der Nacht vor seiner Ritterweihe einen mysteriösen Auftrag erhält. Er soll einen Brief zum König bringen, darf den Brief jedoch nur dann lesen, wenn Gefahr besteht, dass dieser in fremde Hände gerät. Ich war sofort Feuer und Flamme für die Geschichte und stellte mir vor, ich sei Tiuri. Ein Knappe auf dem Weg zur Ritterschaft, der sich mutig jedem Abenteuer stellt. Meine Mutter hatte wieder einmal ein Buch von Ken Follett gewählt. Keine Überraschung!

„Ken Follett ist der einzige Autor, von dem ich jedes Buch

besitzen muss. Einfach grandios, atemberaubend spannend, wie der schreibt." Wie oft ich mir diesen Satz, auf dem Weg vom Buchladen zum Auto, schon hatte anhören müssen.

Nun hatte ich es mir in meinem Bett gemütlich gemacht und war in die Welt der Ritter und Burgen versunken, als mir ein Wort begegnete, das ich nicht kannte: Schaffelle. Was könnte mit „ein paar Schaffelle" gemeint sein? *Die Schaffelle. Nie gehört.* Ich überlegte kurz, ob ich es überlesen sollte. Dann gewann nicht nur die Neugier. Ich hatte einen Grund, meinen Vater in seinem Reich zu besuchen. Nach dem Abendessen hatte er sich umgehend in sein Atelier zurückgezogen, wie er das so oft tat. Unter dem Dach malte und zeichnete er. Er hatte dort aber auch eine Récamiere, in der er halb lag halb saß und sich Bildbänder anschaute, oder einfach seinen für mich so verschlossenen Gedanken nachhing. Manchmal schlief er dort auch ein. Er liebte dieses Möbelstück. Hin und wieder fand ich ihn an seinem Computer, an dem er digital malte oder Bilder betrachtete. Hier konnte und wollte er mit seiner Kunst allein sein. Ich kletterte von meinem Hochbett herunter und stieg die Treppen zu ihm hinauf. Ich fragte nicht meine Mutter, weil ich mich nach meinem Vater sehnte. Er arbeitete viel. Wenn er von der Arbeit kam, zog es ihn in sein Atelier, weg von uns. Also nutzte ich jeden Anlass, der mich ihm näherbrachte. Ich klopfte an. Kurze, zögerliche Stille. Dann ein dumpfes:

„Ja?"

Ich trat ein. Mein Vater saß, mit dem Rücken zur Tür, an seinem Computer. Er drehte sich nicht zu mir um. Ich wartete kurz. Er schien völlig konzentriert und vertieft zu sein, in das, was er da gerade tat. Ich machte ein paar Schritte auf ihn zu.

„Papa?"

Dann erst drehte er sich zu mir um.

„Ach, du bist es. Was ist denn?"

„Ich verstehe ein Wort nicht. Weißt du, was eine Schaffelle ist?"

„Zeig mal her."

Ich gab ihm das Buch und zeigte auf das Wort, dass ich nicht verstand. Er überflog kurz den Satz. Dann schaute er mich an, als wäre ich nicht ganz bei Verstand. Ich spürte, wie meine Schultern sofort nach vorne sackten. Ich hatte mich zu schämen. Dann fing er an zu lachen.

„Schaffelle. Hahahaha. Du bist mir auch so eine Schaffelle." Es schüttelte ihn regelrecht auf seinem Schreibtischstuhl, der unter ihm ächzte. Ich verstand nicht, weshalb es so lustig war, dass ich nicht wusste was eine Schaffelle ist, irgendein französisches Wort vielleicht. Ich fühlte mich dämlich.

„Er wühlte in einer Kiste und holte ein paar Schaf-felle raus. Schaf-felle verstehst du? Schaffelle hahaha."

Ich wurde rot. Ich hatte auf dem Schlauch gestanden und es nicht gemerkt.

„Achso. Ups."

„Ja, ups."

Ich hatte meinem Vater eine Gelegenheit geliefert, mich für einen Trottel zu halten. Er gab mir das Buch zurück und drehte sich wieder zu seinem Computer. Einige Sekunden stand ich noch da. Dann ging ich.

„Danke."

„Bitte… Gute Nacht!"

„Nacht."

Ich stapfte unüberhörbar die Treppen runter. In mir brodelte es. Meine angelehnte Zimmertür trat ich feste auf, sodass sie gegen die Wand knallte und zurückschnellte. Die Türklinke traf mich in die Seite. Ich fluchte laut auf und warf mich schmerz-erfüllt auf den Teppich.

So eine dumme Frage. Kannst du nicht schlauer sein? Was denkt Papa jetzt von mir? Wegen so etwas störe ich ihn da oben.

Brennende Schamesröte stieg in mein Gesicht. Ruckartig stand ich auf. Mit seinem, zugleich belustigten und enttäuschten, Blick vor dem inneren Auge legte ich mich wieder ins Bett. Von jetzt an überlas ich jedes Wort, das ich nicht kannte.

Familie Köhler hatte Wellensittiche, die wir vor und nach jeder Kommunionsunterrichtsstunde fütterten. Lustige Viecher! Wenn Frau Köhler und ihre Tochter mal wegguckten, ließ einer von uns das Codewort „Headshot" fallen, und dann schnipsten wir ihre leicht wippenden Köpfe mit dem Zeigefinger an. Krächzend wankten sie dann auf ihrer Stange hin und her, bis sie sich wieder fingen, und wir kriegten uns nicht mehr ein vor Lachen. Als der Sommer angebrochen war, konnten wir nach den Kommunionsstunden in den Pool springen, den sie im Garten hatten. Die Mädchen kamen zwar nicht mit rein, aber es war trotzdem ein Riesenspaß. Ich versuchte immer, Natascha nasszuspritzen. Sie hüpfte dann japsend in Richtung Terrasse und schimpfte mich liebevoll „Blödmann". Ich fühlte mich großartig. Halbnackt und voller Energie. Das blühende Leben. In einer Unterrichtsstunde ließ Frau Köhler uns sogar Messwein probieren. Wir nippten nur und verzogen angewidert das Gesicht. Mann, war der sauer, aber wir waren ganz stolz und fühlten uns ein bisschen erwachsen. Timon ahmte beim Trinken den alten Pfarrer nach, der dabei immer genüsslich und erhaben die Augen schloss. Wir fingen alle an zu lachen, sogar Frau Köhler. Als Ersatz hatte sie noch Traubensaft gekauft, der uns allen deutlich besser schmeckte. Da Frau Köhler den Unterricht für den Großteil des Jahres übernahm, vergaß ich irgendwann schon fast, dass er mal bei uns zuhause stattgefunden hatte. Und schlecht getroffen hatten wir es ehrlich gesagt mit ihr und ihrem schönen Garten auch nicht.

Eines Tages fuhren mein Vater und ich ins Krankenhaus, um meine Mutter von dort abzuholen. Mein Bruder war irgendwo unterwegs, jedenfalls nicht bei uns. Ich war angespannt, hatte so viele Fragen im Kopf, doch ich konnte mit meinem Vater nicht wirklich über den Zustand meiner Mutter reden. Ich erahnte seine Unsicherheit, seine Überforderung, seinen Instinkt nach Verdrängung und ließ es deshalb bleiben. Ich wollte nicht, dass diese Ahnungen sich auch noch bewahrheiteten. *Kann er nicht den Anfang machen? Kann er nicht mal etwas zu all dem sagen?* So saßen wir stillschweigend im Auto, hörten Classic-Rock und hingen unseren Gedanken nach, die wir nicht miteinander teilten. Dann drehte mein Vater lauter: *Like A Rolling Stone* von Bob Dylan. Kurz dachte ich, er würde mitsingen, aus sich herausgehen, doch er tat es nicht. Wir schwiegen laut.

Meine Mutter empfing uns in einem Untersuchungsraum, in dem auch ein Arzt saß. Ich sollte erst einmal draußen warten und nahm vor der Tür in einer Sitzschale Platz. Ich blickte den Gang nach links und nach rechts herunter und fühlte mich nicht wohl. Es roch komisch. Mir wurde etwas übel. Ich dachte an Onkel Hans und an Krebs. Was war das nur für eine Krankheit? Vielleicht eine schlimme Erkältung? Hm, aber meine Mutter war eigentlich nicht erkältet. Sie hatte Schmerzen in der Brust. Also hatte das vielleicht etwas mit den Brüsten von Frauen zu tun? Aber Onkel Hans… Ich kam nicht weiter. Ich wollte meine Mutter später fragen. Ich stand auf und fing an, mir eine Geschichte auszudenken. Das machte ich oft, wenn mir langweilig war. Meist handelten die Geschichten von einem Jungen, der Atreju hieß. Den Namen hatte ich aus *Die Unendliche Geschichte*. Mir gefiel der Junge, der auf weißen Pferden ritt und auf Drachen flog. Ich versetzte ihn in meine Welt, tat so, als ob ich Atreju sei, und rettete Natascha vor bösen Wesen. Das war ein Handlungsstrang, der häufig meine Geschichten durchzog. Manchmal war ich auch Tiuri der Knappe und rettete Natascha vor dem bösen Ritter mit dem roten Schild. Schlagartig ging die Tür zum Sprechzimmer auf und der Arzt kam heraus. Atreju flog davon. Der Arzt nickte schlicht in die Richtung des Zimmers, das hinter ihm lag.

„Du kannst jetzt zu deinen Eltern gehen."
Ich ging hinein. Meine Mutter konnte ich nicht wirklich sehen, da sie hinter einer weißen Trennwand stand. Ich sah, dass sie sich auszog.

„Peter, du kannst kommen."
Er ging hinter die Trennwand. Ich blieb verwirrt zurück. *Was machen die da?*
Mein Vater brummte etwas Unverständliches in seinen Bart.

„Hugo, möchtest du auch mal gucken?"
Ich wusste zwar nicht, was ich gucken kommen sollte, aber machte, ohne darüber nachzudenken, ein paar Schritte zur Trennwand und erblickte meine Mutter. Sie hatte oben herum nichts an. Mein Blick fiel direkt auf ihren Busen. Die eine Brust sah komisch aus. Sie war ganz vernarbt und schrumpelig.

„Mama…", fing ich an.
Sie nahm mich an die Hand und lächelte mich mit ihrem breiten, warmen Lächeln an, bei dem ihre vollen Lippen die großen Zähne freigaben.

„Da haben sie mich operiert. Mama ist wieder gesund.

Der Krebs ist weg."

Ich war etwas verstört, kribbelnde Übelkeit wallte in mir auf, aber ich freute mich natürlich auch über die gute Nachricht. Mein Vater sagte nichts. Er stand neben mir und legte mir einfach die Hand auf die Schulter. Einige Sekunden blieb sie da, schwer und fest. Als müsste er sich bei mir aufstützen. Dann zog er sie wieder zurück. Meine Mutter zog sich an, wir verließen das Krankenhaus und fuhren nach Hause. Schweigend. Meine Mutter sang nur ab und zu einige Wortfetzen zur Radiomusik mit. Mein Vater starrte gebannt auf den nassen Asphalt. Keine Ahnung, was in ihm vorging. Freute er sich? Meine Mutter war jedenfalls wieder gesund.

Dann kam das große Kommunionsfest, auf das ich mich schon seit über einem Jahr freute. Ich hatte Einladungen verfasst, mein Lieblingsessen ausgewählt und einen Sitzplan erstellt. Und nun waren sie alle für mich gekommen. Mein Opa, der natürlich neben mir saß, sagte ich sei heute der „Festgegenstand". Ich bekam großartige Geschenke, unter anderem meine erste eigene Stereoanlage und so viel Geld, wie ich es noch nie auf einen Haufen besessen hatte. Ich war stolz, dass so viele aus meiner Familie erschienen waren, um bei meiner Erstkommunion dabei sein zu können. Die große Familie um mich herum vereint.

Es sollte das letzte große, geeinte Familienfest meines Lebens sein.

Einen Tag nach der Feier kam mein Vater abends an mein Bett, in dem ich gerade beseelt an das schöne Wochenende zurückdachte. Er kam sofort zur Sache.

„Hugo, deine Mutter will sich von mir scheiden lassen. Weißt du, was das heißt?"

„Wie? Habt ihr euch nicht mehr lieb?" Ich wusste genau, was das bedeutete. Es hatte schon Scheidungen in der Nachbarschaft gegeben. Auch die Eltern von Kathi aus meiner Klasse hatten sich vor einiger Zeit geschieden. Frau Russ, unsere Klassenlehrerin, hatte es uns damals erklärt, weil Kathi so oft im Unterricht geweint hatte.

„Sie hat mich nicht mehr lieb."

„Und wo wohnst du dann?"

Ich dachte an Kathis Vater, der, das wusste ich, bei ihnen zuhause ausgezogen war.

„Das weiß ich noch nicht. Aber jedenfalls nicht mehr hier im Haus. Das müssen wir dann verkaufen. Du musst entscheiden, bei wem du wohnen willst."

„Hm… also… ich…"

„Überleg es dir in Ruhe. Du kannst gern mit mir mitkommen. Ich gehe jetzt. Ich schlafe jetzt immer oben, okay? Gute Nacht."

„Papa?" Er drehte sich im Türrahmen zu mir um. Ich hatte einen Moment das Gefühl, dass er kurz vorm Weinen stand, sich aber fing. Fragend nickte er mir zu.

„Wie kann man sich auf einmal nicht mehr liebhaben? Wir wohnen doch zusammen, sind eine Familie. Und… also…" Ich konnte meine Verwirrung nicht so recht in Worte fassen.

„Das verstehst du, wenn du groß bist… Nicht einfach zu verstehen, die Sache mit den Frauen… Gute Nacht."

Irgendwas in mir hoffte, er würde bei mir bleiben, mich aufrichten, den Arm um mich legen. Doch er ging und ließ mich allein. Noch dazu konnte er mir nicht erklären, was vor sich ging. Was für eine Sache mit den Frauen?

Und so lag ich wieder einmal in meinem nicht sehr hohen Hochbett, erschlagen von einer Nachricht, die ich nach diesem Familienfest so gar nicht erwartet hatte und mit der ich auch nicht viel anfangen konnte. Vor lauter Überforderung begann ich zu weinen. Ich drehte mich zur Wand, drückte mein Lieblingskuscheltier fest an mich und versuchte, mein Gedankenchaos zu ordnen. Meine Mutter war schuld. *Sie hat Papa also nicht mehr lieb.* Warum musste ihr das unbedingt direkt nach meiner Kommunion einfallen? Es war doch alles so schön gewesen. Mein Geschenketisch stand noch im Wohnzimmer, die von mir auserwählten Lieder, die ich auf dem Klavier vorgespielt hatte, klangen noch im Haus nach und es standen noch Reste von dem herrlichen Essen im Kühlschrank, und dann sowas? Meine Mutter war schuld! Und jetzt war sie beim Sport und konnte mir noch nicht einmal Rede und Antwort stehen. Ach was, ich wollte gar nicht mit ihr sprechen. Ich wollte zu Basti, doch der war auch nicht da. Wieder unterwegs. Trotzdem kletterte ich von meinem Bett herunter und schlich in sein Zimmer. Ich legte mich in sein Bett. Sein Geruch nahm etwas Einsamkeit von mir. Ich verstand es alles nicht. Mit der Zeit ermatteten mich die Tränen, sodass ich einschlief und erst wiedererwachte, als Basti an mir rüttelte.

„Hugo, wach auf. Du…"

Ich richtete mich auf. Hinter Basti stand etwas verlegen: Janina, seine Flamme.

„Hey, Hugo."

Ich murmelte irgendeine Begrüßung in ihre Richtung und schälte mich aus dem Bett. Basti brachte mich in mein Zimmer. Er wartete, bis ich auf mein Bett geklettert war.

„Was hast du in meinem Bett zu suchen, alter? Bist du schwul?"

Vertrocknete Tränen füllten sich wieder und kullerten meine Wangen herab. Bastis Blick änderte sich schlagartig.

„Was ist?"

„Mama hat Papa nicht mehr lieb. Sie lassen sich scheiden."

Basti schaute kurz hinter sich in den Flur. Dann streichelte er mir einmal über den Kopf, packte meinen Nacken, zog mich hoch zu sich und küsste mich auf die Stirn.

„Wir reden morgen, okay? Wenn's gar nicht geht, klopfst du. Dann kannst du bei uns schlafen. Hab' dich lieb, Bro."

Noch vom Tiefschlaf betäubt, nickte ich nur. *Bitte geh nicht!* Ich würde einen Teufel tun, bei Janina und Basti zu klopfen. Dann ging er raus.

„WAS HAST DU?"
Ich wachte auf und hörte die Frage meiner Mutter schrill durch das Haus schießen.

Da meine Zimmertür nicht ganz geschlossen war, drang der Dialog zwar gedämpft, aber doch eindeutig hörbar, hoch in mein Zimmer.

„Also ich kann nicht so tun, als wäre nichts. Ich musste es ihm einfach sagen. Wir haben lange genug gewartet." *Wie lange wissen die das denn schon?*

„Peter, es geht darum, dass wir es ihm zusammen sagen wollten. ZUSAMMEN! Aber das geht in dein egoistisches Hirn ja nicht rein."

„Du hast es Basti ja auch ohne mich gesagt. Dann kann ich es Hugo auch ohne dich sagen."

Plötzlich wurde mir bewusst, dass Basti es schon wissen musste. *Und er hat es mir nicht gesagt?* Ich krallte meine Hände in die Decke und rollte mich zu einer Kugel zusammen.

„Du bist so krank!", hörte ich meine Mutter nachlegen. „Gut, dass ich dich hier bald los bin."

„Das kann ich nur zurückgeben, Elena."

Dann knallte eine Tür. Die Streben des Treppengeländers bebten nach und ich hörte stampfende Schritte, die nach oben führten. Längst rannen stumme Tränen an meinem Gesicht hinab. Zaghaft schob meine Mutter die Zimmertür ganz auf. Dann sah sie, dass ich wach war, dass ich weinte. Mit schnellen, entschlossen Schritten war sie bei mir. Auch ihr standen plötzlich Tränen in den Augen.

„Hugo, es tut mir so leid," sagte sie und nahm mich fest in den Arm. „Wir wollten es dir eigentlich zusammen sagen, wenn deine Kommunion etwas länger zurückliegt."

„Warum hast du Papa nicht mehr lieb?", fragte ich, zunächst noch misstrauisch.

„Ich habe es so versucht, ihn lieb zu haben. Für dich und für Basti! Für unsere Familie! Aber manchmal geht es irgendwann nicht mehr, weißt du? Das hat nichts mit dir zu tun. Du kannst Papa so viel sehen, wie du möchtest."

„Warum weiß es Basti schon wieder und ich nicht? Warum wisst ihr es alle und ich nicht? Warum schließt ihr mich immer aus? Und das einen Tag nach meiner Kommunion…" Tränen der Wut flossen nach.

„Wir wollten dir nicht deine Kommunion kaputtmachen. Das verstehst du doch…"

„Toll… Ist sie jetzt aber." Ich feuerte ein Kuscheltier gegen die Wand.

Meine Mutter nahm mich noch einmal in den Arm, diesmal fester.

„Es tut mir so leid."

Leere löste den Zorn in mir ab. Resignierende Leere. Dann plötzlich fühlte ich wieder diese Einsamkeit. Das alles überforderte mich so sehr.

„Ich möchte bei dir und Basti bleiben." Sie hatte mich das gar nicht gefragt, aber es brach aus mir heraus. Ein intuitives Gefühl, zu etwas dazu gehören zu wollen, zu müssen. Als hätten zwei Magnete versucht, mich anzuziehen.

„Das sollst du auch." Sie drückte mich noch fester an sich und küsste meinen Kopf. „Ich habe dich so lieb, Hugo."

„Ich dich auch, Mama."

Ich hatte mir am Vorabend geschworen, sauer auf sie zu sein. Ich hatte sie für schuldig erklärt. Doch ihre tiefe Wut auf meinen Vater, ihr warmer Blick, ihre kräftige aber herzliche Umarmung und ihre Bedingungslosigkeit hatten all das in Luft aufgelöst.

M ein Vater nahm ein reizvolles Jobangebot an und zog in ein anderes Bundesland. Fast fünfhundert Kilometer lagen nun zwischen uns. Jedes zweite Wochenende besuchte ich ihn in seinem neuen Haus, wo er mir nach und nach ein eigenes Zimmer einrichtete. Ab und zu holte er mich ab, aber meistens fuhr ich allein mit dem ICE zu ihm. Das ging am schnellsten.

Mit der Zeit glätteten sich meine inneren Wogen wieder halbwegs. Tage einer geeinten Familie verschwanden schnell aus meinem Bewusstsein. Nun waren wir getrennt. Das musste ich eben so hinnehmen. Ich hatte meiner Mutter und Basti verziehen und blieb mit ihnen in dem Reihenhaus wohnen, wo wir jetzt viel zu viel Platz hatten. Ich hatte das Gefühl, dass Basti regelrecht froh über die Trennung unserer Eltern war.

„Bist du eigentlich sehr traurig?", fragte er mich an einem Abend, an dem wir in seinem Zimmer hockten und Musik hörten. Eminem und Nate Dogg mit 'Till I Collapse.

„Was meinst du?"

„Na, dass Peter jetzt weg ist."

Jedes „Peter" aus Bastis Mund irritierte und verletzte mich, denn es offenbarte die tiefen Risse in unserer kleinen Familie. Ich wusste nicht, was ich antworten sollte und nickte mit gesenktem Blick.

„Du?", schob ich nach kurzer Zeit der Stille nach.

„Nee. Nicht so. Also mir tut es für dich leid. Aber ich glaube auch, dass es besser so ist."

„Wieso das denn?"

„Naja, sie haben sich ja schon viel gestritten und so."

Sofort musste ich an einen weiteren Streit zwischen meinen Eltern denken, den ich, wenige Wochen bevor mein Vater ausgezogen war, mitgehört hatte. Ich hatte ihn komplett verdrängt. Doch jetzt spulte er sich, wie auf Knopfdruck, in mir ab. Ich war gerade vom Spielkeller auf dem Weg nach oben gewesen, als ich meine Mutter hatte schreien hören:

„DU kommst mir jetzt so?"

Erstarrt war ich auf der Treppe stehen geblieben. Lautlos.

„Du hast doch schon seit Monaten diese Bücher in deinem Atelier liegen. Glaubst du, ich weiß das nicht?"

„Ach, du schnüffelst mir nach?"

„Peter das war unser Haus. UNSER HAUS. Du hättest die Bücher ja zumindest verstecken können."

„Hugo wird schon verstehen, was du für ein Spiel treibst. Wie du unsere Familie zerstört hast."

Dann ein lautes Geräusch, wie zerschellendes Glas.

„Du bist so krank. So egoistisch. Du begreifst einfach nicht, was um dich herum passiert. Denkst du auch mal eine Sekunde an Basti? Denkst du auch mal eine Sekunde daran, dass wir weiterhin ZWEI gemeinsame Söhne haben, egal was ist?"

„Elena, lenk nicht ab!"

„Es hat keinen Sinn. Verzieh dich doch einfach in dein Atelier und bleib bei deinen Pinseln. Mit etwas anderem kannst du ja nicht umgehen."

„HALT'S MAUL! Ich gehe nirgendwo hin."

Dann hatte ich die Wohnzimmertür zuknallen gehört. Auf dem Weg nach oben hatte ich gesehen, dass mein Bruder sich gerade in der Küche ein Brot schmierte. Die Küche lag genau gegenüber vom Wohnzimmer.

Ich nickte. Sie hatten sich immer häufiger gestritten, aber das wurde mir erst jetzt wirklich bewusst.

„Gehst du ihn besuchen?"

„Hm?"

„Na, ich meine, wirst du ab und zu mit mir hinfahren. Wir können dann ja was zusammen machen. Also Papa, du und ich."

Er streichelte mich.

„Ich denke nicht. Das mit Peter und mir hat nie so gepasst, weißt du? Erledigt!"

Beide blieben wir stillsitzen und nickten zum brachialen Beat von Eminem. Plötzlich fiel mir auf, dass für meinen Bruder im neuen Haus unseres Vaters kein Zimmer in Planung war. Ich verstand nicht, wie Vater und Sohn einfach so getrennte Wege gehen konnten, als hätte es all die gemeinsame Zeit nie gegeben.

Dann stand Basti schwungvoll auf und strahlte mich euphorisch an.

„Wollen wir zocken?"

Ich kam an die Orientierungsstufe. So hieß die Schulform nach der Grundschule, an der man die 5. und 6. Klasse zu absolvieren hatte. Im Gegensatz zu meinen Grundschulfreunden schickte meine Mutter mich an eine Schule in der Stadt. Das tat mir weh. Wie sollte ich ohne Timon, Lennard und die ganzen anderen Freunde aus dem Dorf klarkommen? Außerdem musste ich jeden Morgen mit dem Zug in die Stadt reinfahren. Das ging schneller als mit der Straßenbahn, aber war viel aufregender und trotzdem eine halbe Weltreise. Ich fühlte mich allein zwischen den ganzen Erwachsenen, die gestresst in ihren Anzügen zur Arbeit fuhren. In den Zügen roch es nach Aftershave und Parfüm, nach Kaffee und kaltem Rauch, nach Schweiß und Stress. Und das Schlimmste war, dass ich manchmal die Tür der alten Regionalbahn nicht aufbekam. Aus unserem Vorort fuhren die scheußlichsten Klapperzüge ab. Die hatten noch diese alten Türen, die man mit einem roten Hebel aufkurbeln musste. Einmal kam es tatsächlich vor, dass die Tür klemmte und ich nicht rauskam. Ich kam ins Schwitzen und machte mir im Stress fast in die Hose, bis eine Frau aus dem Abteil auf mich zukam und mir half. Von da an hatte ich jeden Tag Angst, diese verdammte Tür nicht aufzubekommen. Mit der Zeit merkte ich mir die Gesichter der Passagiere, die regelmäßig mit mir am Adenauerbahnhof ausstiegen. Ich stellte mich dann von Anfang an in ihre Nähe.

Vieles war plötzlich anders. Mein Vater lebte nicht mehr bei uns. Das Zimmer, in dem er bis in die späten Abendstunden seiner Liebe zur Malerei nachgegangen war, hatte ich bezogen.

Es roch noch nach ihm, nach der Farbe und nach Erinnerungen. Oft war ich hier abgewiesen worden. Er hatte zu tun gehabt, hatte noch fertig malen wollen. Keine Zeit. Trotzdem vermisste ich ihn irgendwie. Etwas fehlte. Etwas war unvollständig geworden. Ich war unvollständig geworden.

Meine Grundschulfreunde fingen ein neues Schülerdasein an, ohne mich. Und dann dieser Stadtteil, in dem ich nicht zuhause war, in dem nur dieser dunkle, massige Schulkomplex auf mich wartete, mit all seiner Fremdheit und Kälte. Das tägliche Zugfahren. Neuanfänge, wo ich nur hinschaute.

Trotz aller innerer Befürchtungen fand ich mich gut zurecht an der neuen Schule. Ich war zum Glück immer schon ein Junge, der schnell Anschluss fand. Ich freundete mich mit Omid und Abdul an. Meine Schulnoten, die in der Grundschule noch vorbildlich gewesen waren, litten auf einmal unter anderen Interessensgebieten, die sich mir auftaten. Omid besaß bereits eine Digitalkamera, die kleine Videos drehen konnte. In den Pausen taten wir so, als würden wir uns wild kloppen, drehten kleine Stuntfilme, pafften versteckt an Menthol-Zigaretten oder zündelten schon einmal ein kleines Feuer im hinteren Bereich des Schulhofs an. Das alles hielten wir in kleinen Videos fest. Es entstand eine Sammlung an Grenzüberschreitungen, die Omid irgendwann zu einem Film zusammenschnitt. Ich schlug vor, den Film „RIOT" zu nennen. Omid und Abdul waren sofort einverstanden. Außerdem musste ich das hübsche Mädchen Mara, die Natascha bereits in weite Gedankenferne verdrängt hatte, von mir überzeugen, was ich, wie auch sonst, vornehmlich durch Unfug und Größenwahn verwirklichte. Als ich das Gefühl hatte, genug Show für sie gemacht zu haben, schrieb ich ihr eines Tages einen kleinen Liebesbrief. Ich wählte tatsächlich das klassische Muster: „Willst du mit mir gehen? Ja, Nein, Vielleicht. Kreuze an!" Als wir Schulschluss hatten, bat ich Abdul, ihn zu überbringen, und zwar direkt an Mara. Ich hatte nicht den Mumm, ihn persönlich zu überreichen. Als ich am nächsten Tag, noch leicht verschlafen aber kribbelig nervös, in das Schulgebäude eintrat, stand sie plötzlich vor mir, den Brief in der Hand und von zwei

Freundinnen in die Zange genommen, die verlegen grinsten. Das jagte mir so einen Schrecken ein, dass ich das Gebäude ernsthaft wieder rückwärts verließ und zum anderen Eingang Reißaus nahm. Doch Mara kam mir selbstbewusst hinterhergelaufen. Ich beschleunigte. Sie auch. Irgendwann wurde es ihr zu bunt.

„Mann, jetzt warte doch mal. Ich will dir den Brief zurückgeben." Ihre beiden Freundinnen hechelten hinterher und konnten sich ein entlarvendes Gelächter nicht verkneifen. Plötzlich interessierte mich, was sie angekreuzt hatte und ich blieb stehen, und griff den Brief. Dann waren sie es, die wegliefen. Sie hatte das Kreuz bei Ja gesetzt. Obwohl ich allein war, lief ich rot an, während mich ein warmer Schauer des Glücks durchfuhr.

Die Grundschulzeit und die damit verbundenen Freunde rückten in immer weitere Ferne. Das wurde dadurch nur noch verstärkt, dass wir bald in die Stadt ziehen sollten. Raus aus dem Haus. Wieder ein Neuanfang.

„Hugo, das Haus ist zu groß für uns," versuchte meine Mutter, mich zu überzeugen.

„Aber ich will hier nicht weg. Hier ist mein Spielkeller, der Garten, mein Zimmer unterm Dach und all das und so kann ich wenigstens ab und zu noch Timon, Lennard und die anderen treffen."

„Das kannst du auch weiterhin. Versprochen! Aber es ist viel praktischer in die Stadt zu ziehen. Dort ist dein Lacrosse und deine Schule! Bastis Schule. Wir müssen nicht mehr so weit fahren. Man kann viel mehr zu Fuß oder mit dem Fahrrad machen."

Dass Entscheidungen immer ohne mich getroffen wurden,

nervte mich langsam so sehr, dass ich resignierte, und gar nicht mehr widersprach. Meine Meinung tat ja scheinbar eh nichts zur Sache. Ähnlich war es mit der Nachricht, die mir meine Mutter, in Anwesenheit meines Bruders, einige Monate zuvor gesteckt hatte. Ein Neuanfang. Wir waren in unserem Spielkeller, in dem Basti und ich uns austoben konnten. Ich übte hier meist Lacrosse oder drosch auf einen Fußball ein, während Basti die Wand volltaggte oder besprühte. Manchmal legte er Beats auf und rappte mir seine neuesten Verse vor. Ab und zu konnte ich ihn auch überreden, mit mir zu spielen. Aber das, was ich in der sportlichen Betätigung rauslassen musste, ließ er auf kreative Weise raus. Ständig musste er malen, schreiben oder rappen. Hauptsache er brachte etwas Kreatives zustande. Breakdancen ging in unserem Keller nicht so gut, da man sich auf dem Teppich fiese Schürfwunden abholen konnte. Das war so einer, der einen hin und wieder elektrisch auflud.

An einem Nachmittag kam meine Mutter, mit Basti im Schlepptau, in den Spielkeller und bat mich, mein Spiel kurz zu unterbrechen.

„Hugo, ich muss dir etwas sagen."

Ich schaute nervös zu meinem Bruder rüber, der wirkte, als würde er sich einen Lachkrampf verkneifen müssen. Er wich meinem Blick aus und holte einen Edding aus seiner Hosentasche hervor, mit dem er sofort begann, die Wand zu betaggen. Viele freie Stellen gab es nicht mehr. Bald mussten wir zum vierten Mal alles mit weißer Farbe übermalen, sodass er von Null anfangen konnte. Ich blickte meine Mutter erwartungsvoll an.

„Ich habe jemanden kennengelernt."

„Wie?"

„Na Mama hat einen Neuen," warf Basti ohne Rücksicht auf Verluste ein.

Ich schaute hilflos zwischen meiner Mutter und meinem großen Bruder hin und her.

„Ich habe mich neu verliebt," schob meine Mutter mit ihrem weichen Lächeln nach. Auf einmal funkelten ihre braunen Augen.

„Er heißt Jürgen… Jürgen Spackolatius," feuerte Basti den nächsten Einschub ab und verkniff sich dabei ein Lachen.

„Basti, hör auf. Nein, Hugo, er heißt Geert." Sie lächelte immer noch ganz weich, ganz vorsichtig, als würde sie mich von etwas überzeugen wollen, von dem sie selbst noch nicht ganz überzeugt war.

„Was ist das denn für ein Name?", fragte ich, während meine Gedanken rasten.

„Er ist Holländer. Er ist der Skipper von dem Schiff, auf dem ich immer mitfahre."

Meine Mutter machte im Sommer regelmäßig eine Segelreise mit ihren Freundinnen und Freunden, schon als sie noch mit meinem Vater zusammen gewesen war. Er hatte sich dafür nie begeistern können, war dann immer bei uns geblieben, aber ich war stets ganz verrückt nach den Mitbringseln gewesen, die sie mir von diesen Reisen mitgebracht hatte. Holländer aßen verrücktes Zeug! Hagelslag (Schokokrümel, die man aufs Brot legen konnte), Pindakaas (Erdnussbutter, aus der meine Mutter die beste Reissoße der Welt zauberte), zerknautschte Rosinenbrötchen mit dicken Zuckerplocken und viele andere Köstlichkeiten, die man nicht alle Tage auf den Teller bekam. Nun fühlte ich mich aber hintergangen. Fragen überschlugen sich in mir. *Wie lange geht das schon zwischen den beiden? Ist dieser Holländer der Grund, warum wir nun alle getrennt sind?*

Warum weiß Basti schon wieder mehr als ich?

All diese Fragen schluckte ich, fraß sie in mich rein. Still saß ich da, bebte aber innerlich wie ein Vulkan, der langsam aber sicher auf einen Ausbruch zustrebt.

„Er wird uns bald besuchen kommen. Dann lernst du ihn kennen!"
Meine Mutter streichelte und küsste mich und verließ den Spielkeller, als sie merkte, dass von mir nichts mehr kam.

Basti und ich schossen uns die Bälle um die Ohren. Wenigstens war ich mit einer überfordernden Neuigkeit mal nicht allein zurückgelassen worden. Hier konnte ich meine Überforderung rauslassen und es gab jetzt keinen besseren Partner zum Ablenken, als meinen Bruder. Er spürte vermutlich, dass er nun mit mir gemeinsam toben und seinen „RIOT" Riot sein lassen musste. Wir drehten so sehr auf, dass wir irgendwann, völlig aus der Puste, nebeneinander auf dem Teppichboden lagen.

„Warum sagt Mama dir immer alles zuerst?" fragte ich ihn und schnappte nach Atem.

„Was meinst du?"

„Dass Mama und Papa sich scheiden lassen, wusstest du vor mir. Und jetzt das mit diesem…"

„Geert."

„Ja. Geert… Spackolatius."
Wir lachten.

„Ich glaube, Mama möchte einfach nicht, dass du traurig bist."
Ich schaute ihn fragend an.

„Ja ey, ich bin sechzehn, werde bald siebzehn. Bald bin ich hier weg und mache mein eigenes Ding. Mucke und so. Mir ist egal, wer hier einzieht. Hauptsache Mama ist happy und… du natürlich auch."

„Er zieht hier ein?"

„Nee, keine Ahnung. Das war nur so gesagt."

„Basti!?"

„Nee wirklich. Der wohnt doch auf seinem Schiff, kein Plan! Ist ja auch egal."

„Was wird wohl Papa dazu sagen?"

Basti sagte nichts. Er stand auf.

„Noch eine Runde?"

So kam die letzte Nacht in unserem ehemals heimeligen Reihenhaus. Überall standen Kartons und eingepackte oder abgebaute Möbel. Es roch nach aufgewirbeltem Staub, nach Erinnerungen. Ich war elf Jahre alt und sollte nun also zu einem Stadtjugendlichen heranwachsen. Ich konnte mein Zuhause nicht ohne Weiteres gegen ein neues eintauschen. Einfach so. Den Ort, der jahrelang mein Rückzugsort, mein Hafen der Sicherheit, gewesen war, sollte ich nun einfach dieser neuen Familie überlassen? Unsere Familie war hier gescheitert und jetzt bekamen sie die Chance? Das wollte ich nicht hinnehmen. Vieles, was mich mit diesem Haus verband, flimmerte in mir auf. Zehn Jahre. Ich hatte zweimal das Zimmer gewechselt, hatte in drei Räumen meine Spuren und Gedanken hinterlassen. Mir war es letztlich nicht vergönnt, aus dem ehemaligen Atelier meines Vaters mein Dachzimmer zu machen, in dem ich aus seinem Schatten herauswachsen konnte. Auch ich musste gehen. Nun blieben nur die weißen, frisch gestrichenen Wände zurück. Nichts von mir. Doch, eine Sache. Ich hatte schweren Herzens meine liebste Playmobilfigur aus dem Kippfenster, über die Ziegel, in die Regenrinne gleiten lassen. Sie würde dort hoffentlich bleiben und das Haus an mich erinnern.

Es stand mir eine weitere Zäsur bevor. Basti würde nicht mit uns umziehen. Er war an seinem Gymnasium mehrfach beim Kritzeln in der Toilette erwischt worden und ohne eine einzige Klassenkonferenz von der Schule geflogen. Meine Mutter verlor ständig die Fassung und schrie ihn immer häufiger an. Basti ließ das alles wortlos über sich ergehen. Ich fragte mich oft, ob ihn das überhaupt störte mit der Schule. Er ließ sich kaum noch blicken bei uns. Er blieb bei Freunden, schlief im Studio, trieb sich nächtelang herum und kam erst kurz vor dem Frühstück nach Hause. Dann verbrachte er die Zeit, in der ich in der Schule und unsere Mutter bei der Arbeit war, allein zuhause. Ich verstand ihn nicht. Er fehlte mir. Es tat mir weh, dass wir ihm scheinbar nicht fehlten. Eines Tages wollte ich das für mich klären. Ich ging in sein Zimmer, als er gerade mal da war. Er saß vor seinem PC, der mühsam schnaufte wie eine alte Dampflok. Fruity Loops war geöffnet und wummerte dumpfe Baselines durch den Raum. Ich setzte mich auf sein Bett. Er drehte sich kurz um, grüßte knapp und schaute dann wieder auf den Bildschirm.

„Basti?", tastete ich mich nervös vor.

„Ja?" Er drehte sich nicht zu mir um.

„Warum machst du das eigentlich alles? Dieses Graffiti, immer weg sein, dann das mit dem Kiffen."
Jetzt drehte er sich abrupt um. Sein Schreibtischstuhl knatschte, die Baselines dröhnten weiter.

„Wieso willst du das wissen?" In seinem Blick stand ein Hauch von Misstrauen geschrieben.

„Naja, weil ich es nicht verstehe. Und… ich bin hier so oft alleine." Ich schaute etwas beschämt zu Boden.

„Okay…" Er stand auf, setzte sich neben mich aufs Bett und rückte so weit zurück, bis er an der Wand lehnte. Ich tat es ihm gleich. So lehnten wir beide an seiner Zimmerwand, die von den übersteuerten Bässen leicht vibrierte.

„Es beruhigt mich, weißt du? Ich kann nach einem Joint so gut schreiben. Ich bin ganz bei mir. Alles, was mich nervt, verschwindet. Ich bin ganz ruhig und mir gelingen die Reime viel besser. Ich traue mich dann auch Sachen, die ich mich sonst nicht trauen würde. Und ich mache das mit meinen Jungs zusammen. Es ist chillig und wirkt noch besser als Alkohol, verstehst du? Hier zuhause kriege ich immer nur Ärger von Mama. Schule, Schule, Schule. Schule ist durch... Ich hab's verbockt. Es hat doch nichts mit dir zu tun."

„Hm..." Ich wusste nicht, was ich dazu sagen sollte.

„Aber Hugo versprich mir eins, okay? Du kiffst nie, klar?" Er umgriff hart meinen Oberarm. Ich schüttelte ihn ab.

„Warum? Du machst es doch selbst."

„Ja, aber es ist auch sehr ungesund und schlecht für die Lunge. Du brauchst doch deine Lunge für Lacrosse, hm? Du willst doch Sportler werden. Das werde ich nie schaffen mit dem vielen Rauch in der Lunge. Breakdancen geht schon immer schlechter." Er machte mir vor, wie er dann immer hecheln musste, wie ein Hund, weil ihm nach einigen Drehungen auf dem Boden die Luft knapp wurde. Ich musste lachen.

Meine Mutter und Basti hatten sich darauf geeinigt, dass er in irgendeine größere Stadt ziehen würde. Zwei Freunde von ihm waren auch vor einigen Monaten dorthin gezogen. Er würde zu einem unserer Onkel ziehen. Onkel Martin hatte keine Familie, aber ein schönes Haus in einem ruhigen Stadtteil, in dem Basti ein Zimmer bekommen sollte. Da sollte er noch einmal Anlauf ans Gymnasium nehmen. Für meine Mutter war es alternativlos, dass er Abitur machte. Vielleicht klappte es ja woanders. Nur war er dann eben weg und ich würde ihn noch weniger sehen, als sowieso schon. Neue Wohnung und nur noch zu zweit, statt zu viert.

Nachdenklich lag ich auf meiner Matratze und dachte darüber nach, wer wohl bald in meinem Zimmer leben und zu dieser Decke hinaufschauen würde. Diese Gedanken machten mir Bauchschmerzen. Ich wollte das Haus nicht abgeben. Ich wälzte mich hin und her. An Schlafen war ohnehin nicht zu denken, als plötzlich seltsame Geräusche aus dem Zimmer meiner Mutter zu mir hochdrangen. Ich hörte Geert, der uns beim Umzug unterstützen sollte, rhythmisch schnaufen und meine Mutter immer mal wieder laut aufstöhnen. Es hörte gar nicht mehr auf. Mir wurde noch schlechter. Mit Decke und Kissen über den Ohren verließ ich mein Zimmer und eilte zu meinem Bruder. Auch er hatte am nächsten Tag zu helfen, weshalb er zum Glück zuhause war.

„Basti, darf ich bei dir schlafen? Was machen die da drüben, ey?" Basti rückte in seinem Bett zur Seite, hob die Bettdecke an und nahm mich in den Arm. Er lächelte etwas verlegen und sagte gar nichts. Wir brauchten nicht reden. Wir verstanden uns. Ihn ärgerte das genauso wie mich, was da drüben gerade vor sich ging. Nur konnte er das mit seinen siebzehn Jahren ganz anders einordnen als ich mit meinen elf. Jedenfalls wirkte er weniger fragend und verwirrt auf mich, eher wissend und genervt. Ich fühlte mich dreckig. Ich war verunsichert und sauer zugleich. Die letzte Nacht im Haus konnte ich nicht in meinem Zimmer schlafen, weil ich es jetzt nicht allein aushielt. Basti machte eine Drei-Fragezeichen-Kassette an, die zum Glück die fremdartigen Geräusche übertönte, sodass wir bald in schmerzlicher Verbundenheit, Arm in Arm, einschliefen. Und so begann die letzte Nacht in unserem Reihenhaus im dörflichen Vorort einer Großstadt.

Auch aus der Stadt besuchte ich meinen Vater jedes zweite Wochenende dort, wo er jetzt ohne uns wohnte. Wir machten meistens Ausflüge zu irgendwelchen Kunstmuseen, die er so liebte. Kunst in all ihren Formen war sein Ein und Alles. Er wusste immer genau, wo an den Wochenenden welche Ausstellung zu sehen war. Er wusste aber nie, welches Lied ich gerade gern hörte, wie mein bester Freund hieß oder in welches Mädchen ich an diesem Wochenende verliebt war. In den Museen nahm er sich dann viel Zeit für die Ausstellungsstücke. Ich ging zunächst neben ihm her, hängte ihn dann aber meistens schnell ab. Hatte ich alles alibimäßig angeschaut, lungerte ich herum und beobachtete meinen Vater, während er völlig in seinem Element versunken war. Er stand vor den Exponaten und musterte sie, als würde er jede Einzelheit in sich aufnehmen wollen. Dies tat er mit Passion, detaillierter Zärtlichkeit und vollständiger Zuwendung. Einerseits bannte es mich, wenn ich ihn in solch intimen Momenten beobachten konnte. Er ließ dann los. Seine Gesichtszüge wirkten trotz aller Konzentration und innerer Sammlung außergewöhnlich entspannt. In den letzten Monaten war mir ein Harm in seinem Gesicht aufgefallen. Er war grauer geworden, in Haaren, Bart und Gesicht. Seine Augen waren nun umgeben von feinen Falten, die an seinen schmalen Augen zu ziehen schienen. Wenn er lachte, lachte nie das ganze Gesicht mit. Diese Veränderungen an ihm bedrückten mich. Umso froher war ich, dass ich sehen konnte, dass er noch Momente fand, in denen er aussah wie früher. Andererseits war ich auch genervt und gelangweilt. Das hier war nicht ich. Kunst war nicht ich. Ich besaß nicht den Mut, ihm zu sagen, dass ich auch mal ein Wochenende bei ihm verbringen wollte, ohne in ein verdammtes Kunstmuseum gehen zu müssen. Ich brachte es nicht heraus, mir etwas zu wünschen, was ich tun wollte. Ich. Mit ihm. Er fragte mich aber auch nicht aufrichtig. Immer spürte ich Erwartungen mitschwingen. Und ich fühlte auch so etwas wie Eifersucht auf jedes einzelne Bild, das er sich ausgiebig anschaute, für das er sich Zeit nahm. Etwas besser wurde es dann, wenn wir im Anschluss an den Museumsgang in ein Café einkehrten und ich einen großen Kakao mit Sahne und ein Stück Kuchen bekam. Mein Vater wirkte dann entspannt und beseelt, lachte oft etwas zu laut über seine Witze. Er redete detailliert und inbrünstig über die ach-so-tollen Kunstwerke, die er gerade bewundert hatte, um im nächsten Moment die Worte zu verlieren.

„Eine feinere Pinselführung habe ich selten gesehen. Und die Farben sind im völligen Einklang zum Inhalt, zur Aussage der Bilder. Ich hätte sie noch stundenlang auf mich wirken lassen können. Die Landschaftsbilder, voller Poesie der Wirklichkeit." Mein Vater wollte seine Begeisterung auf mich übertragen. Ich nickte, kam aber nicht mit. Dann Stille. Ich suchte nach einem Thema. Einem Thema von mir. Und er schwelgte immer noch in künstlerischen Gedanken, so schien es mir.

„Gerade trainieren wir beim Lacrosse für die Norddeutsche Meisterschaft. Da kommen die acht besten Teams Norddeutschlands hin und wir sind dabei," probierte ich mich einzubringen.

„Mh mh." Mehr kam nicht. Das wars. Ich wusste, dass er sich nicht für meinen Sport interessierte. Das war kein Geheimnis. Er hatte immer schon Tischtennis gespielt, weshalb er Tischtennis scheinbar für den einzigen Sport hielt, den man betreiben konnte. Als ich mit Lacrosse angefangen hatte, hatte es unendlich viele Diskussionen gegeben. Warum ich denn so einen neumodischen, amerikanischen Frauensport machen wolle? In wenigen Jahren würde der Sport eh wieder ausgestorben sein. Tischtennis sei ein Volkssport, Lacrosse eine vergängliche Mode. Außerdem habe auch er Tischtennis gespielt. Er könne mir viele Tipps geben. Ich könne in seine Fußstapfen treten. Das war sein eigentlicher Punkt. Ich machte nicht das, was ihm gefiel, was ihn ausmachte. Ich hatte niemanden gekannt, der Tischtennis spielte. Außerdem hatte mich der Sport nicht so angezogen, wie Lacrosse. Seit ein Lacrossespieler aus Amerika eine AG an unserer Grundschule angeboten hatte, war es mein Sport gewesen. Richtig, MEIN Sport! Niemand anderes in meiner Familie hatte es je gespielt. Ich liebte Overhand-Schüsse. Dabei schleudert man den Ball über dem Kopf aus dem Netz. Auf diese Weise erzielte ich meistens meine Tore.

„Hugo, wir brauchen heute deine Overhand-Shootings! Richtige Geschosse!", hatte mein Trainer mal vor einem wichtigen Spiel zu mir gesagt.

Beim Lacrosse ging es mitunter schon sehr aggressiv zu. Ich konnte mich dabei so richtig auspowern. Und dann gab es nichts Schöneres, als nach einem gemeinsam erkämpften Sieg mit dem Team auf der Terrasse unseres Clubhauses zu sitzen und Eis zu essen. Meine Erinnerungen daran schmecken nach Solero Shots und Salz auf der frisch gebräunten Haut. Doch ich hatte das Gefühl, dass mein Vater das alles nicht nachvollziehen wollte. Die Enttäuschung über die Wahl meines Hobbys steckte latent in solchen abgekappten Gesprächsfäden.

Einmal ging es nicht mal um Lacrosse. Trotzdem lief es so ähnlich:

„Nächste Woche schreiben wir einen Mathetest."

„Und kannst du es?"

„Nein, gar nicht. Ich kapier es einfach nicht. Bin echt aufgeregt. Ich will nicht wieder eine Vier Minus schreiben."

„Ja, dann musst du üben." Stille. Ich nickte wenig überzeugt. Ich wartete, dass er mir noch mehr anbot. Irgendeinen Richtungshinweis, eine Kurskorrektur auf meiner Irrfahrt durch die Mathematik. Dann fing er an, mit seinen Fingern auf der Tischplatte einen Rhythmus zu klopfen. Das war das Zeichen dafür, dass der Gesprächsfaden bereits aufgebraucht war. Verzweifelt suchte ich nach einem neuen, doch sonderlich lang würde er nicht werden. Denn einer von uns schnitt immer ab, durchtrennte den Faden und warf ihn weg, ohne dass daraus etwas Sinnvolles entstanden wäre.

Ich brachte mehr und mehr Kummer mit von meinen Wochenendaufenthalten bei ihm. Etwas bedrückte mich und ich bekam es langsam zu fassen. Ich spürte, dass mein Vater und ich sehr unterschiedlich waren. Zu unterschiedlich. Das machte mir zu schaffen. Alle Menschen sind verschieden, aber die meisten Menschen, die ich kannte, bemühten sich diese Verschiedenheiten, manchmal höflich, manchmal aufrichtig, zu überwinden. Dem anderen entgegenzugehen, Kompromisse zu schließen, sich wertzuschätzen. Doch mein Vater war meistens weder höflich noch aufrichtig. Ich war höflich. Ich musste mich ständig verstellen und Dinge machen und bereden, die mich nicht erfreuten, mich nicht betrafen. Doch ich wusste nicht, wie ich ihm das klarmachen konnte, daraus ausbrechen sollte. Ich konnte mich nicht dagegen auflehnen. Langsam wurde mir bewusst, dass ich ohne Aufrichtigkeit keine Höflichkeit mehr zeigen konnte. Es strengte und widerte mich an. Aber meinem Vater fiel das nicht auf. Er war viel zu sehr mit sich selbst beschäftigt.

Eines Sonntagabends, nachdem ich von meinem Vater heimgekommen war, krabbelte ich zu meiner Mutter ins Bett. Die Wärme ihres Bettes übertrug sich wohlig auf mich.

„Mama, meinst du, dass Papa mich überhaupt liebhat?"

„Wie kommst du denn darauf?"

„Na, er hat mir noch nie gesagt, dass er es tut. Du sagst es ständig zu mir, deshalb weiß ich das. Aber er sagt es nie!"

„Das ist so schade, Hugo. Dein Vater kann so etwas nicht."

„Wie kann man denn so etwas nicht können?"

„Naja, es kostet ja etwas Überwindung, jemandem zu sagen, was man fühlt und manche kostet es mehr Überwindung. Dein Vater hat mir auch fast nie gesagt, dass er mich liebhat."

„Wenn ich ihm von Lacrosse erzähle oder von guten Noten oder so, sagt er auch nie, dass er stolz auf mich ist. Du sagst das doch so oft?! Warum kann er das dann nicht wenigstens ab und zu sagen?"

Ich verstand es wirklich nicht. Als erwachsener Mensch irgendwas nicht aussprechen zu können, leuchtete mir nicht ein. *Ich habe dich lieb! Ich bin stolz auf dich! Du bist mir wichtig!* In weniger als zehn Sekunden konnte ich all diese Sätze aussprechen. Einfach so. Ohne, dass es Anstrengung kostete. Und ich war noch nicht mal erwachsen. Ich kam nicht weiter.

„Es tut mir so leid für dich, aber dein Vater kann solche Dinge einfach nicht aussprechen. Ich konnte ihm das in zehn Jahren nicht beibringen. Ich bin mir aber sehr sicher, dass er dich liebhat!" Ihre warmen, braunen, zuversichtlichen Augen versuchten, mir Sicherheit und Halt zu geben. Doch war es in diesem Fall nicht an ihr, dies zu tun. Das Fundament für Hoffnung und Vertrauen fehlte.

„Hm. Und dann ist da ja noch das mit den Socken…"

„Was meinst du?"

„Ich hatte dieses Wochenende nur ein Paar Socken mit, und das hatte Löcher. Dann habe ich ihn gefragt, ob wir neue Socken kaufen könnten."

„Und dann?" Ihre Augen verengten sich.

„Dann hat er ganz sauer reagiert und mich gefragt, ob du mir keine Socken kaufst bei dem vielen Geld, das er dir gibt. Er hat gesagt, dass DU mir Socken kaufen musst, nicht er. Hat er mich noch nicht mal so lieb, dass er mir ein Paar Socken kaufen kann, oder was? Ich habe doch nur vergessen, sie einzupacken. Aber das konnte ich ihm nicht mal sagen, weil er sich direkt so aufgeregt hat über DICH." Ich redete mich in Rage, wurde immer lauter und verzweifelter.

Meine Mutter nahm mich in den Arm und drückte mich fest an sie.

„Ich habe dich so lieb, vergiss das nie! Ich werde mit ihm sprechen."

„Nein, das will ich nicht." Was hätte das nun wieder für ein armseliges Licht auf mich geworfen? Was würde mein Vater von mir denken?

„Okay. Dann mache ich es nicht. Das nächste Mal packen wir zusammen, ja? Dass du auch nichts vergisst."

Ich antwortete nicht. Gedanklich verneinte ich.

Dann richtete sie sich plötzlich auf und schob mich mit ihr aus dem warmen Bett.

„Komm mal mit."

Ahnungslos folgte ich ihr ins Wohnzimmer bis vor den CD-Schrank, den sie hegte und pflegte. Sie liebte Musik. Sie konnte mir zu jeder CD eine Geschichte erzählen, wo sie sie gekauft hatte, was ihre Lieblingslieder waren und in welcher Phase ihres Lebens sie sie viel gehört hatte. Nina Simones *My Baby Just Cares For Me* hatte sie zum Beispiel während der Schwangerschaft mit mir geliebt. Nun griff sie gezielt eine CD heraus, auf der zwei Männer einen Weg entlang gingen und sich nach dem Fotografen umblickten. *The Sound of Silence* von Simon & Garfunkel. Sie klappte die CD auf und holte nicht die CD heraus, sondern das Booklet mit den Songtexten. Dann schob sie mich aufs Sofa. Ich ließ alles in verwirrter Neugier geschehen. Sie hatte scheinbar den Text gefunden, den sie gesucht hatte und schaute mir bestimmt in die Augen.

„Ich übersetze dir jetzt mal den Songtext von einem der Lieblingslieder deines Vaters: *I am a Rock*. Vielleicht kannst du dann etwas verstehen, wie er sich fühlt oder warum er dir nicht sagen kann, dass er dich liebhat."
Ich nickte zaghaft und wortlos.

„Da heißt es in etwa: Ich bin ein Stein und eine Insel mit Mauern, um mich herum, eine Burg, in die niemand eindringen kann." Sie machte eine kurze Pause, las für sich weiter.

„Ich rede nicht von Liebe, fühle keinen Schmerz und weine nie." Dann blickte sie auf.

„Was soll das alles?"

„Jeder Mensch erlebt im Leben Dinge, die ihm wehtun. Doch es begegnet einem auch Vieles, das man liebt und schätzt, das man braucht. Jetzt kommt es darauf an, wie man mit alldem umgeht. Lässt man sich von dem unterkriegen, was einen verletzt oder bleibt man bei den Dingen, die man liebt und die einen wirklich glücklich machen."

„Ist doch einfach."

Sie schaute mich fragend an.

„Na bei den Sachen, die einen wirklich glücklich machen."

„Ja. Dein Vater und ich haben uns mal sehr geliebt. Wir waren glücklich miteinander. Doch in einer Beziehung ist es nicht immer nur schön. Es kommen Momente, in denen man sich verändert. Und man muss immer auch Rücksicht auf den anderen nehmen. Das haben wir nicht mehr gemeinsam geschafft. Das hat uns wehgetan. Ich hatte dann ganz oft das Gefühl, dass dein Vater eine Mauer um sich und sein Innerstes gebaut hat. Ich kam nicht mehr an ihn ran. Hass und Wut standen zwischen mir und ihm."

Das, was ich hörte, tat mir weh. Es schmerzte. Und gleichzeitig verstand ich nicht, was das alles zur Sache tat. Was hatte das mit mir zu tun? Mit mir und meinem Vater?

„Er hat viele Situationen durchlebt, die ihm wehgetan haben. Mit der Zeit hat er sich angewöhnt, diese negativen Gefühle auszublenden, sie nicht mehr zuzulassen und sie erst recht nicht zu zeigen. Auf diese Weise hat er versucht, sie von sich fernzuhalten. Dabei hat er dann, glaube ich, auch verlernt, die schönen Gefühle zuzulassen, sie zu zeigen, über sie zu sprechen." Ich schaute auf das CD-Booklet und dachte über das nach, was meine Mutter mir da versuchte zu erklären.

„Was ich sagen will ist, dass dein Vater dich liebhat, wie nichts anderes auf dieser Welt. Du bist schließlich sein Sohn." Ich bekam eine Gänsehaut.

„Aber er kann es dir nicht sagen. Sprich nicht über Liebe, heißt es in einem seiner Lieblingslieder. Dass passt doch, oder?" Niedergeschlagen nickte ich.

„Nur all das bringt nichts, Hugo. Man wird im Leben oft verletzt, aber sich auf eine einsame Insel zurückzuziehen, ein Stein zu werden und nicht mehr zu lieben, macht auch nicht glücklich. Man muss mutig sein. Sich verletzbar machen. Nur so kann man lieben und glücklich sein. Ich habe ständig Angst, dass Geert mir einmal wehtun wird. Aber ich gehe das Risiko ein, weil es mich glücklich macht. Und mit Taten und Worten zeige ich ihm, wie wichtig er mir ist und hoffe, dass das reicht." Nachdenklich schaute sie ins Leere.

„Verstehst du es jetzt ein bisschen mehr?"

Ich schüttelte den Kopf. Diese unübersichtliche Welt der Erwachsenen blieb mir schleierhaft. Die Worte meiner Mutter hafteten irgendwo in mir fest, brannten sich ein. Doch begreifen konnte ich sie nicht. Ich fühlte nur, dass ich mich nach Liebe und Anerkennung meines Vaters sehnte. Wie man dessen nicht fähig sein kann, war mir weiterhin unverständlich. In mir breitete sich ein Gefühl von Einsamkeit und Unzulänglichkeit aus, denn all das führte ich auch auf mich zurück.

„Ich habe dich lieb! Ich hoffe, du weißt das." Ich nickte und lehnte meinen gedankenschweren Kopf an ihre Seite.

Das Verständnis und die warme Nähe meiner Mutter taten gut, aber diese grundlegende Verschiedenheit meiner Eltern trieb einen Keil in mich, der mich zweiteilen wollte. Wer war ich? Wie war ich? Wo gehörte ich hin? Wo gehörte ich zu? Und warum behandelten meine Eltern mich so gänzlich unterschiedlich?

Obwohl meine Leistungen an der Orientierungsstufe nicht sonderlich berauschend waren, bekam ich von meiner Klassenlehrerin eine Gymnasialempfehlung. Wie auch immer das möglich war. Abdul und Omid erhielten lediglich eine Haupt- und Realschulempfehlung. Wieder einmal musste ich mich von guten Freunden trennen. Wir hatten uns so gut verstanden, waren uns ähnlich und doch so verschieden gewesen. Sie hatten Muttersprachen, die ich nicht verstand, sie rochen anders als ich und sie brachten fremdes Essen mit in die Schule. Doch irgendwie spürte ich eine feste Verbindung zu ihnen. Ich konnte mich auf sie verlassen. Auch sie hatten bereits Erfahrungen gemacht, die sie nachdenklich stimmten. Sie waren nicht so unbedarft, naiv und unzuverlässig wie die meisten anderen Kinder. Sie hatten Probleme und wehrten sich dagegen. Sie lehnten sich auf. Das imponierte mir. Sie waren den meisten Menschen gegenüber skeptisch, doch wenn sie jemanden ins Herz geschlossen hatten, konnte derjenige sich auf sie verlassen. Wir hielten zusammen. Außerdem hörten sie auch Rapmusik. Omid lieh mir CD's von 2Pac und Biggie aus, die ich mir auf meinen MP3-Player überspielte. Unsere Lieblingslieder, 2Pacs *Ghetto Gospel* und Biggies *Unbelievable*, kannten wir drei in- und auswendig. Doch trotz aller Bindungen trennte uns im Klassenraum etwas. Auch wenn ich oft mit ihnen gemeinsam den Unterricht störte und mit anderen Dingen als dem Schulstoff beschäftigt war, gelang es mir immer wieder, die Lehrerinnen und Lehrer von meiner irgendwo schlummernden Intelligenz zu überzeugen. Omid und Abdul gelang das leider zu selten. Sie konnten in den Momenten, auf die es ankam, nicht umschalten. Ab und zu ein Nicken, eine Meldung oder ein Kommentar, um der Lehrperson zumindest hin und wieder zu zeigen: Ich bin da. Ich weiß etwas. Ich denke mit. Und wenn ich mal so gar nichts wusste, bluffte ich halt.

„Wir sind Schwarzköpfe. Die gehören nicht ans Gymnasium!", sagte Abdul resignierend, als wir über die Schullaufbahnempfehlungen sprachen. Ich schämte mich für meine Gymnasialempfehlung und gleichzeitig verspürte ich große Einsamkeit. Ich wollte einfach mit ihnen an die Realschule gehen, meinetwegen auch zur Hauptschule. Warum eigentlich nicht? Für meine Eltern kam das nicht infrage. Daher fragte ich sie auch gar nicht erst. Warum kamen mir viele meiner engsten Leute ständig abhanden? Das zog sich so durch die letzten Jahre. Immer nahm ich Verbindungen auf, die wenig später wieder gekappt werden mussten. Meine Mutter brauchte mir auch nicht mehr erzählen, dass ich sie ja weiterhin sehen könne. Aus den Augen, aus dem Sinn, wie mit den Grundschulfreunden. Wir waren Kinder. Wie sollte ich den Kontakt zu ihnen halten? Wieder ein Neuanfang. Wieder einer, der schmerzte. Ich sah sie nie wieder.

Das Gymnasium lag im selben Stadtteil wie unsere Wohnung. Ich hatte einen Schulweg von höchstens fünf Minuten, musste nur aus der Haustür, auf die große Straße, ein paar hundert Meter nach rechts gehen, dann wieder rechts einbiegen, da lag der graue Klotz schon vor mir. Linkerhand, hinter einer langen Hecke, war eine Realschule, aber leider nicht die, auf die Abdul ging. An dieser Hecke ging ich jeden Tag entlang und zupfte gedankenverloren Blätter heraus. Am Ende des Weges passierte man eine riesige Platane, die sich selbstsicher über die beiden Schulen erhob. An ihr vorbei, waren es nur noch wenige hundert Meter bis zum Eingang.

Es gab Zeiten, in denen ich überwiegend gern zur Schule gegangen bin. Dazu zählte mit Sicherheit die gesamte Grundschulzeit. In dem Alter startete ich noch jeden Tag mit einer selbstbewussten Neugier. Neugier, weil es aufregend war, endlich lesen und schreiben zu lernen, und weil man im Sachunterricht so viel Spannendes über die Welt erfahren konnte. Ich meine so etwas wie Fahrradführerschein, die Uhr lesen oder Blätter sammeln und Bäumen zuordnen. Sexualkunde. Peter, Ida und Minimum. Da machte Lernen noch Sinn. Selbstbewusst insofern, als dass mir die Lernerfolge konstant und spürbar zuflogen und ich mich nicht sonderlich strecken musste, um an gute oder sogar sehr gute Noten zu kommen. Nebenbei konnten wilde Jungenfreundschaften mit aufgeschürften Knien, kleinere Rangeleien zwischen Konkurrenten und erste bereits fein angelegte und unbedarfte Turteleien mit Mädchen wie Natascha stattfinden. Die Orientierungsstufe verkomplizierte einiges. Jungenfreundschaften und Annäherungen an Mädchen wurden ernster und bedeutsamer, was zunehmend den Schulerfolg vergiftete. Ich musste feststellen, dass mir gute Noten zusehends abhandenkamen, während ich mich hauptsächlich um die Status „Held im Freundeskreis" und „Mädchenschwarm" bemühte. Denn eins war mir klar, diese Titel hält man nicht dauerhaft, ohne etwas dafür zu tun. Im Gegensatz zu Omid und Abdul hatte ich Eltern, die mich förderten und forderten, die selbst das Gymnasium besucht hatten. Unter anderem deshalb stellten sich wahrscheinlich, trotz aller süßen Ablenkungen, noch Erfolge ein. Am Gymnasium wurde mir nichts mehr geschenkt. Zunächst musste ich mir neue Freunde suchen. Alle Mitschüler, die ich schon von der Orientierungsstufe kannte, waren genau jene, die wir als kindisch, langweilig und unzuverlässig abgestempelt hatten. Naja, nicht alle! Mara würde auch am Gymnasium wieder in meiner Klasse sein. Das freute mich sehr. Ich kam nun in ein Alter, in dem Freundschaften und insbesondere Turteleien noch eine Spur wichtiger wurden und Unterrichtsinhalte gleichermaßen an Relevanz verloren. Leider stiegen jedoch das schulische Niveau und die Anforderungen an mich merklich. Keine gute Mischung! Erste Leistungsüberprüfungen in Mathe und Deutsch. Grammatiktests. Kopfrechenproben. Vokabeltests in Französisch, meiner ersten Fremdsprache. Die Englischlehrerin machte uns sofort klar, dass Englisch die viel wichtigere Sprache sei und wir zwei Jahre aufzuholen hätten, was bedeutete, dass wir die doppelte Menge an Vokabeln lernen mussten. Der Chemielehrer ging vor jeder Stunde mit einem kleinen Notizblock durch die Tischreihen und überprüfte die Hausaufgaben. Bei drei Strichen gab es eine Nachricht an die Eltern.

„Bei fünf Strichen…", da schüttelte er immer nur mahnend mit seinem kantigen Kopf.

Hier wehte ein völlig anderer Wind. Er blies mir die Haare aus dem Gesicht und wirbelte neue Sorgen auf. Dann kam der erste Elternsprechtag. Unsere Klassenlehrerin lud zum allgemeinen Lernstandsgespräch ein. Ich musste meine Mutter begleiten und saß beschämt neben ihr, während Frau Winckler loslegte. Meine Mutter sagte immer „So klein mit Hut". So fühlte ich mich in diesem Moment. Bloßgestellt. Unzulänglich. Eben so klein mit Hut.

„Ich spreche im Sinne meiner Fachkolleginnen und -kollegen, wenn ich konstatiere, dass Hugo von den Anlagen her einiges mitbringt, sein Arbeitsverhalten diesen Anlagen jedoch im Wege steht, weshalb sie sich nicht entfalten. Im Fremdsprachenunterricht lernt er die Vokabeln nicht ausreichend, sodass ihm der Wortschatz fehlt, um sich mündlich zu beteiligen. Deutsch klappt ganz gut. In Mathe kommt er nur mäßig mit, auch da muss er mehr tun. Das gilt auch für Physik und Chemie. Diese Fächer fallen ihm nicht zu. Da muss er ran! Über Sport brauchen wir nicht zu reden. Da ist er spitze! Also, wie gesagt, Konzentration, Arbeitsverhalten und Konstanz sind die entscheidenden Stichworte. Und er muss mündlich mitmachen im Unterricht. Da ist er oft abgelenkt oder zurückhaltend."

Meine Mutter lauschte nickend. Ich schaute betreten auf den Tisch, an dem wir saßen. Frau Winckler beantwortete einige Fragen meiner Mutter. In dem Stil ging es weiter. Er könnte vielleicht, aber ruft es nicht ab, war der Tenor, auf den meine Lehrerinnen und Lehrer sich geeinigt hatten. Die Betonung lag für mich auf dem „Vielleicht". Allmählich war ich mir nicht mehr so sicher, was ich eigentlich konnte. Das gesegnete

Selbstvertrauen aus der Grundschule und die unverschämte Selbstgewissheit aus der Orientierungsstufe waren schleichend von mir gewichen. Übrig geblieben war eine vage Unsicherheit. Ich konnte und wollte nichts greifen, nichts fixieren, nichts fokussieren. Alles entglitt mir. Nur im Sportunterricht heimste ich gute Noten ein. Doch was sind schon gute Sportnoten wert? In den Augen meiner Eltern jedenfalls nichts. Ihr Hauptaugenmerk lag immer auf den anderen Fächern, in denen ich bestenfalls ein „Ausreichend" erreichte. Meine Mutter hielt mir stets vor, wie gut sie in allen Naturwissenschaften gewesen war und mein Vater hatte mir nicht umsonst Enzensbergers *Zahlenteufel* geschenkt, ein Wink mit dem Zaunpfahl. Es drohten einige Vieren und in Chemie sogar eine Fünf. Herzlich Willkommen am Gymnasium…

„Du musst mehr tun, ne? Ich meine, du kannst nur so viel Lacrosse spielen, wenn du alles für die Schule geschafft hast. Raff dich auf! Die Frau Winckler ist doch sehr nett." Ich nickte, ohne es so zu meinen. Mir schwirrte tagtäglich alles andere durch den Kopf, aber weiß Gott nicht Erlenmeyerkolben, Elektromagnetismus oder geometrische Formen. Wozu auch? Was nutzte mir der Kram? Ich hatte Probleme, bei denen mir die Formelsammlung nicht helfen konnte.

Ich musste Abitur machen. Da führte kein Weg dran vorbei. Mein Bruder, der mittlerweile 18 Jahre alt war, war auf dem besten Wege, sich die höchste schulische Auszeichnung durch die Lappen gehen zu lassen. Er rappte immer besser, hatte sogar mit einem Freund zusammen eine Kassette aufgenommen, die er gerade verkaufte, während er auf seinem neuen Gymnasium wieder kurz vor dem Scheitern stand. Unser Onkel hatte aufgehört, ihn morgens aus dem Bett zu schleifen und zur Schule zu bewegen. Meine Mutter gab aus der Ferne die Hoffnung nicht auf. Sie schrie ihn ständig durch das Telefon an.

„OHNE ABITUR BIST DU NICHTS, SEBASTIAN. WAS WILLST DU DANN MACHEN?", schrie sie einmal in den Hörer, dass die Wände zitterten.

Umso mehr wurde mir schon von Anbeginn der Gymnasialzeit eingetrichtert, dass man ohne Abitur quasi nicht leben könne. Ich war noch am Anfang meines Weges am Gymnasium und hatte ihn nicht zu verlassen. Ich hatte in der Spur zu bleiben. Meine Mutter wollte das vermeiden, was sich bei meinem Bruder anbahnte. An diesem Punkt war es in erster Linie sie, die diese Vorschrift in mir zu manifestieren versuchte. Mein Vater setzte es eher stillschweigend voraus. Etwas anderes als Abitur stand sozusagen gar nicht zur Debatte. Hinweise auf den Stellenwert des gymnasialen Abschlusses klangen bei meiner Mutter in etwa so:

„Du bist jetzt auf einem Gymnasium. Es ist so wichtig, dass du Abitur machst. Du möchtest doch studieren! Ohne Abitur kannst du dir nicht aussuchen, was du beruflich machst. Dein Vater hat Abitur und ich auch."

Ausnahmsweise warf sie mal meinen Vater mit in die Waagschale. Donnerwetter! Eine Gemeinsamkeit zwischen meinen Eltern: Abitur. Abitur + Abitur = Abitur. Was sonst?

Das Gymnasium förderte die chronische Unlust auf Schule. Schule war größtenteils etwas Lästiges. Es gab Ausnahmen, wenn ich zum Beispiel mal, was selten vorkam, eine gute, mühevolle Hausaufgabe angefertigt hatte oder wenn man sich aus verschiedenen Gründen riesig auf alles freute, was außerhalb des Unterrichts so passierte: Tischtennis mit Kasper, Ihlas und Kilian, meinen neuen Schulfreunden, Frikadellenbrötchen am

Schulkiosk oder Blickkontakte in der Pausenhalle mit diversen Schulschönheiten. Aber irgendwas fehlte mir. Zum Beispiel wahrhaftige Freundschaften, wie die, die ich zu Omid und Abdul und auch zu meinen Grundschulfreunden gehabt hatte. Ich bekam das Gefühl, dass am Gymnasium kein Raum dafür war. Alle bemühten sich, den Zielen der Lehrerinnen und Lehrern hinterherzuhetzen. Nachmittags waren die meisten mit gleich mehreren Hobbies verplant oder mussten Vokabeln lernen. In der Schule verbrachte ich zwar die meiste Zeit mit Kasper, Ihlas und Kilian, doch außerhalb der Schule konnten wir uns so gut wie nie sehen. Sie wohnten in anderen Stadtteilen als ich. Omid und Abdul hatten sich immer Zeit genommen. Oft hatten wir noch Stunden nach Schulschluss auf dem Weg vertrödelt, am Kiosk vorbei, zur Bushaltestelle. Wir hatten uns gegenseitig Lassos, Center-Shoks, Böreks oder Kratzeis ausgegeben. Meine neuen Freunde mussten immer den ersten Bus kriegen. Mit Kilian hatte ich auch ein seltsames Erlebnis bei einem Vokabeltest. Mir wollte partout nicht einfallen, was Anspitzer auf Englisch heißt. Kilian, der neben mir saß, hatte da etwas hingeschrieben. Das hatte ich erschielt. Ich stupste ihn an und zeigte auf „Anspitzer", dann schrieb ich mit dem Bleistift ein Fragezeichen daneben. Er schaute auf mein Blatt, blickte zu Frau Winckler auf, dann wieder auf sein Blatt. Ich wartete. Nach einigen Sekunden schob er sein Blatt etwas weiter von mir weg. Ich kam nicht auf „sharpener". Kilian bekam den Punkt. Nachher tat er so, als hätte er nicht verstanden, welches Wort ich hatte wissen wollen. Dafür gab er mir in der großen Pause eine Krone beim Tischtennis ab, als ich rausflog. Immerhin!

Der Leistungsdruck in den vielen, teilweise neuen, Fächern

setzte mir langsam zu, weil er sich in den ersten Zensuren widerspiegelte. Dann die Situation mit meinem Vater. Mein Bruder, der zu weit weg war, und mir fehlte. Meine innere Waage drohte zu kippen. Ich wusste es nur noch nicht.

Meine Mutter verbrachte ein Wochenende ohne mich in Holland. Ich kam in der Zeit bei Kasper unter. Seine Eltern waren nicht gerade eng mit meiner Mutter befreundet, aber sie kannten sich zumindest. Ich war froh über dieses Arrangement. So musste ich das Wochenende nicht mit Geert oder meinem Vater zubringen, und dabei faule Kompromisse eingehen.

Mit einer vereinten Familie am Tisch zu sitzen, löste bizarre Gefühle in mir aus. So als wäre ich in ein Land gereist, in dem ich vor Jahren schon einmal gewesen war. Dass Vater, Mutter und Kinder an einem Tisch saßen, war mir tatsächlich fremd geworden. Dazu kam noch, dass Kaspers Vater ein sehr dominanter Mensch war. Er führte die Gespräche bei den Mahlzeiten, die er selbst zubereitete. Er war ein kleiner, untersetzter Mann mit Glatze. Die Mutter war bedeutend größer als er und wirkte in allem schwerfällig. Sie ließ ihn gewähren. Kasper erlebte ich anders als in der Schule. Er wirkte gehemmt. Ich hatte das Gefühl, dass sein Vater ihn einschüchterte. Auch der kleine Bruder kam am Esstisch nicht so richtig aus sich heraus. Dieser unharmonische Eindruck färbte auf mich ab. Ich hielt mich zurück, ließ mich einschnüren. Ich hoffte immer, dass die gemeinsamen Mahlzeiten möglichst schnell umgingen.

Nur wenn wir spielten, fernab von den Eltern, entfaltete ich mich. In der Nacht von Samstag auf Sonntag wehrten Kasper und ich uns standhaft gegen die Müdigkeit. Wir wussten, dass meine Mutter mich im Laufe des Sonntags wieder abholen würde. Wir mussten die verbleibende Zeit nutzen.

Schlafen kann man ja auch allein. Als wir mit uns nichts mehr anzufangen wussten, kamen wir auf die Idee, Kaspers kleinen Bruder Sven in unser nächtliches Spiel einzubinden. Er war acht Jahre alt und schlief schon tief und fest. Mit einer kleinen Taschenlampe ausgestattet, schlichen wir über den Flur und betraten Svens Zimmer. Wir hatten vereinbart, dass wir ihn häufeln würden. Flüsternd zählten wir von drei herunter und schmissen uns mit wildem Gebrüll auf ihn. Sven schreckte auf und schlug verzweifelt um sich. Lachend zogen wir uns in Kaspers Zimmer zurück. Kameradschaftlich klatschten wir ab und horchten in die Nacht. Es war wieder Stille eingekehrt. Kaspers Eltern schienen auch zu schlafen. Sven hatte sich wohl wieder umgedreht. Zeit für einen neuen Angriff!

„Wir häufeln ihn nochmal", schlug Kasper vor.

Ich nickte. Und so zogen wir wieder aus. Kaspers Mini-Mag-Lite leuchtete uns den Weg in das benachbarte Kinderzimmer. Auf drei warfen wir uns wieder auf ihn. Diesmal kam die Reaktion schneller, und wacher. Sven schlug wilder um sich und schrie unter Tränen:

„JETZT SAG ICH ES MAMA UND PAPA!"

Wir sprinteten in Kaspers Zimmer zurück und krochen unter unsere Decken, so als wären wir da frei von Schuld. Dann warteten wir ab. Wir erahnten durch die Wände, dass Sven bei den Eltern heulend Anklage gegen uns erhob. Dann hörte ich Schritte im Flur. Wenig später ging die Zimmertür auf und Kaspers Mutter stand splitterfasernackt im Türrahmen. Mein Blick fiel ungläubig auf ihren schweren Busen. Unter der Decke pochte mein Herz.

„IHR SCHLAFT JETZT SOFORT UND LASST SVEN IN RUHE, SONST IST HIER ABER WAS LOS! DAS

KANN ICH EUCH SAGEN!"

Während sie schrie, wippten ihre Brüste auf und ab. Irgendwie widerten sie mich an und erregten mich zugleich! Dann knallte sie die Tür zu. Von Kasper kam nichts. Ich schämte mich für ihn mit, dass seine Mutter uns gerade nackt die Meinung gegeigt hatte, musste aber auch noch meine eigenen Emotionen ordnen. Einige Minuten blieben wir hellwach, aber unbeweglich, liegen. Dann richtete ich mich auf und schaute in der Dunkelheit zu ihm herüber:

„Und jetzt?"

„Keine Ahnung! Schlafen?"

Enttäuscht ließ ich den Blick durch das dunkle Zimmer schweifen, das nur durch die Straßenlaternen etwas erhellt wurde. Ich wollte den nächtlichen Nervenkitzel noch nicht loslassen.

„Ich habe eine Idee."

„Was'n?" fragte er in misstrauischem Ton.

„Wir legen den Ball auf voller Lautstärke in Svens Zimmer."

Ich zeigte auf einen Plastikball, der ununterbrochen Fangesänge von sich gab, wenn man einen Riegel auf „On" verschob. Kasper zögerte.

„Machst du es?"

„Meinetwegen", antworte ich.

Dann stand ich auf leisen Sohlen auf, schnappte mir den Ball und schlich zu Svens Tür. Leise schob ich sie auf, schaltete den Knopf um und rollte den Ball in die Richtung von Svens Bett.

„OLE OLE OLE OLE OLEEEEEE", gab der Ball von sich.

Lachend spurtete ich zurück ins Bett. Ein Drucklachkrampf raubte mir kurz den Atem.

„OH MAAAAAAAN", hörte man Sven nebenan schreien.

Dann schlug die Tür des elterlichen Schlafzimmers auf. Es

dauerte nur wenige Sekunden, bis der Vater im Türrahmen stand, immerhin in Unterhose. Das hätte noch gefehlt. Dass der sich auch nochmal nackt präsentiert.

„SO, LETZTE VERWARNUNG FÜR EUCH!"

Aus dem Flur hörte man Sven rufen:

„Das war Hugo!"

„Scheiß Petze", dachte ich.

Der Vater knallte die Tür zu Kaspers Zimmer zu. Wir lagen wieder einige Minuten in der stillen Dunkelheit. Dann prusteten wir beide gleichzeitig los vor Lachen.

„Einer geht noch", sagte ich.

Irgendwas in mir wollte dranbleiben. Der Ärger der Eltern hatte mir kein schlechtes Gewissen gemacht. Im Gegenteil, er stachelte mich an. Außerdem hatte Sven mich verpetzt. Einen hatte er noch verdient.

„Hugo…"

„Komm schon. Einmal noch häufeln."

Kasper dachte scheinbar darüber nach und wog die Folgen ab. Dann sah ich ihn nicken.

„Na gut. Aber du gehst vor."

Auf dem Weg zu Svens Zimmer feuchtete ich meinen Finger mit Spucke an. Als wir uns auf ihn schmissen, bohrte ich ihn Sven ins Ohr. In Windeseile lagen wir wieder in unseren Betten. Sven eilte wieder zu seinen Eltern. Diesmal verstrichen Minuten, bis etwas passierte. Schritte im Flur. Die Tür ging auf. Das Licht wurde eingeschaltet. Der Vater, in Unterhose und T-Shirt, stand vor uns.

„SO, Hugo, aufstehen! STEH AUF!"

Zögerlich schälte ich mich aus dem Bett. Jetzt wirklich eingeschüchtert und erwartungsschwer, stand ich, mit Blick auf den Boden gesenkt, vor ihm. Kasper lag wie gelähmt im Bett.

„Pack deine Sachen."

„Was?"

„Du sollst deine Sachen packen... Zieh dich an und verlass unser Haus."

„Papa, ist das dein Ernst?" kam Kasper mir zur Hilfe.

„Mein voller Ernst."

Wie ferngesteuert, zog ich mich an, packte meine Sachen in den Rucksack und ging auf Kaspers Vater zu. Grob packte er mich an der Schulter und schob mich die Treppe runter. An der Haustür angekommen zwängte ich mich nur halb in meine Schuhe und schlüpfte in die Jacke. Kaspers Vater öffnete die Tür und bugsierte mich auf die Straße hinaus. Ohne zu zögern oder auch nur irgendwas zu sagen, knallte er sie hinter mir zu. Fassungslos starrte ich die Haustür an. Was war da in den letzten fünf Minuten passiert? Ich holte meine Armbanduhr aus dem Rucksack: 3:58 Uhr. Ich ging etwa hundert Meter in eine wahllose Richtung, bis mir klar wurde, dass ich mitten in der Nacht auf der Straße stand. Mehrere Stadtteile lagen zwischen mir und meinem Zuhause. Ich hatte außerdem gar keinen Schlüssel mit. Meine Mutter weg! Mein Bruder weg! Mein Vater sowieso! Ich konnte auch niemanden anrufen! Normalerweise hätte mich Panik überfallen müssen. Doch irgendwie blieb ich ruhig. Ich machte erst einmal meine Jacke und die Schuhe richtig zu. Dann trottete ich zu einem Spielplatz, setzte mich auf eine Bank und durchdachte meine Lage. Zurück zu Kasper konnte und wollte ich nicht. Seine Eltern hatten mich einfach auf die Straße gesetzt! Einen 13-jährigen. Mit denen war ich fertig. Zwei Mitschüler wohnten in diesem Stadtteil, bei denen ich schon das ein oder andere Mal gewesen war. Mein Freund Kilian wohnte mit seinen Eltern und seiner Schwester in der Nähe und mein Schwarm Mara mit ihrer Mutter und ihrem Bruder. Ich schaute auf die Uhr: 4:27 Uhr. Unmöglich! Was würden die von mir denken? Also blieb ich sitzen. Ich starrte auf den, in der Dunkelheit liegenden, Spielplatz. Ich hätte mich fürchten müssen, doch ich tat es nicht. Die frische, tiefdunkle Nacht hatte eine beruhigende, reinigende Wirkung auf mich. Dann wurde mir etwas klar. Ich war allein! Das hier war mein Leben, für das ich verantwortlich war. Im Zweifel war niemand da. Nur ich! Alle anderen erschienen mir plötzlich wie Schall und Rauch. Meine Mutter vergnügte sich in Holland. Mein Bruder kämpfte in einer anderen Stadt gegen seine eigenen Probleme an. Mein Vater kreiste auch nur um sich selbst und übersah mich dabei. Jeder in seinem Leben. Jeder für sich. Plötzlich spürte ich, wie mein Leben sich in mir aufbäumte, wie ich auf einmal der Mittelpunkt der Welt war. Ich nahm mich als Individuum wahr, ohne jede Zuflucht. Die Nacht brach schmerzhaft über mir zusammen. Mir wurde kalt. Ich fing an zu schlottern. Ohne es abzuwägen, ging ich los. Um 5:04 Uhr klingelte ich an der Tür. Ich dachte überhaupt nicht darüber nach, was ich hier gerade tat. Ich lief nur weg, vor mir selbst, vor der Einsamkeit. Es tat sich nichts. Ich klingelte noch einmal. Dann ging das Licht im Hausflur an. Unbewusst machte ich einen Schritt zurück. Ich musste mich festhalten. Dann öffnete Maras Mutter die Tür. Verwirrt schaute sie mich an. Dann erst erkannte sie mich.

„Hugo!? Was… Komm doch rein.“

Ich ging auf sie zu und fiel ihr wehrlos in die Arme. Erst zögerlich, dann voller Bestimmtheit und Wärme, umarmte sie mich. Ich fing an zu weinen.

„Ist ja gut. Erzähl mir, was los ist."

Jede andere Mutter hätte mich sofort nach Hause gefahren oder der Polizei übergeben. Vielleicht hätten andere Mütter mir auch ein Sofa zurechtgemacht und mich im Wohnzimmer gelassen. Aber nicht Maras Mutter! Sie führte mich, nachdem ich ihr alles erzählt hatte, ernsthaft hoch. Ungefähr so um 5 Uhr morgens stand ich also bei Mara im Zimmer. Sie schlief natürlich noch. Ich blieb in der Tür stehen. Ihr Zimmer roch nach Schlaf und duftete nach süßem Mädchenparfüm. *Und jetzt?* Ich drehte mich zu Maras Mutter um, die mich prompt weiterschob. Dann ging sie an Maras Bett und rüttelte sie vorsichtig wach:

„Hey, Mara, schau mal, wer hier ist. Hugo."

Mara richtete sich langsam auf und starrte uns an, wie als wären gerade Aliens bei ihr gelandet.

„Mara, mach etwas Platz für Hugo. Schlaft noch ein bisschen!"

Wie viele Mütter hätten das jetzt gemacht? Und Mara rückte tatsächlich in Richtung Wand und hob die Decke an. Maras Mutter ging raus und streichelte mir noch einmal über den Kopf. Dann schloss sie die Tür. Perplex schmiss ich meinen Rucksack ab und legte mich, komplett bekleidet, neben Mara ins Bett. Ich spürte ihre wohlriechende Wärme. Mein Herz schlug schneller. Ich hoffte, dass sie das nicht hörte. Verwirrt schaute sie mich aus ihren braunen Augen an.

„Ich erzähle es dir später, okay? Schlaf ruhig noch weiter."

Sie nickte und drehte sich um. Mit pochendem Herz lag ich neben ihr, total angespannt, und starrte zur Zimmerdecke. Ich ordnete gerade die letzten Stunden in meinem Kopf, als Maras Beine sich um meine schlangen. Mit ihren Füßen streichelte sie über meine, dann blieben sie auf und unter meinen liegen. Ich konnte mir ein Lächeln nicht verkneifen. Dann erst entspannte ich und drehte mich zu ihrer Seite.

So schliefen wir ein.

Der Lärm im Schulgebäude war in den großen Pausen massiver als in den kleinen. Entweder wartete man innerhalb des Klassenraums auf die nächste Unterrichtsstunde, was meistens nicht lange dauerte, oder man musste zügig den Raum wechseln, weil es Lehrpersonen gab, die die Zeit, die am Anfang vergeudet wurde, hinten dranhängten. Wir fragten uns manchmal, ob sie keine Pausen brauchten, ob sie nur hier waren, um uns zu quälen. Die kurze Ausgelassenheit der kleinen Fünf-Minuten-Pausen blieb also entweder durch die Wände des Klassenraums abgeschirmt oder aus Eile unterbunden. Wir versuchten dennoch jede köstliche Minute einer Ablenkung vom zähen Schulstoff zu nutzen. Zurzeit waren bei mir und den meisten anderen Jungen der Klasse, jedenfalls bei denen die mithalten wollten, Beyblades hoch im Kurs. Bunte, nach billigem Plastik riechende Kreisel mit gezahnter Reißleine, dem sogenannten Starter. Mit unseren Federtaschen errichteten wir in kürzester Zeit ein Beystadium auf dem Boden des Klassenraums und dann wurde sich gemessen. Es ging zu, wie bei einem Gladiatorenkampf.

„Der Attack-Ring von Hugo ist zu stark. Er wird Kasper besiegen, wetten wir?"

„Glaub' auch."

„Nee, Kasper hat den längeren Starter. Das gibt mehr Speed."
Kasper und ich standen uns gegenüber. Vor uns auf dem Boden das Beystadium, um uns herum der Großteil der Jungen aus der Klasse. Die Mädchen waren entweder mit anderen Dingen beschäftigt oder versuchten, von ihren Sitzplätzen heimliche

Blicke auf unser Duell zu erhaschen. Diese zurückhaltenden, aber interessierten Blicke, insbesondere von Mara oder Svenja, spürte ich. Sie beflügelten mich. Seit ich bei Mara zuhause so herzlich empfangen worden war, war ich noch glühender in sie verliebt. Ich wollte für sie gewinnen. Ich wollte sie gewinnen. Heroisch schwoll ich die Brust.

Leon trat zu uns, legte seine Hand in die Arena, schaute uns in die Augen und fragte:

„Seid ihr bereit?"

Die Blades im Anschlag nickten wir mit ernster Miene. Ich vergewisserte mich nochmal schnell, dass Mara weiterhin zuschaute.

„Okay, let it riiiiiiiiiiiip."

Wir zogen kräftig an den Startern und unsere Blades krachten pulsierend zwischen die Federtaschen. Ein Kontakt, zwei, drei und vier. Dann schlingerte der Blade von Kasper. Die Jungs um uns herum fingen an zu gröhlen.

„Hab' ich doch gesagt."

„Ich auch."

Kaspers Beyblade kam schnell zum Erliegen. Meiner drehte sich noch wenige Momente weiter. Mein Blade und ich hatten gesiegt. Triumphierend schaute ich mich um. Kasper sammelte geknickt seinen Blade ein. Dann hörte ich hinter mir die Tür des Klassenraums zuschlagen. Die Pause war vorbei. Frau Ostermann, unsere Mathematiklehrerin, ging mit großen Schritten in Richtung Pult, in der Hand einen Stoffbeutel. Die Aufregung, rund um unser Duell, war gewichen, mein kurzer Höhenflug jäh beendet.

„So, weg jetzt mit den Kampfkreiseln! Sonst sammle ich sie ein!" Zügig hatten wir unsere Arena abgebaut, die Kreisel in unsere Rucksäcke gleiten lassen. Dann waren wir in das Getuschel eingestiegen.

„Die Arbeiten."

„Guck, der Beutel, da sind die Arbeiten drin."

„Scheiße."

„Oh Mann, ich habe so verkackt."

„Ich auch."

Eine Aura der Angst und Ungewissheit hatte die Leichtigkeit der Pause umhüllt und verschluckt. Frau Ostermann legte genüsslich den Stoffbeutel auf das Pult und baute sich darüber auf. Sie wartete einige Sekunden, bis das Tuscheln abgeebbt war, dann:

„Guten Morgen, liebe 7b."

„Guuuuuten Moooorgeeeeen Frau Oooooostermaann," retournierten wir im Chor.

„Ja, wie ihr gesehen habt, habe ich die Klassenarbeiten mit." Pause. Stille.

Sie fuhr mit ihrem nichtssagenden Blick die Reihen ab. Wir rückten unruhig auf unseren Stühlen hin und her.

„Fuck", rutschte es Toni raus.

„Naja, Anton. So schlimm war es dann auch wieder nicht." Wieder Pause. Wieder ein nichtssagender Blick. Von uns kam nichts mehr.

„Zunächst will ich sagen, dass einige mich sehr positiv überrascht haben. Es hilft doch eindeutig, wenn man meine Ratschläge ernstnimmt. Fleiß und Disziplin zahlen sich immer aus. Andere haben sich das nicht zu Herzen genommen und da kommen dann entsprechend weniger erfreuliche Resultate bei raus." Sie setzte zum Ende dieser Äußerung einen Blick auf, als wäre ihr gerade ein staubiges Fell auf der Zunge gewachsen.

Die Pappenheimer, die in Frage kamen, guckten betreten auf ihre Tische, ich eingeschlossen.

„Naja, okay. Nun erstmal der Klassendurchschnitt."

Sie holte bei diesen Worten einen Zettel aus der Stofftasche und ging damit in selbstbewussten, fast schon theatralisch langsamen Schritten zur Tafel. Dann die Tabelle: 1 (sehr gut) bei 100-96 Punkten, und so weiter, bis zur 6 (ungenügend) von 15 bis 0 Punkten. Schon als sie das „Mangelhaft" an die Tafel geschrieben hatte, hatte sich mir der Magen auf links gedreht. Doch nun wurde es noch dramatischer. Bei „sehr gut" anfangend, trug sie die Anzahl der Schülerinnen und Schüler ein, die die entsprechende Note erreicht hatten. 2 sehr gut, 5 gut, 14 befriedigend, 3 ausreichend, 2 mangelhaft, 0 ungenügend. Bei den zwei Mangelhaften hatten Kasper und ich uns prompt in die Augen geschaut. Eben noch die Kämpfer am Beystadium, nun die Mangelhaften der Geometrie. In Gedanken erprobte ich schon einmal, wie ich meinen Eltern von der Fünf erzählen würde. Gar nicht? Das war nicht möglich. Bei 4- und schlechter mussten die Eltern per Unterschrift nachweisen, dass sie die Arbeit zu Gesicht bekommen hatten. Ich würde nicht so weit gehen, die Unterschrift meiner Mutter zu fälschen. Nicht für eine Mathenote. Meine Eltern wussten schließlich schon, dass ich eine Matheniete war. Währenddessen zog Frau Ostermann die Arbeiten aus der Tasche. Dann ging sie mit dem Stapel in der Hand durch die Reihen.

„Svenja, schön. Lars. Justin, super. Laura. Janina. Kilian, das geht besser. Hugo…" sie blieb vor mir stehen, schaute mich an, dann auf die Arbeit, dann wieder auf mich. „Nimm dir meine Ratschläge zu Herzen, wirklich."

Das war die Antwort. Ich war einer der beiden Mangelhaften. Mir wurde übel und ein leichter Taumel überfiel mich. Ich schlingerte wie Kaspers Beyblade in der Arena. Ich hob die ersten beiden Blätter an. Dann die Gewissheit. In roter Schrift stand auf einer Linie: 37 Punkte (mangelhaft), Frau Ostermann, Unterschrift der Eltern, gesehen. Dann kam ich zum Erliegen. Ich legte die Arbeit umgedreht auf meinem Tisch ab, starrte auf die gottverdammte Tabelle an der Tafel, dann auf Frau Ostermann, die immer noch durch die Reihen ging, dann zu Kasper, der sich gerade über seine Vier freute. Der Rest der Stunde verschwamm vor meinen Augen. Mangelhaft!

Mein Vater war extra zu meinem Spiel gekommen, einem der wichtigsten Spiele der Saison. Ich hatte ihn beim Einspielen unter den Zuschauern entdeckt. Er stand auf Höhe der Mittellinie und fixierte mich mit einem erwartungsvollen, konzentrierten Blick. Sofort wallte Aufregung in mir auf. Ich wollte ihm beweisen, was ich draufhatte. Aber ich hoffte auch inständig, dass er dem Lacrossesport endlich etwas abgewinnen konnte. Vielleicht würde er sagen:

„Heute hat es echt Spaß gemacht zuzuschauen. Ein spannendes Spiel! Und du hast so gut gespielt!"

Kurz vor dem Anpfiff gingen mein Team und ich in die Umkleide. Ich zog einige Teile meiner Rüstung aus, um mich noch einmal frisch zu machen. Heute sollte alles passen! Unser Trainer sprach die letzten motivierenden Worte, nannte die Startaufstellung, ich war einer der drei Angreifer. Alle klatschten und machten sich fertig. Die ersten verließen die Kabine. Wo war mein verdammter Helm? Die Kabine leerte sich. Ich fand ihn nicht. Unter der Bank, nichts. Ich ging in die Toilettenkabine, auch da nichts. Jemand musste ihn versehentlich mitgenommen haben. Doch nicht nur der Helm war weg, der linke Ellenbogenschutz war auch nicht da. Nun schon hysterisch, kramte ich alles aus meiner Tasche. Nichts! Draußen hörte ich dumpf den Motivationsschrei meines Teams. Dann der Anpfiff. Mein Herz raste. Ich durchsuchte noch einmal die ganze Kabine. Nichts! Plötzlich fehlten mir nicht nur zwei Sachen meiner Ausrüstung, ich tat alles in Zeitlupe. Meine Muskeln gehorchten nur noch im Schneckentempo. Ich versuchte, die

Lethargie abzuschütteln, doch es gelang mir nicht. Das Spiel war in vollem Gange, ohne mich. Was würde mein Vater denken? Mein Unterziehshirt war durchgeschwitzt. Ich wollte die Umkleide verlassen, doch ich kam nicht voran. Dann hörte ich die Zuschauer jubeln. Ich war nicht dabei. Dann wachte ich auf.

In einer anderen Nacht träumte ich etwas Ähnliches, nur befand ich mich diesmal in der Sportumkleide unserer Schule. Es sollte Noten geben, für Lacrosse. Wir hatten tatsächlich Lacrosse im Sportunterricht. Während ich den anderen in die Ausrüstungen half, und einer nach dem anderen fertig wurde und die Kabine verließ, war ich noch gar nicht umgezogen. Irgendwann, als alle fertig waren, fing ich an, mich selbst anzuziehen. Ich hatte allen geholfen und mich dabei völlig vergessen. Woher sollten sie auch wissen, welche Schützer sie wie anzulegen hatten? Doch dann überfiel mich wieder diese Zeitlupenkrankheit. Wie als hätte mir jemand einen Eimer Klebstoff übergeschüttet. Ich hörte die Hallenschuhe meiner Mitschüler über den Hallenboden quietschen. Ich hörte die Bälle an die Hallenwand schlagen. Und ich kam nicht voran. Wieder geriet ich ins Schwitzen. Ich hörte Frau Jankowski die Noten rufen. Nur mein Name fiel nicht.

Dann träumte ich einmal von einem Deutschaufsatz, den ich zu schreiben hatte. Ich war perfekt vorbereitet, hatte gut gelernt und die Aufgabenstellung sofort verstanden. Schon beim zweiten Lesen der Aufgabe bildete sich vor meinem Geist eine Textstruktur. So würde ich es machen. Beschwingt holte ich meinen Füller aus dem Etui und zog die Kappe ab. Dann legte ich ein Blatt bereit, auf dem ich eilig meinen Plan notierte. Kleine Notizen, die mir beim Schreiben helfen sollten. Als ich Einleitung, Hauptteil und Schluss vorbereitet hatte, klappte ich mein Heft auf. Die rote Eins des vorherigen Aufsatzes heizte mich aus dem linken Augenwinkel zusätzlich an. Ich schrieb Datum und Überschrift und setzte zum ersten Wort an, dann überfiel mich wieder diese grässliche Trägheit. Ich blickte auf. Alle schrieben. Mara hatte schon eineinhalb Seiten vollgeschrieben. Ich probierte es nochmal. Ich bewegte den Stift, unendlich langsam. Ich wendete all meine Kraft auf. Der Stift schrieb nicht. Die Linien blieben leer. Eiskalter Schweiß lief mir den Rücken runter bis in die Unterhose. Dann stand Frau Bartels auf und schob sich durch die Reihen. Als sie hinter mir stehen blieb, schreckte ich hoch. In meinem Bett.

Im Deutschunterricht behandelten wir das Buch *Als Hitler das rosa Kaninchen stahl* von Judith Kerr. In jeder Woche sollten wir eine vorgegebene Anzahl an Seiten gelesen und dazu die passenden Aufgaben in unserem Lesetagebuch bearbeitet haben. Meistens mussten wir darin den Inhalt des Kapitels zusammenfassen, eine Figur charakterisieren oder bestimmte Sätze oder Abschnitte interpretieren.

An einem Donnerstag im Februar sprachen wir wieder über eine Passage, die wir gelesen haben sollten. Ich hatte sie nicht gelesen. Das Buch langweilte mich. Nicht nur die Hauptfigur Anna ödete mich an, sondern auch der Unterricht von Frau Bartels. Immer mussten wir den Inhalt so wiederkäuen oder interpretieren, wie sie es im Sinn hatte. Nie konnte man mal seine eigenen Ideen, Assoziationen oder Standpunkte dazu einbringen. Warum musste es für sie ein Ärgernis sein, wenn mir das Buch nicht gefiel? Wieso erschien ihr das automatisch als Indiz für meine Blödheit? Ich hätte es ja begründen können. Von Anfang an fand ich es unlogisch, dass diese Anna sich darüber freute, dass sie und ihre Familie ihr Zuhause verlassen mussten. Es ging ihnen doch gut in Berlin. Welches Kind würde sein Zuhause einfach so hergeben, um etwas von der Welt zu sehen, beziehungsweise in die Schweiz zu gehen? Und dann auch noch gezwungenermaßen. Ich hatte mein Haus jedenfalls nicht so einfach und glückselig einer fremden Familie überlassen. Gezwungenermaßen. Aber so etwas durfte man in den Deutschunterricht ja nicht einbringen. Bloß nicht abweichen vom Lektüreschlüssel! Überraschenderweise entwickelte sich diese Deutschstunde aber inhaltlich in eine Richtung, die mich aufhorchen ließ und die mich über die Stunde hinaus beschäftigen sollte.

Frau Bartels leitete die Stunde wie folgt ein: „So, es war ja eure Aufgabe im Buch weiterzulesen. Und zunächst würde ich gern wissen, wie euch die letzten Seiten gefallen haben, was euch aufgefallen ist und wie es weitergegangen ist."

Eine Mitschülerin fasste daraufhin zielsicher den Inhalt zusammen. Ich bedankte mich insgeheim bei ihr, da ich nun wieder auf dem neuesten Stand war. Heuchlerisch nickte ich mit und schaute allwissend und unwissend in mein jungfräuliches Buch. Dann meldete sich eine weitere Mitschülerin von mir.

„Ich fand die Stelle spannend, wo Anna darüber nachdenkt, dass Menschen mit einer schweren Kindheit immer berühmt werden und sie dann hofft, eine schwere Kindheit zu haben, um berühmt zu werden."

Frau Bartels nickt mit nachdenklicher Miene.

„Meint ihr denn, dass Anna eine schwere Kindheit hat?"

Sie wartete, bis einige Finger in der Luft waren und nahm dann ein weiteres Mädchen dran.

„Auf jeden Fall. Sie als Jüdin hatte es nicht leicht zu der Zeit. Schließlich musste sie auch fliehen und so."

Mit einem Nicken nahm Frau Bartels einen Mitschüler dran.

„Würde ich auch sagen. Aber sie hat auch eine tolle Familie, die reich ist und sogar eine Dienerin hat. Und die wohnen in einem großen Haus."

„Ja, aber da müssen die ja raus. Und die Haushaltshilfe kann nicht mit umziehen," entgegnete die Vorrednerin, ohne drangenommen worden zu sein.

„Was ist denn eine schwere Kindheit zum Beispiel?", fragte

Frau Bartels dann. Daraufhin gab es viele Meldungen. Ohne wirkliche Zwischenreaktionen von ihr begann die Meldekette:

„Naja, wenn Krieg ist zum Beispiel."

„Oder wenn man fliehen muss."

„Wenn jemand stirbt in der Familie."

„Wenn man gar keine Familie hat."

Ich sagte: „Wenn die Eltern sich trennen und immer nur streiten."

„Wenn man arm ist und sich nichts leisten kann."

„Gut. Hierbei belassen wir es erstmal", bremste Frau Bartels das Brainstorming. Sie wollte gerade auf etwas anderes zu sprechen kommen, als ein Mitschüler sich meldete. Mit kritischem Blick nahm sie ihn dran. Auch einer von den sonst eher unmotivierten Schülern...

„Da ist aber schon was dran. Es gibt viele Menschen, die berühmt sind und eine schwere Kindheit hatten. Eminem zum Beispiel. Die Mutter war drogenabhängig."

Ich nickte kräftig und meldete mich.

„Hugo?"

„Ja, generell erzählen ganz viele Rapper in ihren Texten von ihrer schweren Kindheit und sind ja auch dadurch berühmt geworden."

„Ja, okay. Jetzt wollen wir aber noch einmal etwas tiefer in den Text gehen."

Frau Bartels ließ uns leerlaufen. Davon wollte sie nichts hören. Das passte nicht in ihren Erwartungshorizont.

„Wie würdet ihr denn den Gemütszustand von Anna in dem Kapitel beschreiben?", fragte sie dann, um den Unterricht in ihre beabsichtigte Richtung zu steuern.

Dann schaltete ich ab. Obwohl eigentlich nicht. Ich dachte

weiter über die schwere Kindheit nach, während der Unterricht an mir vorbeidümpelte.

Zuhause am Mittagstisch musste ich später mit meiner Mutter darüber reden.

„Mama, glaubst du, ich habe eine schwere Kindheit?" Meine Mutter schaute mich überrascht an und ließ ihre Gabel langsam in die dampfenden Nudeln sinken.

„Wie kommst'n du jetzt darauf?"

„Wir hatten das heute in der Schule. In dem Buch, was wir gerade lesen, das mit dem rosa Kaninchen und Hitler, steht, dass man berühmt wird, wenn man eine schwere Kindheit hatte." Meine Mutter lachte. Aber sie lachte mich nicht aus. Sie lachte eher mitfühlend. Jetzt wusste sie, worauf ich hinauswollte.

„Naja, erst einmal stimmt das ja nicht so ganz. Es gibt sicher berühmte Menschen, die eine schwere Kindheit hatten. Aber eben längst nicht alle. Du, würde ich sagen, hast es zumindest nicht leicht. Deine Eltern sind getrennt. Aber nichtsdestotrotz hast du eine Familie, hast deinen Sport und wir wohnen in einer schönen Wohnung, in der du dein eigenes Zimmer hast. Du bist ein pfiffiger Junge. In unserem Land herrscht kein Krieg."

Sie dachte nach.

„Und wir haben immer Essen im Kühlschrank. Ich bin immer für dich da. Nein, eine schwere Kindheit hast du nicht. Das Leben ist für alle Menschen nicht leicht, aber so viele Kinder haben es schwerer als du."

Sie nahm eine Gabel mit Nudeln in den Mund.

„Berühmt werden kannst du trotzdem", schob sie augenzwinkernd hinterher.

Grübelnd aß ich meine Nudeln auf. Meine Mutter hatte Recht.

Trotzdem fühlte sich in meinem Leben zurzeit vieles schwer an. Ich glaubte, dass viele Mitschüler in meiner Klasse es leichter hatten als ich. Als wir aufgegessen und abgedeckt hatten, ging ich in mein Zimmer, drehte die Musik laut auf und ließ nach und nach die Gedanken über eine schwere Kindheit fallen. Zumindest vorerst.

Es war ein Aprilmorgen, der nicht so richtig wusste, ob er noch zu einem Frühlings- oder schon zu einem Sommertag werden sollte. Ich stand im großen, rechteckigen Flur unserer Wohnung und überlegte, ob ich zur Jeansjacke greifen sollte. Ich ließ es sein. Erstens war mein Schulweg unglaublich kurz und zweitens hatte ich schon immer daran geglaubt, dass man den Sommer durch die Wahl seiner Kleidung frühzeitig zum Erscheinen zwingen sollte. So ging ich im dünnen Pullover das halbdunkle Treppenhaus hinunter. Meine Mutter war bereits bei der Arbeit. Sie sorgte meistens dafür, dass ich rechtzeitig am Frühstückstisch erschien und stieg dann auf ihr Fahrrad, um früh im Büro zu sein. Sie war ein richtiger Morgenmensch. Sie mochte es, aus dem Haus zu gehen, wenn sich die meisten anderen Menschen noch an ihren beruhigenden vier Wänden erfreuten. Ich war da ganz anders. Ich schlief am liebsten bis zehn oder elf Uhr aus. Heute machte ich das Licht im Treppenhaus nicht an, um mich noch ein bisschen in der Dunkelheit der Nacht zu wähnen, und zog die Haustür auf. Obwohl die Sonne im April schon deutlich vor meiner Zeit aufging, lag unsere Straße noch im Dunkeln. Eine Allee von großen Platanen säumte die Straße, die einen grünen Tunnel aus ihr machte. Die Blätter wurden kräftiger und dichter und ließen bis hier unten wenig Sonne durch. Die meisten Mitschüler von mir kamen aus anderen Stadtteilen mit dem Bus angefahren und stiegen an der Haltestelle aus, die unmittelbar vor meiner Haustür unter dem Deckmantel der großen Bäume lag. Ich versuchte eigentlich immer, meine Freunde dort abzupassen und die kurze Wegstrecke mit ihnen zurückzulegen. Heute war ich jedoch zu spät losgegangen und reihte mich allein in den Strom derer ein, die ohne öffentliche Verkehrsmittel der Schule zustrebten. Ich regelte meinen MP3-Player auf volle Lautstärke: Kool Savas & Azad mit *All 4 One*. Das Album *One* war zwei Monate zuvor erschienen. Ich hatte es mir zuerst bei Saturn angehört und es dann von der CD eines Mitschülers auf den MP3-Player überspielt. Die beiden in Kombination waren der Hammer! Kool Savas mit seinem Flow, scharf und präzise wie ein Degen, und Azad mit seiner brachialen, männlichen Stimme. Rapmusik gab mir immer ein starkes Gefühl, ein Gefühl von Überlegenheit, von Selbstvertrauen und von einer Coolness, die ich in letzter Zeit immer häufiger vermissen ließ. Viele Rapper sprachen mir aus der Seele, weil sie in Schwierigkeiten steckten und diese beim Namen nannten, und dennoch stark blieben. So ging ich mit *All 4 One* auf den Ohren den geraden Weg an der Hecke entlang zur Schule. Hin und wieder pflückte ich mir ein Blatt von der Hecke, zerkleinerte es und hinterließ das ein oder andere natürliche Konfetti auf dem Fußweg. Zerstreut.

Ich richtete mich auf, atmete die frische Morgenluft tief in mich ein und passierte die große, alte Platane, die, im Vergleich zur Allee in unserer Straße, einsam und verloren wirkte. Dies machte sie allerdings durch ihren dicken Stamm und die weitreichenden Äste wett. Dann ging ich an den rauchenden Oberstufenschülern vorbei, die sich missmutig und demotiviert vor dem Schuleingang tummelten. Im Eingangsbereich der Schule angekommen, nahm ich meinen MP3-Player ab und steckte ihn in den Rucksack. MP3-Player waren schließlich im Schulgebäude verboten und gehörten in die Tasche. Ich hatte kein Interesse daran, einige Tage auf ihn zu verzichten zu müssen, nur weil irgendein Lehrer ihn einkassieren wollte. Am Vertretungsplan sah ich schon Mitschüler stehen.

„Moin, Hugo."

„Na, fällt was aus?"

„Nee. Natürlich nicht."

„Na super."

Gemeinsam schoben wir uns durch die Schülermenge allen Alters in Richtung Klassenzimmer. Ich ließ meinen Rucksack auf den Boden neben meinem Tisch krachen und begrüßte erstmal das Mobbingopfer der Klasse mit einem kräftigen Schlag auf den Rücken. -BAM-!

„Alles fit?", rief ich ihm dabei zu.

Der sehr hagere Christof knallte fast mit dem Kopf auf die Tischplatte und brachte nur ein wimmerndes „Klar" heraus. Die halbe Klasse tobte vor Lachen. Dann ging ich nach vorne zur Tafel, griff mir alle Kreidestücke und fing an, diese im hohen Bogen im Klassenraum zu verteilen.

„Oh, Hugo, hör auf man!", rief Marlene aus der letzten Reihe, die sich nur durch Ducken vor einem Kreideeinschlag schützen konnte. Ich kicherte nur und meine Jungs stimmten mit ein.

„Frau Marcon kommt", rief ein Mitschüler, der meistens vor der Klasse auf der Heizung saß, um eben jenes Erscheinen der Lehrpersonen anzukündigen. Ich setzte mich auf meinen Platz und schlüpfte schnell in die Rolle des Unschuldslamms. Meinen Posten als cooler Klassenclown hatte ich manifestiert. Als unsere Französischlehrerin wenig später nach Kreide suchte, hob ich schnell ein Stück vom Boden auf und brachte es ihr nach vorne. Ich sah zu, dass ich stets gekonnt zwischen Klassenclown und Lehrerliebling balancierte, ohne dabei zu sehr einer Rolle zu verfallen.

Drei Schulstunden später saßen wir im Englischunterricht bei Frau Winckler. Es war ungefähr die Hälfte der Englischstunde erreicht, als sich in mir plötzlich eine seltsame Übelkeit bemerkbar machte. Der Unterricht lief an mir vorbei, wie als würde ich in einem fahrenden Zug sitzen, ohne aus dem Fenster zu blicken. In den Augenwinkeln nahm ich zwar wahr, dass sich da etwas fortbewegte, aber ich konnte es nicht greifen, war nicht mehr Teil davon. Die Übelkeit nahm mich vollends ein, bis ich das Gefühl hatte, die Wände des Klassenzimmers wüchsen immer weiter auf mich zu. Eben war doch noch alles normal gewesen. Jetzt wurde es mir zu eng hier. Ich musste raus.

„Frau Winckler, darf ich mal auf die Toilette?"

„Nein, Hugo. In zwanzig Minuten ist Pause. Bis dahin hältst du es ja wohl noch aus!"

Ich war gefangen. Die Fenster des Zuges strebten weiter auf mich zu. Er fuhr mittlerweile so schnell, dass es in meinen Ohren rauschte. *Soll ich ihr sagen, dass mir schlecht ist? Wie unangenehm! Wie würden die Mitschüler gucken? Soll ich einfach gehen? Nein, dann bekomme ich Ärger und ich gebe ein noch seltsameres Bild ab. Konzentrier dich einfach! Nur noch zwanzig Minuten!*

Die zwanzig Minuten dehnten sich zu einer gefühlten Stunde. Wir sollten Aufgaben aus dem Buch bearbeiten. Der englische Text verschwamm vor meinen Augen. Zu den Aufgaben kam ich gar nicht erst. Was war nur los auf einmal? Ich konzentrierte mich nur darauf, so zu tun, als würde ich etwas bearbeiten und meiner Übelkeit dabei Herr zu werden. Ich musste mich stark anstrengen, nicht aufzustehen und aus dem Klassenzimmer zu rennen. Irgendwas in mir wollte raus, allein sein, in Sicherheit sein, aber es ging nicht. Der Stundenplan sah vor, dass ich noch zehn Minuten in diesem verfluchten Raum bleiben musste. Kilian stupste mich immer wieder an oder beäugte mich von der Seite. Irgendwann hörte er auf, weil ich nicht reagierte. Der Zug, in dem ich saß, raste an ihm vorbei. Fünf Minuten. Gedanklich packte ich schon mal meinen Rucksack zusammen, ging den Schulweg nach Hause, roch den vertrauten Duft unserer Wohnung. Dann unterbrach Frau Winckler die Arbeitsphase. Wie sie den Unterricht beendete, bekam ich nicht mit. Es flog dumpf an meinen Ohren vorbei. Dann kam endlich der erlösende Gong und der Zug rollte in den Bahnhof ein. Bewegung kam in die Klasse. Gedämpftes Stimmengewirr. Der Sog der Geschwindigkeit gab mich langsam frei. Jetzt war große Pause und wir hatten noch zwei Stunden, aber ich musste raus, raus aus dem Klassenzimmer, raus aus dem Schulgebäude, raus aus dem Zug. Ich ergriff meinen Rucksack und überhörte meine Freunde.

„Komm, Hugo, schnell zur Tischtennisplatte."
Ich folgte ihnen wie betäubt und bog, anstatt links zum Schulhof, rechts zum Ausgang ab, wo ich Stunden vorher, durch die Rapmusik gestärkt, hineingekommen war. Jetzt war ich nur noch ein Schatten meiner selbst. An den ersten Pausenrauchern aus der Oberstufe vorbei, ging ich schnellen Schrittes in Richtung Platane. *Puh, geschafft! Ab hier sieht mich keiner mehr.* Ich stieg aus dem Zug aus und war in Sicherheit. Ich strich mit meiner rechten Hand über die raue Rinde, die immer etwas ungesund aussah, die so viele Makel hatte und doch so majestätisch über allem thronte, und folgte dem geraden Heckenweg nach Hause. Die Übelkeit ließ langsam nach. Ich atmete die

frische Luft tief ein. Durch die Nase ein, durch den Mund aus. Und noch einmal. Und noch einmal. Die Beklemmung ließ nach. Ich bog links in die Allee ein und fühlte mich plötzlich ganz sicher unter dem grünen Deckmantel der Platanenkronen. Die Stille des dunklen Treppenhauses begrüßte mich wie ein alter Freund und ganz wohl war mir, als ich den vertrauten Geruch unserer Wohnung einatmete. Hier umgab mich wieder Sicherheit und Geborgenheit. Meine Mutter war noch bei der Arbeit. Ich griff zum Telefon und rief sie an.

„Penser!"

„Hallo Mama. Hier ist Hugo."

„Oh. Hallo mein Schatz! Hast du schon Schluss?"

„Nein mir war schlecht. Ich bin früher gegangen. Und Frau Winckler wollte mich nicht mal auf Toilette gehen lassen."

„Okay mein Schatz, du Armer. Dann mach dir mal einen Tee und ruh dich schön aus. Ich komme dann bald nach Hause. Ich habe dich lieb!"

„Ich dich auch, Mama."

Ich stellte das schnurlose Telefon in die Ladestation zurück und ging in mein Zimmer. Ich hatte ein großes Zimmer, wahrscheinlich das größte Zimmer in meiner Klasse. Das nicht besonders hohe Hochbett aus meinem Kinderzimmer war mittlerweile, standesgemäß für ein Teenagerzimmer, gegen ein wirklich hohes ausgetauscht worden, unter dem man sogar geradestehen konnte. Rasch zog ich mich aus und kletterte die Leitertreppe meines Hochbetts hoch. Ich deckte mich zu und nahm meinen Kuschelbären in die Arme. Ja, ich war auf dem Gymnasium und hatte tatsächlich noch ein Kuscheltier in meinem Bett liegen. Wenn das einer wüsste. Aber ja, ich brauchte es und ich sprach auch ab und zu mit ihm. *Warum hat die blö-*

de Winckler mich nicht einfach auf Toilette gelassen? Dieser Moment der Enge hing mir nach. Zwanzig Minuten hatte ich in einem rasenden Zug gesessen, ohne der vorbeiziehenden Landschaft, dem Englischunterricht, folgen zu können. Ich hatte mich bemüht, ihn unter Kontrolle zu kriegen. Aber der Zug war immer voller und schneller geworden, immer enger, die Luft immer stickiger, die Zeit immer langsamer, die Übelkeit immer mehr, die Sehnsucht nach Freiheit immer größer, das Gefühl der Beobachtung immer beklemmender. Wo war diese Übelkeit, dieses Gefühl nur so plötzlich hergekommen? Ich griff nach der Fernbedienung meiner Stereoanlage, die ich zur Kommunion bekommen hatte, und drückte auf „Play". Die vertraute Intro-Melodie von TKKG schallte durch das Zimmer und ich kam zur Ruhe. Es gab nichts, was mich so sehr beruhigte, wie Hörspiele von TKKG oder den Drei-Fragezeichen. Jeden Abend schlief ich zu ihnen ein und so war es auch jetzt. Nach wenigen Minuten übermannte mich eine Müdigkeit, aus der ich erst wieder aufschreckte, als das Gesicht meiner Mutter auf der Leitertreppe erschien und mich sachte weckte.

Meine Eltern reagierten ganz unterschiedlich, wenn ich mal krank war. Mein Vater sah Krankheit verständlicherweise nicht gern, aber zeigte dies unverständlicherweise auch sehr radikal. Ob ich Schnupfen oder Magen-Darm hatte, ich wurde nicht liebevoll aufgefangen, sondern es wurde mir klargemacht, dass der Zustand, in dem ich mich gerade befand, schnellstmöglich abgewendet werden sollte. Er bewirkte sogar ein schlechtes Gewissen in mir, als hätte ich mir das ausgesucht. Wie eine Änderung herbeigeführt wurde, war ihm augenscheinlich nicht wichtig. Er nahm keinen spürbaren Anteil an einem Genesungsprozess. Es war erst recht kein Anlass für

Mitleid. Meine Mutter stellte das genaue Gegenteil dieses Ansatzes dar. Sie fing mich auf. Sie versuchte mir das Paradies ins Krankenbett zu holen, und schaffte dies auch regelmäßig. Sie nahm Essenswünsche entgegen, bediente mich am Bett, erkundigte sich liebevoll nach dem Befinden und ließ manches Laster zu, das sonst vielleicht nicht durchgewunken wurde. Kurzum, es war auch mal schön, krank zu sein. Sie ließ mir Zeit und Raum dafür. In dieses wohlige Gefühl des Aufgefangenwerdens ließ ich mich nun vertrauensvoll fallen.

„Wie geht's dir? Was hast du?"

„Hallo Mama. Mir geht's nicht gut. Mir ist schlecht. Ich glaube, ich habe Magen Darm."

„Du Armer. Ich mache dir gleich mal einen Kamillentee. Hast du gebrochen?"

„Nein."

„Aber du bist früher nach Hause gegangen?"

„Ja. Mir wurde auf einmal schlecht und dann wollte ich aufs Klo gehen und Frau Winckler hat mich einfach nicht rausgehen lassen."

„Wieso das denn nicht?"

„Naja, sie meinte, ich kann ja noch 20 Minuten warten… Wollte dann aber auch nicht sagen, dass mir schlecht ist. Und dann bin ich nach Hause gegangen."

Sie schüttelte ihren Kopf, sodass ihre langen braunen Locken in ihr Gesicht fielen. Ihre Augen verengten sich kurz, bevor in ihnen wieder ihr gütiger, warmer Blick stand.

„Ich werde mal mit ihr sprechen, dass sie das nicht noch einmal macht."

„Brauchst du nicht, Mama."

Sie kletterte die Leiter runter und ging hinaus in die Küche, wo ich wenig später den Wasserkocher angehen hörte. In meinem Zimmer hinterließ sie ein Gefühl von großer Sicherheit und bedingungslosem Schutz. Nach dem leidigen Auszug aus unserem Reihenhaus in die Stadtwohnung hatte ich mich doch schneller eingelebt als gedacht und ein echtes Zuhause-Gefühl entwickelt. Ich erkannte, dass mein Zuhause dort war, wo meine Mutter bei mir war. Bei meinem Vater fühlte ich mich nicht zuhause, obwohl ich mein eigenes Zimmer hatte. Zuhause bedeutete Sicherheit, Verständnis, bedingungslose Zuneigung und vor allem ein Ort, an dem ich ich selbst sein konnte. Ich ließ meinen Kopf zurück ins Kissen sinken und schaltete die zweite Seite meiner TKKG-Kassette ein.

DREI TAGE

Es war ein Freitagmorgen und der Vorfall mit Frau Winckler lag nun drei Tage zurück. Eine richtige Magen-Darm-Grippe hatte sich nicht entwickelt, aber trotzdem genoss ich den mütterlichen Status eines Kranken. Ich schlief aus, legte mich mit dem Frühstück vor den Fernseher und schaute alle möglichen Sendungen, die man sonst als beschäftigter Schüler verpasste. Doch wie jeden Morgen kam meine Mutter auch heute, pünktlich zur Schulaufstehzeit, in mein Zimmer.

„Guten Morgen. Wie geht's dir?"

„Nicht gut. Ich bleibe nochmal Zuhause."

„In Ordnung. Gute Besserung. Trink genug. Ich komme heute Mittag zum Mittagessen nach Hause. Hab' dich lieb!"

„Ich dich auch."

Tür zu - Licht aus - wohliges Gefühl. Nun hatte ich Wochenende. Voller Genugtuung beobachtete ich, von meinem Hochbett aus, die Schülerinnen und Schüler, die sich im Schatten der Allee zur Schule schleppen mussten. Ich schaltete eine Kassette an und machte es mir gemütlich. So wie ich es liebte, schlief ich noch einmal ein und wachte erst um halb Elf wieder auf.

EINE WOCHE

„Guten Morgen, aufstehen - zur Schule gehen."
Sofort regte ich mich über ihren Kinderreim auf, der mich scheinbar aufheitern sollte. Tja, das Gegenteil war der Fall.

„Mama, mir geht's immer noch nicht gut."

„So, dann aufstehen! Wir gehen zum Arzt!", gab sie rigoros zurück, als wäre sie auf die Antwort vorbereitet gewesen.

Oh nee, oder? Ich will doch einfach weiterschlafen.

Mühevoll richtete ich mich auf und entschlüpfte der wohligen Gemütlichkeit. Ich zog mich gerade in aller Langsamkeit an, als meine Mutter den Kopf erneut zur Zimmertür hinein streckte.

„Beeil dich bitte! Ich muss dann zur Arbeit!"

„Ja, ja."

Meine Mutter schwor auf Homöopathie, weiße Pillen, die aus irgendwelchen Blumen bestehen und nach Zuckerwatte schmecken. So saßen wir wenig später im Wartezimmer ihrer Homöopathin, die jetzt auch meine Hausärztin werden sollte, da meine Kinderärztin erst kürzlich in Rente gegangen war.

„Hugo Penser, bitte."

Ich folgte meiner Mutter in das komisch riechende Behandlungszimmer, wo die Ärztin in einem weißen Kittel, hinter einem großen Pult sitzend, auf uns wartete.

„So, Hugo, was kann ich für dich tun?"

„Mir ist seit einer Woche schlecht."

110

„Okay, beschreib mal die Übelkeit und wo sie sitzt."

„Naja, einfach hier unten im Bauch, so krampfig und dann denke ich, ich muss mich übergeben."

„Hast du dich übergeben?"

„Nein."

„Hast du Durchfall?"

„Ein bisschen."

„Er war jetzt seit einer Woche nicht in der Schule. Deswegen sind wir heute mal gekommen, damit er Medizin bekommt. Und wir brauchen ein Attest für die Schule.", schaltete sich meine Mutter in den für mich sonderbaren und unangenehmen Dialog ein.

„Okay. Ich verschreibe dir mal einige Kügelchen. Davon nimmst du dreimal täglich fünf."

Meine Mutter und ich nickten synchron. *Schnell wieder raus hier!*

„Danke, Frau Doktor", sagte meine Mutter und schob mich aus dem Behandlungszimmer.

Nachdem wir in der Apotheke die ominösen Kügelchen besorgt hatten, verabschiedete sich meine Mutter von mir, stieg auf ihr Fahrrad und fuhr in Richtung Arbeit davon. Ich ging zu Fuß nach Hause, in der Hoffnung, dass ich unterwegs niemanden aus der Schule treffen würde, aber es war ja gerade die zweite Stunde im Gange, sodass dies unwahrscheinlich war. Ich war froh, auch heute nicht in die Schule gehen zu müssen. Die morgendliche Übelkeit ließ nach und ebbte vollends ab, als ich mit einem Joghurt vor dem Fernseher lag und durch die Programme zappte. Ich blieb bei einer rothaarigen Richterin hängen, die einen Mann verurteilte, der seine Frau erst geschlagen und anschließend wochenlang in eine Vorratskammer gesperrt hatte. Der Sohn hatte gerade als Zeuge gegen seinen Vater ausgesagt.

Der Vormittag am Fernseher war verflogen. Um 13:20 Uhr ging ich an das Küchenfenster, welches auf Höhe der Platanenkronen lag, und schaute nach rechts zur Bushaltestelle. Nach und nach kamen die bekannten Gesichter dort an. Dann erschienen auch meine drei engsten Freunde Kasper, Kilian und Ihlas. Sie hielten aber nicht an der Bushaltestelle an, sondern steuerten geradewegs auf unsere Haustür zu. *Was soll das werden?* Eilig zog ich das Fenster zu und stellte mich im Flur auf die Lauer. *Bitte geht vorbei. Geht einfach weiter! Bitte weitergehen.* Ich wartete, beschwor die Stille, still zu bleiben. Dann klingelte es. Ich hielt kurz inne, aber ging dann doch wie ferngesteuert an den Hörer.

„Ja?"

„Hey, hier ist Kasper. Mit Kili und Ihlas. Mach mal auf!"

„Okay."

Ich drückte den Türsummer und hörte unten aus dem Treppenhaus das Vibrieren und das klackende Öffnen der Tür. Mein Herz schlug schneller. Wieder saß ich in einem Zug, der Tempo aufnahm und alle Naturgesetze, die bis eben noch gegolten hatten, außer Kraft setzte. Warum nur? Ich hörte sie im Treppenhaus kichern. *Worüber lachen die? Über mich?* Dann erschienen sie auf unserer Etage. Kasper ging voran und hatte eine Mappe in der Hand.

„Hey, Hugo. Wie geht's?"

„Ganz okay. Bin noch krank."

„Sollen dir von Frau Winckler die Mappe hier geben. Da sind alle Arbeitsblätter der letzten Woche drin."

„Gut. Danke."

Einerseits war ich froh, die Jungs zu sehen. Andererseits setzte mich die Situation unter Druck. Ich wusste nicht weshalb. Ich war nicht in der Lage, den Zug zu verlangsamen oder gar aufzuhalten.

„Du hast vielleicht was verpasst", fing Ihlas an, den kurzen Moment des Schweigens zu füllen. „Christof hat sich im Sportunterricht so dermaßen auf die Fresse gelegt. Hahaha. Auf dem Fußball ausgerutscht. Hahaha. Sogar Frau Jankowski musste übelst lachen."

Die beiden anderen fielen in Ihlas Gelächter ein und ich zwang mich, trotz Hochgeschwindigkeit des Zuges, ebenfalls zu einem Lachen. Doch es klang anders als ihres, nicht so ausgelassen, irgendwie fremd. Ich gehörte nicht dazu.

„Haha, wie geil", brachte ich, bemüht um Normalität, heraus.

„Alles klar. Unser Bus kommt", unterbrach Kasper das Gelächter und betätigte, ohne es zu wissen, die Bremsen des Zuges.

„Na gut, vielen Dank und bis die Tage dann", sagte ich und fühlte, dass die Naturgesetze um mich herum langsam wieder funktionierten, wie sie sollten.

„Gute Besserung."

„Ja, komm bald wieder."

„Genau. Ciao."

„Ciao!"

Ich winkte ihnen hinterher und schob sachte die Tür zu. Der Zug hielt an und ich stieg aus. Mit der Mappe in der Hand taumelte ich in Richtung Sofa und erlangte nach und nach mein Gefühl der Sicherheit zurück. Ohne mir die Arbeitsblätter ernsthaft anzuschauen, überflog ich die verschiedenen Seiten, die sich im Laufe der Woche angesammelt hatten. Ich hatte einiges verpasst. Hastig legte ich die Mappe im Flur auf dem Computerschrank ab und ging zurück ins Wohnzimmer. Ich setzte mich aufs Sofa und versuchte zu ergründen, warum sich das gerade so komisch angefühlt hatte. Wovor lief ich weg? Wovor versteckte ich mich? Ich spürte den Gefühlen nach, aber konnte ihnen nicht zu ihrem Ursprung folgen. Wenig später hatte mich der Fernseher wieder in seinen Bann gezogen und lenkte mich gekonnt davon ab, was mir soeben passiert war und was da in der Mappe auf mich wartete. Kommissarin Rietz und der glatzköpfige Kommissar Naseband, ein unheimlich cooler Typ mit verrauchter Stimme, nahmen mich mit auf Verbrecherjagd.

ZWEI WOCHEN

In Gedanken versunken, starrte ich in meine Müslischale. Was meine Mutter so sprach, bekam ich kaum mit. Ich nahm wahr, dass sie etwas sagte, aber es kam nicht bei mir an. Es waren noch fünfzehn Minuten bis zum Unterrichtsbeginn. Meine Mutter hatte für mich entschieden, dass ich es heute wieder probieren sollte. Schließlich nahm ich nun schon seit einer Woche Medikamente. So langsam müsse ich ja mal wieder gesund sein. In der Hoffnung, dass meine Mutter vielleicht schon vor mir aus dem Haus gehen würde, ließ ich mir Zeit mit dem Müsli. Aber Pustekuchen!

„Beeil dich bitte! Wir gehen zusammen los."

„Ja, ja," brachte ich enttäuscht heraus.

Nun ging kein Gramm Müsli mehr meine Speiseröhre herunter. Der Magen schlug Alarm, der Herzschlag reagierte prompt und der Zug polterte los. Irgendwas in mir trat wieder die Flucht an. Ich stellte das Müsli in den Kühlschrank, da es meine Mutter zur Weißglut brachte, wenn ich Lebensmittel verschwendete, und schlurfte in mein Zimmer. Ich griff meinen Rucksack, packte alibimäßig ein paar Sachen ein und wartete im Flur. *Was passiert jetzt?* Meine Mutter kam lächelnd aus ihrem Zimmer und schob mich durch die Haustür ins Treppenhaus. Schweren Schrittes ging ich die Treppe herunter, meine Mutter im Nacken.

„Dir geht's doch schon viel besser. Ich wünsche dir viel Spaß in der Schule. Das wird schon."

„Mhm…"

Unten angekommen, schloss sie die Tür zum Fahrradkeller auf und drückte mir einen feuchten Kuss auf die Wange.

„Bis später. Hab' dich lieb!"

„Ich dich auch."

Ich zog die Haustür auf und eine milde Frühsommerluft empfing mich. Die Sonne kämpfte sich durch die dichten Blätter hindurch und brachte Wärme in den grünen Tunnel der Allee. Ich reihte mich in den Strom der Schülermassen ein, der von den verschiedenen Schulen des Stadtteils angezogen wurde. Ich war extra so spät losgegangen, dass der Bus, der meine Freunde brachte, bereits angekommen sein musste, und ich ihnen nicht begegnen würde. Der Zug schob an und drückte mich ins Polster. Ich kriegte überhaupt nicht mehr mit, wer da so links und rechts an mir vorbeiging. Ich zog direkt die Notbremse. Sofort war die Entscheidung gefallen, dass ich nicht zur Schule gehen würde. Ich hatte Angst, dass es mir im Klassenraum wieder übel und eng werden würde. Irgendwas in mir hielt mich der Schule fern. Und diesem inneren Instinkt musste ich folgen. Nur konnte ich jetzt nicht umdrehen. Meine Mutter würde gleich aus dem Fahrradkeller hochkommen und würde mir hinterherschauen. Also ging ich die lange Hecke entlang, passierte die Platane und steuerte nach links, nicht geradeaus. Bekannte Gesichter flogen an mir vorbei. Ich stierte durch sie durch. Nur weg. Schnell weg. Links an der Schule vorbei kam man in einen Stadtwald, der mich wenig später schützend umgab. Ich war in Sicherheit. Der Zug trudelte aus. Endlich nahm ich meine Umgebung wieder voll und ganz wahr. In dem Waldstück befand sich ein aufgeschütteter Schlittenberg, der im Sommer vornehmlich von BMX- und Crossbikefahrern genutzt wurde. Diesen stieg ich nun hoch und setzte mich oben auf eine Holzbalustrade, die den Gipfel des Schlittenberges umrandete. Auf den Waldwegen sah ich die letzten Schüler gehetzt in die Pedalen treten. In wenigen Minuten würden die Schulglocken den Beginn der ersten Schulstunde einläuten. Ich schaute den steilen Abhang herunter und summte dieses Lied, das im Frühstücksradio gelaufen war: *Boulevard Of Broken Dreams*. Mit den Händen fuhr ich über die raue Balustrade. Um meine Schuhe herum lagen Zigarettenstummel. Sofort fühlte ich brennende Einsamkeit. Hier trafen sich nachmittags die Jugendlichen zum Biken und Rauchen. Und ich saß hier morgens und versteckte mich. Allein! Ohne Bike! Ohne Kippen! Ohne Freunde! Nur ich und dieses komische Gefühl im Bauch. Da kam es, das vertraute Schellen des Schulgongs. Für mich bedeutete dieser Ton nicht, dass ich die Hefte rausholen musste. Er sagte mir, dass die Luft nun rein war und ich nach Hause gehen konnte. Ich nahm einen Zigarettenstummel in die Hand, drehte ihn zwischen meinen Fingern, wünschte mir kurz und innig ein Stück Normalität. Dann ging ich in langsamen Schritten den Berg hinab und warf den Stummel in hohem Bogen den Hang hinunter. Die Anspannung fiel mit jedem Schritt etwas mehr von mir ab. Gleich würde ich völlig entspannt, mit etwas zu essen, auf dem Sofa liegen und mein tägliches Fernsehprogramm verfolgen. Erleichtert spazierte ich aus dem Schutz des Waldes heraus. Links von mir lag nun die Schule und die erste Stunde war im Gange. Ich bog ab, passierte die alte Platane und strich über ihre ungleichmäßige Rinde. Den ganzen Heckenweg traf ich auf keinen Menschen, worüber ich sehr erleichtert war. Wenig später stand ich in unserem dunklen Treppenhaus und hoffte, dass meine Mutter wirklich

117

schon losgefahren war. Der Fahrradkeller war jedenfalls zu. In unserer Wohnung schien auch kein Licht. Also traute ich mich, den Schlüssel in das Schloss zu stecken. Abgeschlossen! Sie war weg. Gelöst nahm ich den Duft von Zuhause auf und schloss die Tür hinter mir.

DREI WOCHEN

Meine Mutter und ich fuhren mit dem Auto nach Holland, oder wie mein neuer Stiefvater in seinem gebrochenen Deutsch immer zu verbessern pflegte:

„Das heißt nicht Holland, das heißt Niederlande. Ich sage doch auch nicht Niedersachsen zu eurem Land."

Ich fand das penibel und wichtigtuerisch, ließ es mir aber nicht anmerken.

Es waren Pfingstferien. Meine Mutter wirkte stetig ratloser und sorgenvoller darüber, dass ich nach wie vor nicht wieder zur Schule ging. Die Fehltage mehrten sich bedrohlich. Ich hatte mich jeden Morgen beim Schlittenberg eingefunden, den Schulgong abgewartet und mich anschließend entweder ins Bett oder aufs Sofa vor den Fernseher gelegt. Bis 13:20 Uhr verdrängte ich erfolgreich die verwirrende Realität, indem ich mich von der Fiktion der Fernsehsendungen und Hörspiele einlullen ließ. Ich wusste immer noch nicht, was mit mir los war, aber ich hörte auf meine inneren Warnsignale, die mir vermeldeten, dass von der Schule Gefahr ausging. Nun hatte sich meine Mutter überlegt, mich über die Pfingstferien mit nach Stavoren zu nehmen. Von dort startete Geert immer mit seinen Reisegruppen und seinem Schiff dem *Adelaar* über das Ijsselmeer in Richtung Nordseeinseln. Mir sollte dieser Kurzurlaub guttun. Mal rauskommen, frische Meeresluft einatmen und gesundet zurückkehren. Soweit der Plan meiner Mutter. Sie hatte die klare Vorstellung, dass ich am Mittwoch wieder

119

zur Schule gehen würde. Ich sah das anders. Nein, ich fühlte anders.

„Na wie geht's dir heute?", fragte sie mich, als wir schon einige Zeit auf der Autobahn unterwegs waren. Ich wusste, worauf sie hinauswollte.

„Geht so."

„Hm. Jetzt machen wir uns erst mal ein schönes Wochenende und nächste Woche gehst du dann wieder zur Schule."

„Mhm."

Kurz vor der holländischen Grenze hielten wir noch schnell bei Burger King an. Meine Mutter wollte wohl mal testen, wie übel mir wirklich war. Nein, eigentlich war sie absolut kein Fast-Food-Mensch. Gute, ausgewogene Ernährung war ihr wichtig. Aber auf Reisen konnte es dann gern auch einmal etwas von Burger King sein. Wir fuhren dann immer durch die Autobedienung und direkt weiter. Ich sollte ihr den Burger auf dem Papier in ihrem Schoß zurechtlegen und ihr hin und wieder eine Pommes anreichen. Dazu trank sie Vanillemilchshake. Wenn schon sündigen, dann auch richtig!

„Also eigentlich bin ich ja gar nicht für Burger und so n' Kram, aber manchmal schmeckt das einfach gut", brachte sie, mit vollem Mund, zufrieden heraus, während ihr Whopper immer kleiner wurde und schnell verputzt war. Sie schielte auf meine Burger, denn ich bestellte mir natürlich nicht nur einen. Ausgelassen fielen wir über unser Mahl her und lachten uns dabei an. Die Krönung war dann immer noch ein Song, zu dem sie so richtig abgehen konnte. Auf dieser Fahrt lief *Livin' Thing* von Electric Light Orchestra. Völlig unvermittelt drehte sie den Lautstärkeregler auf, kniff die Augen zusammen, formte ihre Lippen zu einem Kussmund und schlug mit ihrer rechten Hand etwas zu doll einen 1-1,2-1-1,2-Takt auf ihren Oberschenkel, sodass es knallte. Ich lachte mich kaputt und stieg mit ein. Und so fuhren wir bester Laune über die Grenze. Die Sorgen, der Druck, die Übelkeit und die Schule blieben davor zurück.

Im Dunkeln kamen wir in dem schnuckligen Ort am Ijsselmeer an. Die kleinen, alten Häuser mit den steilen Treppen und den viel zu niedrigen Türen fingen meinen Blick ein. Warum hatte sich das angeblich größte Volk der Erde solche Häuser gebaut? Egal! Irgendwie sahen sie sehr gemütlich und einladend aus.

Dann tauchte der Hafen vor uns in der Dunkelheit auf.

„Guck mal, da liegt der Adelaar."

Ich spürte, wie meine Mutter heiter wurde. Sie war voller Vorfreude auf Geert. Auch sie hatte scheinbar ihre tonnenschwere Besorgnis an der Grenze zurückgelassen. Vor uns lag in der Dunkelheit ein altes, großes, zweimastiges Segelboot. Geert saß, in ein Gespräch mit einem jüngeren Mann verwickelt, an Deck. Sie hatten jeder eine Flasche Bier in der Hand. Als er uns sah, stand er langsam auf und kletterte behäbig über die Reling. Wir stiegen aus.

„Hey", rief er, winkte dabei und kam auf uns zu.

Er drückte meiner Mutter einen schmatzenden Kuss auf den Mund und streckte mir die Hand entgegen. Ich schlug ein. Geert war ein Seemann, wie man ihn sich vorstellt: wettergegerbt, braungebrannt, kräftig, ölverschmiert und bärtig. Zu einem vollen Prototypen fehlten nur noch Tattoos, Holzbein und Augenklappe. Dabei wirkte er aber nicht einschüchternd, sondern eher etwas drollig. Er war still, zurückhaltend, etwas unbeholfen und eigenbrötlerisch. Wir nahmen uns nicht in den

Arm. Wir sagten „Hey", schlugen ein und mehr nicht. Dann fing meine Mutter an, holländisch zu reden, was mir unfassbar peinlich war, weil es noch so dermaßen schlecht klang. *Meine Güte, wie kann man so verliebt sein, dass man sich derartig zum Affen macht?* Wir schleppten unsere Taschen an Bord und begrüßten die Reisegruppe, eine Realschulklasse aus Deutschland mit zwei Betreuern. Geert führte mich danach auf dem Boot nach ganz vorne zu einer hölzernen Luke.

„Hier wohnt der Maat. Hier schläfst du", brachte er mit seinem stark holländischen Akzent hervor.

„Okay."

Der will mich ja schnell loswerden. Ich ließ mir nicht anmerken, wie suspekt mir dieses Höllenloch war und stieg die Leiter herab. Unten angekommen, befand ich mich in einem kleinen dunklen Raum, in dem es nach Fisch und Algen roch. Links und rechts von mir waren kleine Bettnischen. Aus der einen winkte mir der Matrose Bas entgegen und die andere war dann wohl meine.

„Gute Nacht," riefen meine Mutter und Geert von oben und schoben die Luke zu. Wenig später hörte ich Bas laut schnarchen.

Und so begann meine erste Reise mit dem Adelaar.

Wir verlebten ein ruhiges Pfingstwochenende auf See. Geert war nicht die Stiefvaterfigur, die ich mir gewünscht hätte. Er war nicht sonderlich interessiert an mir und gab schräge Antworten, wenn ich ihn mal etwas fragte oder versuchte, Kontakt zu ihm aufzunehmen.

„Geert, spürst du eigentlich an Land auch noch das Schaukeln des Meeres?"

„Was?"

„Naja, dass du das Gefühl hast, du bist noch auf dem Schiff und die Wellen bringen den Untergrund zum Schaukeln, dabei bist du auf dem Festland."

„Hm, nee."

„Achso."

Danke fürs Gespräch. Obwohl er ganz anders war als mein Vater, verband sie scheinbar zumindest die Unlust an Konversationen mit mir. Es gab aber auch folgende Reaktionen auf mich, die mich noch mehr ärgerten:

„Na Geert, wie viel Wind haben wir heute?"

„Das weiß ich nicht. Ich bin Skipper und nicht der Wetterbericht."

„Hehe. Und wann sind wir in etwa auf Vlieland?"

„Das weiß nur der Wind."

Ich fühlte mich neben ihm noch kleiner und unzulänglicher, als ich mich ohnehin schon fühlte. Wieder ein Mann, der mir nicht auf Augenhöhe begegnete, mich nicht für voll nahm. Dennoch faszinierte mich die Welt, in der er lebte. Ich liebte es, stundenlang aufs Meer hinauszublicken, die Wellen kommen und gehen zu sehen und nur das Knarzen des Schiffes, das flatternde Segel und das Plätschern der anschlagenden Wellen zu hören. Alles so voller rastlosem Energieüberschuss und doch so friedlich und beruhigend. Ich liebte die holländischen Nordseeinseln, auf denen meine Mutter immer in einen Kaufrausch geriet und mich mit den tollsten Sachen eindeckte. Einmal warfen wir sogar den Anker auf freiem Meer und sprangen vom Schiff ins Wasser. Geert verzog sich währenddessen in sein Führerhäuschen. Er hasste Baden. Er war wasserscheu. Seemann und wasserscheu, das muss man sich mal vorstellen.

Hoffentlich geht der Adelaar nie unter, dachte ich mir direkt, als ich davon erfuhr. Geert lebte in seinem Führerhäuschen, in dem es alles gab, was er halt so brauchte: ein Bett, ein Sofa, einen Tisch und Stühle, einen Fernseher, ein Radio, einen Kühlschrank und ein Bücherregal. Wer sich jetzt eine heimelige Wohnumgebung vorstellt, der liegt falsch. Wie meine Mutter immer zu meinem Zimmer zu sagen pflegte:

„Aufräumen! Hier ist ja wieder eine Bombe eingeschlagen. Du lässt alles unter dich gehen."

Und ihr neuer Freund? Wenn in meinem Zimmer eine Handgranate eingeschlagen war, war hier der nächste Atomkrieg entbrannt. Auf dem Sofa lagen ölverschmierte Overalls, vor dem Fernseher hatten sich alle möglichen Geldmünzen dieser Welt angesammelt und auf dem Tisch standen Kaffeetassen aus Urzeiten. In einer seitlichen Ablage fand ich dann eines Morgens, als der Seegang uns schon kräftig durchschaukelte, den größten Schatz dieses Kriegsgebiets: ein Kartenquartett mit nackten Frauen. *Nicht sein Ernst! Warum hat der denn sowas?* Ich blickte mich um, steckte es ein und verschanzte mich auf der Toilette, wo ich mir in Ruhe die nackten Frauen auf den Spielkarten zu Gemüte führte. Das Spiel musste Jahrzehnte alt sein. Die Karten waren abgegriffen und die Frauen hatten Intimfrisuren, die, soweit ich aus dem Playboy wusste, heute eher unüblich waren. Mit Abdul und Omid hatte ich mir immer mal wieder heimlich, in der Tankstelle neben unserer Schule, den Playboy angeschaut. Abdul wusste irgendwie immer, wann eine neue Ausgabe erschien. Dann gingen wir direkt zur Tankstelle und taten so, als ob wir den Kicker oder die Sport Bild kaufen wollten. Ich konzentrierte mich jetzt auf die Brüste. Brüste sind schließlich zeitlos schön. Einerseits erfreute ich mich natürlich an meinem Fund. Ich spürte, wie sich in meiner Hose etwas regte, mich ein warmer Schauer durchlief. Ich schaute mir noch einmal alle Karten von vorne an und kürte meine Lieblingskarten. Andererseits fand ich es schräg, dass der über 50-jährige neue Freund meiner Mutter so etwas mehr oder weniger offen rumliegen hatte. Das passte gar nicht zu meiner Mutter. *Ist wohl so eine Seemannsnummer! Im Hafen mit drei anderen Kapitänen Karten spielen und dabei Brüste gucken. Ob das Mama weiß!?* Ich wartete, bis sich mein ganz persönlicher Einmaster gesenkt hatte und verließ die Toilette, um die Karten wieder unter den Bombentrümmern zu verstauen. Ich vergrub sie nicht ganz so tief, damit meine Mutter vielleicht mal darauf stieß und die Sache für sich klären konnte.

An Bord des Adelaars hatte ich logischerweise wenig an die Schule gedacht. Ab und zu funkte etwas aus dem Unterbewusstsein durch, das mir ein schlechtes Bauchgefühl gab und Stress verursachte. Wenn ich die Gefühle verortete, wurde mir schnell bewusst, dass da zuhause ja dieses leidige Schulproblem auf mich wartete. Gefühlt-zugeordnet-erfolgreich verdrängt.

SECHS WOCHEN

Eines Morgens saßen meine Mutter und ich am Frühstückstisch. Wie immer stocherte ich lustlos in meinem viel zu gesunden Müsli herum.

„Ich will heute keinen Anruf von dir bekommen, dass du es wieder nicht geschafft hast. Du gehst heute zur Schule. Basta! Du bist wieder gesund! Seit sechs Wochen hängst du jetzt zuhause herum."

„Nein, Mama."

Tränen füllten schlagartig ihre braunen Augen und ich spürte, dass sie jetzt die Beherrschung verlieren würde.

„DOCH", schrie sie.

„NEIN", schrie ich eine Spur lauter zurück, stand auf und schoss in mein Zimmer.

Sie kam mir hinterher. Plötzlich spürte ich einen schmerzhaften Schlag auf meinem Hintern.

„DU GEHST HEUTE WIEDER ZUR SCHULE!"

Geschockt von ihrem Schlag, ihrer lauten Stimme und den Tränen in ihren Augen, fing ich auch an zu weinen und schrie nochmal:

„NEIN! Ich kann nicht."

„DOCH! DU KANNST! DU MUSST! WAS IST DARAN SO SCHWER?"

Ich kehrte ihr den Rücken zu und strebte unter meinem Hochbett hindurch zur Leiter. Das Einzige, was ich jetzt machen konnte, war, mich im Bett zu verkriechen. Plötzlich packte meine Mutter mich am Pullover und zog mich in Richtung Zimmertür. Ich rutschte auf dem glatten Parkett aus und hielt mich im Fallen an einem der langen Bettpfosten fest. Meine Mutter war eine große und starke Frau. Dennoch konnte ich mit meinen 13 Jahren körperlich mehr als gut dagegenhalten. Ich hielt mich am Pfosten fest und trat nach ihr. Als der Tritt ihren Oberschenkel traf, ließ sie sofort los, schluchzte unendlich laut auf und verließ mein Zimmer mit knallender Tür. Aus dem Flur hörte ich sie gedämpft aber deutlich wimmern:

„Womit habe ich nur solche Kinder verdient? Meine Güte! ICH ERTRAG DAS NICHT MEHR!"

Es tat mir so weh. Ihr verzweifeltes Weinen machte mich fertig, aber ich war unfähig, daran etwas zu ändern. Ich konnte sie nicht trösten. Ich konnte nicht das tun, was sie von mir wollte. Ich konnte da nicht hin. Wenig später schlug die Haustür zu. Ich lag auf dem Parkett neben meinem Bettpfosten, starrte zur Decke. Tränen liefen über mein Gesicht und tropften aufs Parkett. Mein Puls senkte sich langsam wieder. *Was war das gerade?* Ich spürte noch ihren Schlag und ihr Reißen an mir. Ich dachte an den Tritt, den ich ihr verpasst hatte, mit dem ich sie abgeschüttelt hatte, hörte ihre verzweifelte Stimme im Ohr nachklingen. Eine Weile blieb ich auf dem Boden liegen und tat mir selbst leid. Dann stand ich auf, suchte Ablenkung und fand sie vor dem Fernseher. Diesmal musste diese rothaarige Richterin einen Nachbarschaftsstreit aufklären. Frau Semper hatte die Familienkatze tot, an der Wäscheleine hängend, im Garten aufgefunden. Für sie und ihren Mann war zweifellos klar, dass Familie Ballhaus dahinterstecken musste.

127

SIEBEN WOCHEN

Ich kniete auf einem alten Polstersessel, den ich von meinen Großeltern mütterlicherseits geerbt hatte. Sie lebten noch. Und wie! Besonders mein Opa war einer der wichtigsten Menschen in meinem Leben. Sie lebten in einem kleinen Dorf, das von uns etwa zweieinhalb Autostunden entfernt war. Viel zu weit weg! Oder vielleicht auch gut so. Ich kannte nämlich niemanden, der so einen guten Draht zu seinen Großeltern hatte, wie mein Bruder und ich. Meine Oma war eine Oma, wie man sie sich lehrbuchmäßig vorstellt. Sie war stets gutmütig, steckte einem regelmäßig Geld zu und versorgte einen, wo sie nur konnte, mit Süßigkeiten und Nudelsalat. Mein Opa war für das Unterhaltungsprogramm zuständig, wenn wir zu Besuch waren. Mit ihm machten wir immer richtige Männersachen. Das war mir wichtig. Wenn ich schon mit meinem Vater jedes Kunstmuseum abklappern musste, so konnte ich wenigstens mit meinem Opa das machen, was mich auch interessierte, was mich etwas anging. Wir gingen Fußball spielen. Er hatte wirklich einen guten Schuss. Ich stand dann meistens im Tor. Das lag mir gut. Ich liebte es, durch die Luft zu fliegen und unmöglichste Bälle aus sämtlichen Winkeln zu kratzen. Wenn mir mal wieder eine Glanzparade gelang, ließ mein Opa ein lautes „STARK" ertönen. Nicht nur weil er mir so wichtig war, sondern weil er dies mit seiner vollen, bassigen Stimme raushaute, ging solches Lob runter wie Öl. Ich lief zur Hochform auf. Manchmal fuhren wir auch in den bergigen Wald und er ließ mich seinen alten Honda fahren. Neun von zehn Mal würgte ich die alte Schlurre ab. Er verlor nie die Geduld.

„Kupplung kommen lassen und gleichzeitig Gas gebeeeeen. Mehr Gaaaaas. STAAAARK!"

Keiner meiner Freunde war schon mal Auto gefahren. Mein Opa machte das möglich, unter der Bedingung, dass die „Regierung", wie er meine Oma dann oft nannte, nichts davon erfuhr. Eine meiner Lieblingsbeschäftigungen mit Opa war das Centstückplattfahren am Bahngleis. Wir suchten uns eine Stelle, an der wir sicher unbeobachtet blieben und legten Ein-, Zwei- und Fünfcentstücke auf dem Gleis aus. Am Beeindruckendsten wurden nachher die Fünfcentstücke, richtig große platte Scheiben. Da im Sauerland wenig Bahnverkehr herrschte, mussten wir oft länger warten. Gar kein Problem für uns. Wir setzten uns, unweit von der Stelle entfernt, auf zwei Baumstümpfe. Opa langte in die Jackentasche und holte ein paar Gummibärchen für uns raus. Sie waren nie mehr eingepackt, sondern lagen lose in seiner Tasche. Die Bärchen schmeckten richtig nach Jackentasche, aber nach Opas Jackentasche, und das war gut. Meist kamen dann Sprüche wie:

„Hier, mein letztes Hemd."

Oder:

„Die Roten müssen weg."

Mein Opa war überzeugter CDU-Wähler. Daher mussten immer erst die Sozi-Bärchen vernichtet werden. Ich verstand nichts von Politik, aber mich amüsierte seine Antihaltung und trotz fehlendem Hintergrundwissen war ich ganz seiner Meinung. In der Wartezeit war uns nie langweilig. Mein Opa war der beste Gesprächspartner, den man sich wünschen konnte. Wir erzählten uns alles, glaubte ich zumindest. Er, und das war das Wichtigste, interessierte sich für mich. Aufrichtig und höflich!

„Hast du noch Kontakt zu deinen pakistanischen und tunesischen Freunden?"

„Nee, leider nicht mehr so. Die gehen auf andere Schulen. Aber auf meiner neuen Schule sind Türken und Iraner, mit denen ich ganz gut befreundet bin."

„Das ist so etwas Tolles, hör mal. Ich hatte in deinem Alter nicht die Möglichkeit, Freunde aus anderen Kulturkreisen zu haben. Das ist ein Geschenk, glaube mir. Ich war mal dienstlich in Pakistan und habe mich dort so wohlgefühlt. Aber ich musste eine weite, beschwerliche Reise dafür auf mich nehmen. Man kann viel lernen von fremden Kulturen. Genieß das!"

Darüber hatte ich so noch nie nachgedacht. Wie mein Opa das so überzeugend sagte, hinterließ es Spuren der Fremdenfreundlichkeit und des ernsthaften, leidenschaftlichen Interesses an fremden Kulturen in mir. Bis heute.

Plötzlich hörten wir einen nahenden Zug.

„Es geht los!", schrie ich und wir standen beide auf, blieben aber weiter versteckt.

TATAM-TATAM-TATAM.

Der Zug war vorbeigefahren und wir entschlüpften dem Dickicht. Das Fünfcentstück war auf dem Gleis liegengeblieben, die anderen beiden Münzen fanden wir nach kurzem Suchen im Gleisbett.

„Haha, cool. Wie lustig die aussehen."

„Ja, nicht wahr? Steck sie gut ein. Nicht, dass die Regierung sie sieht."

Jetzt kniete ich also auf dem alten Sessel, den Oma und Opa kürzlich aussortiert und an mich vererbt hatten. Rein optisch gibt es wahrscheinlich wenige Möbelstücke, die unpassender gewesen wären für ein Jugendzimmer. Es waren abgesessene Dinger mit ollem Blumenmuster. Wahrscheinlich aus den 50ern oder 60ern. Aber sie waren von Oma und Opa, von daher passten sie in meinen Augen hier zu mir. Ich hatte sie unter meinem Hochbett postiert. Den einen hatte ich mir jetzt ans Fenster gezogen. Wir wohnten im dritten Stock und blickten direkt in die Baumkronen der Platanenallee. Die Fenster waren stets sonnendurchflutet, uns konnte keiner von außen in die Wohnung schauen und man konnte die Straße trotzdem beobachten. Der perfekte Posten für einen einsamen Späher, der unentdeckt bleiben wollte. Ich kniete oft am Fenster und beobachtete das rege Treiben auf der großen Straße. Wenn gerade mal nichts los war, schoss ich mit meiner Softair auf Tauben, die vor meinem Fenster im Baum campierten. Ich hätte niemals eine Softair bekommen, aber als ich einmal ohne meine Eltern mit der Lacrossemannschaft im Trainingslager gewesen war, hatte uns eine entspannte Mutter von einem Mitspieler erlaubt, welche von unserem Taschengeld zu kaufen, weil ihr Sohn sich das gewünscht hatte. Auf Dauer kein sehr nützliches Spielzeug. Wozu sollte man sie schon benutzen, außer vielleicht, um Tauben abzuballern. So kam sie wenigstens ab und zu in Gebrauch. Ich hörte aus dem Flur das Telefon klingeln und zog neugierig meinen Kopf ins Innere der Wohnung, um zu hören, wer dran war.

„Penser… Peter, hallo."

Mein Vater! Ich rückte schnell den Sessel ab und schlich an meine Zimmertür.

„Nein, er geht immer noch nicht zur Schule", hörte ich meine Mutter schwermütig sagen. „Ist das dein Ernst? Naja, es bringt halt nichts... Ach, vergiss es, mit dir ist ja doch nicht zu reden."

Wenig später kam meine Mutter in mein Zimmer und streckte mir das Telefon entgegen.

„Papa", sagte sie.

Zögernd nahm ich den Hörer entgegen. Mit einem Mal verspürte ich das fast schon vertraute flaue Gefühl im Magenbereich.

„Hallo, Papa."

„Hallo, Hugo. Na, du gehst immer noch nicht wieder zur Schule, sagt deine Mutter!?"

„Nein."

„Wieso denn nicht?"

„Mir ist immer schlecht."

„Das kann nicht sein. Du hast dich doch jetzt lange genug zuhause ausgeruht. Ich erwarte, dass du da wieder hingehst, hörst du?"

Ich versuchte, die Trockenheit in meinem Mund herunterzuschlucken.

„Ich weiß doch auch nicht. Ich gehe ja nächste Woche ins Krankenhaus. Vielleicht finden die raus, was es ist."

„Ja, hat deine Mutter mir schon erzählt. Danach kommst du dann mal wieder zu mir, klar? Ich habe hier ein neues Museum entdeckt, das wir gemeinsam erkunden müssen. Landschaftsmalerei. Die magst du doch so gerne."

„Ja... Klar."

„Und..." Er zögerte, atmete einmal tief ein, bevor er weitersprach:

„Und hier auf der Arbeit habe ich eine nette Frau kennengelernt. Und... Also... Sie..." Ich ahnte direkt, worauf sein Gestammel hinauslief.

„Sie wird bei mir einziehen. Ach, und sie heißt Silke. Ich stelle sie dir dann vor, okay?"

„Okay…" Mehr brachte ich nicht raus.

„Gut, dann tschüss, Hugo, mach's gut!"

„Tschüss."

Ich stellte das Telefon in die Ladestation und ging hängenden Kopfes zurück in mein Zimmer. Ich ärgerte mich über die kalte Einsilbigkeit unseres Gespräches. Über diese Silke. Wir waren emotional so weit auseinander. Zwischen uns lag eine Eiswüste. Zusehends wurde mir die Unüberwindbarkeit dieses Hindernisses bewusster. Ich hatte es langsam satt. Ich wollte und konnte mich nicht mehr verstellen. Landschaftsmalerei interessierte mich einen Scheiß. Unsensible Nüchternheit war nicht ich. Nur fehlte mir die Reife, mich dagegen zu positionieren, ihm klar zu machen, was ich wollte, was ich war. Ich hatte gerade andere Probleme, als Landschaftsmalerei oder irgendeine Silke kennenzulernen. Ich wünschte mir doch nur etwas Zuneigung, Verständnis und ein offenes Ohr. Das kann nicht sein. Mehr hat er zu all dem nicht zu sagen? Mittlerweile hatte ich die Gewissheit, dass ich diese Dinge von meinem Vater nicht erwarten konnte. Von Grund auf enttäuscht belud ich meine Softair und zielte auf die Tauben, die es sich wieder im Schussfeld gemütlich gemacht hatten. Ich stellte mir kurz vor, sie seien diese Silke und mein Vater.

-PENG-!

Sie flogen davon. Weg von mir. Raus aus meinem Sichtfeld. Raus aus meinem Leben.

ZWEI MONATE

Meine Mutter und ich gingen auf das Sankt Antonius Kinderkrankenhaus zu. Ich trug meine Tasche selbst. Sie kannte den Chefarzt über Ecken und hatte abgemacht, dass er mich mal gründlich auf sämtliche Krankheiten durchleuchten sollte. Und so verbrachte ich sieben Tage in einem Achterzimmer mit Kindern, die alle sichtbar etwas hatten. Zwei Jungen hatten sich ihr Bein gebrochen, drei den Arm, einem war der Blinddarm rausgenommen worden und von den anderen erfuhr ich es nicht.

„Was hast du?", fragte mich einer der Jungen und alle blickten mich erwartungsvoll an.

„Mir ist immer schlecht. Die gucken hier in meinen Bauch", brachte ich wenig stolz hervor.

Wie sehr ich mir auch einen gebrochenen Arm wünschte. Das wäre etwas Eindeutiges, etwas Handfestes gewesen.

„Aha."

Mir war es peinlich, dass ich nichts hatte, wozu es eine schlüssige oder gar beeindruckende Geschichte gab, wie:

„Ich bin so hochgeschaukelt und irgendwann abgesprungen und im hohen Bogen voll auf meinen Arm geknallt."

Meine Lehrerin hat mich nicht auf Toilette gelassen und seitdem ist mir immer schlecht, wenn ich an Schule denke. Tolle Geschichte. Ich hoffte, dass sie etwas in meinem Bauch finden würden, irgendeine Erklärung für diese Übelkeit. Insgeheim ahnte ich allerdings, dass sie das nicht tun würden. Schließlich war mir hier nicht schlecht. Mir war nur schlecht, wenn ich an Schule dachte, oder an meinen Vater. Das sagte ich natürlich niemandem, vor allen Dingen nicht den Ärzten. *Wer weiß?* Vielleicht war da ja doch eine ganz einfache Erklärung in mir versteckt, die man per Ultraschall oder in einem Blutbild, oder wie auch immer, entdecken konnte und für die es eine simple Lösung gab.

Am dritten Tag, an dem immer noch nichts gefunden worden war, standen aus heiterem Himmel meine Mitschüler an dem schmalen Krankenlager. Ich schämte mich, aber war auch irgendwie froh, sie zu sehen. Diesmal hatten sie mir, Gott sei Dank, keine Arbeitsblätter oder sonstige Schreckgespenster mitgebracht hatten.

„Na, wie geht's? Was hast du eigentlich?", fragte Kasper.

„Mir ist immer so schlecht und die gucken hier in meinen Bauch, woher das kommen könnte."

„Guck mal, wir haben dir meinen Gameboy mitgebracht und hier in der Tüte sind die Spiele, guck, sogar Mario Kart." Ich staunte nicht schlecht. Ich hatte mir zu sämtlichen Feiertagen einen Gameboy gewünscht, aber nie war mir der Wunsch erfüllt worden. Und jetzt, in der dunkelsten Stunde meiner Langeweile, brachten meine Klassenkameraden mir einen. Mit allen Spielen, die sie so zusammengesammelt hatten.

„Wow, danke alter", reagierte ich verlegen.

Die Jungs blieben noch ungefähr zwanzig Minuten und zeigten mir, wie die einzelnen Spiele so funktionierten und wie ich den Gameboy aufladen konnte. Über die Schule verloren wir kein Wort. Sie spürten vermutlich, wie unangenehm mir das Thema war. Ich versuchte, mich selbstsicher, lustig und gelöst zu geben, doch ich hatte das Gefühl, dass ich in ihrer

Gunst gesunken war. Besonders Kilian reagierte distanzierter auf mich als sonst. Ich glaubte, dass er heilfroh war, als sie sich von mir verabschieden und endlich das Krankenhaus verlassen konnten. Ich gehörte nicht mehr dazu. Ich griff mir den Gameboy und fing an, Mario Kart zu spielen, später Herr der Ringe. Einige Tage später verließ ich mit meiner Mutter das Krankenhaus. Ich war zwar erleichtert, nach Hause zu können. Aber die Last, dass der Krankenhausbesuch ergebnislos geblieben war, wog doch schwer auf uns. Ich war gesund. Alles gut mit Magen und Darm! Keine Auffälligkeiten! Sie hatten alles überprüft. Ein kerngesunder Junge. Meine Mutter versuchte, mich freundlich aufzunehmen. Wir holten uns einen Döner bei Pasha, was ich mir gewünscht hatte, und fuhren nach Hause.

„Ich bin froh, dass alles gut ist, mein Schatz!"
Doch hinter ihren warmen, großen, braunen Augen erahnte ich tiefen Kummer. Einen Kummer, den ich zuletzt an ihr gesehen hatte, als mein Bruder von der Schule geflogen war. Sie wusste, ich war gesund. Sie wusste aber auch, dass ich weiterhin nicht zur Schule gehen würde. Wie sollte es nur weitergehen? Irgendwas in mir war doch nicht in Ordnung… Nur was?

DREI MONATE

Meine Mutter und ich fläzten uns auf dem Sofa. Es lief *Sturm der Liebe*, unsere Lieblingstelenovela, die wir, so oft wie möglich, nach dem Mittagessen gemeinsam schauten. Ursprünglich hatte nur meine Mutter diese Schnulze geguckt. Ich hatte mich dann immer beschämt zurückgezogen. Mit der Zeit aber genoss ich es, diesen Moment regelmäßig mit ihr zu teilen. Wir waren dann entspannt, wenn wir Laura und Alexander durch den Fürstenhof folgten. Insgeheim war ich etwas eifersüchtig auf Alexander. Ich schwärmte für Laura. Meine Mutter fand diesen Hotelarzt total anziehend. Die Beine meiner Mutter zeigten zum Balkon, auf dem die Blumen so langsam wieder fußfassten. Meine Mutter hatte wirklich keinen grünen Daumen, auch wenn sie das von sich dachte. Unsere Balkonkästen sahen meistens eher so aus wie der Vorgarten eines Hauses, in dem seit Jahren keiner mehr wohnt. Man sah, dass da irgendwann einmal Bemühungen investiert worden waren, aber das lag weit zurück. Im Fall meiner Mutter war die Pflanzenpflege vielleicht nicht Jahre her, aber eventuell nicht mit letzter Konsequenz umgesetzt worden. Ich war trotzdem glücklich und dankbar, dass wir einen Balkon hatten. Ich liebte es, in lauen Sommernächten mit Decke und Kissen auf die Balkonliege umzuziehen. Ich fühlte mich dann am nächsten Morgen richtig erfrischt und gut ausgeschlafen, weil ich die ganze Nacht klare Luft eingeatmet hatte. Außerdem bekam man verschiedenste Tiergeräusche als Einschlafhörspiel gratis.

Einmal wurde ich nachts Zeuge eines Igelkampfes. Ich war gerade eingedöst, als ich das Gefühl hatte, neben mir stehe ein hechelnder Dobermann, der mich im nächsten Moment anzufallen drohe. Ich schlug die Augen auf und orientierte mich erst einmal, um dann die lauten Geräusche zuzuordnen. Sie kamen nicht von unserem Balkon. Ich blickte über die Brüstung, drei Stockwerke hinunter, in den düsteren Garten. Da Frau Jelzin im Erdgeschoss noch ihr Wohnzimmerlicht anhatte, fiel etwas Licht auf die Wiese, die sonst gänzlich im Dunkeln liegen würde. Und tatsächlich sah ich zwei Igel, die sich wild anfauchten und sich immer wieder mit ihren stacheligen Körpern tackleten, wie zwei Beyblades in einem Beystadium. Das glaubt man erst, wenn man das mal live miterlebt hat. Wie können so kleine Geschöpfe derart laute Geräusche von sich geben, dass ich im dritten Stock davon wach wurde?

Plötzlich klingelte das Telefon. Meine Mutter drehte auffordernd ihren Kopf zu mir.

„Gehst du?"

Ich schüttelte bestimmt den Kopf. Zurzeit hatte ich keine großen Erwartungen an das Telefon: Vielleicht die Schule, Mitschüler, mein Vater oder andere Leute, die nur mit mir Zug fahren wollten. *Nein danke.* Ich blieb lieber in der Welt der Telenovela bei Problemen anderer Menschen, realitätsfern betäubt im Schutze der Fiktion. Dort gab es mich und meine Sorgen und Schwächen nicht. Stöhnend stand meine Mutter auf und trabte mit ihren langen Beinen in den Flur zum Telefon. Wir hatten bereits ein schnurloses Telefon, dennoch stand es meistens auf der Ladestation. Meine Mutter konnte zur Furie werden, wenn der Akku nicht ausreichend aufgeladen war und Geert anrief. Dabei reichten ihre Holländisch-Brocken und seine Deutsch-Purzelbäume doch gar nicht aus für ein stundenlanges Telefonat.

„Penser."

Ich spitzte die Ohren. Meine Mutter schwieg einige Sekunden, dann das befürchtete:

„Ja, der ist da. Kleinen Moment."

„Hugo? Lina aus deiner Klasse."

Was zur Hölle will die denn? Lina war eine Mitschülerin aus meiner Klasse, mit der ich eigentlich nie etwas zu tun hatte. Eine eher unauffällige Schülerin.

„Hallo?"

„Hi, Hugo, hier ist Lina."

„Hi, Lina."

„Wie geht's dir?"

„Naja. Ich bin immer noch krank. Und dir?"

„Alles okay. Du, ich war doch auch mal eine Zeit nicht in der Schule, erinnerst du dich noch?" Irgendwie wirkte sie nervös. Ihre Stimme wackelte. Sie sprach etwas zu schnell.

„Ja, ich erinnere mich."

Ich erinnerte mich tatsächlich. Lina war vor kurzem länger nicht in der Schule gewesen, vielleicht einen Monat oder so. Genau wusste ich es nicht mehr, wie gesagt, sie hatte in meinem Schulalltag nie eine besondere Rolle gespielt. Ich erinnerte mich nur noch daran, dass unsere Lehrerin Lina immer schon montags für die ganze Woche in die Fehlliste eingetragen hatte, ohne das irgendwann noch groß zu kommentieren.

„Noch irgendwer krank? Außer Lina natürlich."

Diese Szenen kamen mir schlagartig in den Sinn. Irgendwann stellte dann mein ziemlich vorlauter und stets neugieriger Mitschüler Kamil die folgende Frage:

„Was ist denn eigentlich mit Lina? Kommt die nochmal wieder?"

„Linas Eltern haben sich getrennt. Da leidet sie drunter. Sie kommt zurück, wenn es für sie wieder geht."

Plötzlich wurde mir klar, was hier jetzt passieren sollte. *Will sie mich jetzt beraten? Von wegen: du brauchst keine Angst haben. Ich habe es auch wieder geschafft. Alles halb so wild.* Ich stand mit dem Hörer in der Hand an meinem Zimmerfenster und stierte geradewegs in die Platanenkronen hinein. Wieder einmal saß ich im Abteil dieses Zuges. Er zog mich fort. Ich nahm nicht mehr wahr, dass ich in meinem Zimmer stand. Ich spürte kein Parkett mehr unter meinen Füßen, wie als würde ich langsam zu schweben beginnen. Ich raste auf die Äste zu. Unaufhaltsam. Mein Herz pumpte. Der Magen verkrampfte sich. *Einfach auflegen?*

„Genau. Ich war damals wegen meinen Eltern nicht da. Die haben sich ja getrennt. Und deine haben sich auch getrennt, oder?"

„Ja. Schon etwas her.", brachte ich mühsam hervor. Ich sah nur noch Blätter und die unperfekte Rinde der Platane. Ich nahm nicht einmal mehr die blöden Tauben wahr.

„Genau. Und ich war damals bei einer Psychiaterin. Frau Vergille. Die ist echt gut. Ich wollte dir die empfehlen. Ich habe ihr schon von dir erzählt."

Psychiaterin? Was soll das? Die Gleise glühten. Meine Gedanken kreisten. Psychiaterin. Das Wort hallte nach. *Psycho. Bin ich ein Psycho?*

„Schreib dir doch mal die Telefonnummer auf. Dann kannst du dir überlegen, ob du sie mal anrufst."

„Okay. Ja mach ich."

140

Sie gab mir die Telefonnummer von Frau Vergille, buchstabierte mir ihren Namen, wünschte mir viel Glück und legte mit einem herzlichen „Tschüssi", das mir für den Hauch einer Sekunde meine rasende Seele erwärmte, auf.

Ich stand am Fenster, hielt mich mit einer Hand an der weißen Fensterbank fest und führte mit der anderen das Telefon langsam weg vom Ohr. *Psychiaterin.* Der Zug verlangsamte sich und allmählich nahm ich mein Zimmer, meine Umgebung wieder wahr. Ich blickte auf das Taubennest, das etwa fünf Meter von meinem Fenster entfernt entstanden war. Ich kam gar nicht auf die Idee, die Softair zu nehmen und die Tauben im Nest abzuballern. Ich blickte sie nur an. Leer. Glasig. *Psycho.*

„Und was war?"

Ertappt wandte ich mich von den Tauben ab und starrte meine Mutter an.

„Hm?"

Mehr konnte ich nicht entgegnen. Sie hatte mich gerade von ganz weit weg zurück in den Zug geholt, den Lina ins Rollen gebracht hatte.

„Na, was wollte Lina?"

So wie meine Mutter da im Türrahmen stand, mit ihren braunen Locken, die ihr bis zur Schulter fielen, ihren warmen Augen und ihrem aufrichtigen Interesse an mir und dem Telefonat, konnte ich sie unmöglich anlügen. Ich war stets ein kreativer Lügner gewesen, aber meine Mutter konnte ich nur schwer anlügen. Sie durchschaute mich zu schnell. Von daher ließ ich es einfach bleiben. Ich erzählte ihr, was Lina gewollt hatte und hielt ihr den Zettel mit der Nummer von dieser Frau Vergille entgegen, den ich bei längerer Bedenkzeit womöglich vernichtet hätte.

„Das ist ja nett von Lina. Das machen wir. Wir rufen da an. Hm? Was meinst du?"

Ihre Augen leuchteten auf. Es durchfuhr sie wahrscheinlich der erste Hoffnungsschimmer, seitdem ich aus dem Krankenhaus entlassen worden war. Ohne Befund. Sie nahm mir Zettel und Telefon ab.

„Rufst du an?"

Ich schüttelte den Kopf. *Was soll ich denn sagen? Hallo hier ist Hugo Penser, Psycho, und ich gehe nicht zur Schule. Mir ist immer schlecht, warum auch immer, und ich würde gern vorbeikommen.* Die Euphorie in ihren Augen schwand nicht. Sie streichelte mich.

„Ich mache das. Wir holen uns jetzt Hilfe."

Im Gehen tippte sie die Nummer ab und führte den Hörer an ihr rechtes Ohr. Ich blieb in meinem Zimmer zurück, ließ die Tür aber offen, um mitzuhören. Ich saß noch im Zug, konnte jetzt aber aus dem Fenster gucken. Da draußen passierte etwas, was nicht gut war, woran ich nichts ändern konnte. Ich hing ja in diesem gottverdammten Zug fest, Mann! Ich kam nicht raus!!! Ich war nur ein Mitfahrer, nicht der alles entscheidende Lokführer! Ob und wie schnell der Zug fuhr oder die Tür aufging und ich aussteigen konnte, lag null Komma null in meiner Hand. Es roch nach Konfrontation mit meinen Problemen, Sorgen und Ängsten. Dann hörte ich aus der Küche die Stimme meiner Mutter.

„Ja, guten Tag, Elena Penser mein Name. Ich würde gerne einen Termin für meinen Sohn Hugo machen... Wir haben Ihre Nummer von Lina... Ja ... Mhm... Genau... Er war jetzt seit drei Monaten nicht in der Schule... Übermorgen Zehn

Uhr Dreißig... Toll... Ist gut... Danke. Tschüss."

Der Zug donnerte. *Psychiaterin.* Mir wurde schlecht. Schlechter als schlecht. Aber ich kotzte nicht.

DREIEINHALB MONATE

Ich stand mit meinem Fahrrad an einer roten Ampel, auf dem Rücken meine Lacrosseschlägertasche. Aus meinen Kopfhörern wummerte viel zu laut Samy Deluxe mit *Weck mich auf.* Wie passend dieses Stück Rapgeschichte doch für meine Situation war, zumindest der erste Teil des Refrains.

Der Sommer war nun voll und ganz eingekehrt. Es war Mitte Juli und die Schulferien hatten begonnen. Ich hatte ein wirklich schräges Zeugnis zugeschickt bekommen. 56 Fehltage schmückten den Kopf des Blattes. Doch sie hatten mich tatsächlich versetzt. Das muss man sich mal vorstellen. Da hatte ich mich den halben Sommer nicht blickenlassen und bekam ein Zeugnis, das ich wahrscheinlich mit körperlicher Anwesenheit nicht viel besser hinbekommen hätte. Meine Sportlehrerin Frau Jankowski hatte mir die einzige 2 gegeben, die Gute. Der Rest bestand aus Dreien, überwiegend Vieren und einer Fünf in Chemie. Sie stellten sich wohl vor, dass ich nach den Ferien wieder genesen und braungebrannt zurückkehren und da weitermachen würde, wo ihre Noten mich jetzt für sechs Wochen festsetzten. Seit Mitte April war ich nun nicht mehr zur Schule gegangen. Zwischen damals und jetzt lagen diverse Bauchschmerzen, viele verstrichene Stunden vor dem Fernseher, eine Woche im Krankenhaus, zwei Aufenthalte in Holland und vier Sitzungen bei meiner Psychiaterin Frau Vergille.

Das Wort „Psychiaterin" hatte doch einen schlimmeren ersten Eindruck auf mich ausgeübt, als Frau Vergille es leibhaftig verkörperte. Sie war eine kleine, zierliche, bereits ergraute Dame mit tiefen, warmen Augen und einer unheimlich sanften, einfühlsamen Stimme. Ich vertraute ihr von Anfang an. Wir rollten all das auf, wovon ich schon einiges berichtet habe. Meine Kindheit. Die Trennung meiner Eltern. Meine Schullaufbahn. Meine Bauchschmerzen. Meine Ängste. Meinen Vater. Ich war von Anfang an ehrlich zu ihr. Es tat gut, mit ihr zu reden. Sie hörte mir zu und stellte die richtigen Fragen, um in mein Inneres vorzudringen. Trotzdem hatte sie mich bislang noch nicht dazu bewegen können, in die Normalität zurückzukehren. Zwei angenehme Dinge hatte Frau Vergille sogar bewirkt: Ich musste derzeit gar nicht erst den Alibiversuch zum Schlittenberg ausführen, sondern konnte mich direkt mit den Arbeitsblättern, die mir zugeschickt wurden, an den Wohnzimmertisch setzen. Meine Mutter sollte morgens keinen Druck mehr ausüben, aber ich musste auf jeden Fall Schularbeiten machen, wahrscheinlich um nicht zu verblöden. Außerdem begriff Frau Vergille schnell, wie wichtig mir Lacrosse war. Wenigstens ein Hauch Normalität in meinem Leben, in der ich etwas zählte. Und so empfahl sie meiner Mutter, mich wieder trainieren zu lassen. In den letzten Wochen war sie da nämlich strikt gewesen.

„Wer nicht zur Schule geht, kann auch nicht zum Lacrosse gehen."

Daher ging für mich der Tag jetzt immer nachmittags los. So gegen 15 Uhr wachte ich sozusagen aus meinem Winterschlaf auf. Ich packte meine Lacrossesachen, stieg auf mein Fahrrad und konnte wieder ein normaler Junge sein. Teil der Zivilisation im öffentlichen Verkehrsstrom. Nicht mehr isoliert, ohne Ziel und in der heimlichen Beobachterrolle am Fenster.

Ich war wieder jemand. Zumindest nachmittags. Ab 13:20 Uhr taute ich auf. Ich hatte das Glück, dass ich keinen Mitschüler und Mitspieler in Doppelfunktion hatte. Beim Training hielt mir also niemand vor, wo ich denn seit Monaten steckte. Niemand ist nicht ganz richtig. Mein Trainer probierte es einmal. Meine Mutter hatte eingefädelt, dass er mich von zuhause abholte und mit zum Training nahm. Völlig bescheuert, weil ich ja immer Fahrrad fuhr. Er wolle wohl mal mit mir sprechen. Jaden fuhr in seinem alten Honda vor, ich verstaute mühevoll die Lacrossetasche in seinem Kofferraum, der vor lauter Trainingsutensilien kaum noch zuging, und wir fuhren los.

„Na, Hugo."

Wir schlugen ein. Aber so richtig. Jaden hatte einen ordentlichen Handschlag, wie es sich für einen Sportsmann gehörte. Es knallte richtig. Er war ungefähr Mitte Dreißig. Ein ganz feiner Kerl. Sein Vater war Amerikaner. Jaden spielte Lacrosse in der ersten Bundesliga. Ein echtes Vorbild, immer voll engagiert dabei und ehrgeizig, was unsere Mannschaft betraf.

„Hi."

„Wie geht's?"

„Joa, ganz gut."

„Hugo, ich frag mal direkt gerade heraus: Warum gehst du nicht mehr zur Schule?" Hatte ich doch richtig geahnt, worauf diese Spritztour hinauslaufen sollte.

„Weil ich Angst habe. Mir wird immer schlecht, wenn ich hingehe."

Soviel hatte ich mit Frau Vergille bereits erarbeitet. Ich hatte Angst. Ich hatte Angst vor der Schule. Das konnte ich jetzt so sagen, zumindest zu Erwachsenen. Gleichaltrige würden das nicht verstehen und sicher gegen mich verwenden.

„Wovor genau hast du Angst? Vor irgendeinem Lehrer? Hat dir jemand was getan? Vielleicht ein Mitschüler?"

„Nein… Ich weiß nicht… Ich habe einfach Angst. Ich will da nicht mehr hin."

Weiter war ich mit Frau Vergille noch nicht gekommen. Ich hatte Angst, Angst vor der Schule, aber warum? Das konnte ich nicht sagen.

Viel weiter kam unser Gespräch auch nicht. Ich hatte schon einige solche verhungernden Dialoge geführt. Mit meinem Opa, meinem Bruder, meinem Vater. Alle angesetzt auf mich. Alle Gespräche liefen gleich ab, an dieser Stelle gescheitert. Beim Warum kam niemand weiter. Danach verlor man sich in Banalitäten, um die Ausweglosigkeit des Gesprächs zu überspielen.

„Gut, dass du wieder dabei bist. In zwei Wochen spielen wir gegen die Tigers. Da brauchen wir deinen guten Torschuss."

Ich schaute ihn an und war froh, dass ich mit meinem guten Torschuss helfen konnte. Froh, dass das leidige Thema abgeschlossen war, dass ich wieder unter normale Leute kam, bei denen ich einen Wert hatte.

Die Fahrradampel schaltete auf grün und ich stieß mich und mein Rad vom Boden ab. Ich rollte geradewegs in die Arme der Freiheit. Ich trat kräftig in die Pedale. Ich wollte so früh wie möglich ankommen, die Geselligkeit voll auskosten. Drei Stunden. Mehr nicht. Diese Freiheit war trügerisch. Ich drehte die Musik noch lauter. *Weck mich auf.*

VIER MONATE

Ich verlebte die tristesten Sommerferien meines Lebens. Einerseits war ich froh, dass Ferien waren. Die Vormittagsstarre, die mich zur Schulzeit bis 13:20 Uhr lähmte, setzte aus. Andererseits durfte ich nicht in den Urlaub fahren. Jede Woche musste ich zu Frau Vergille. Wir sollten die Zeit der Ferien nutzen, dass ich auch ja nach den Ferien wieder durchstarten konnte. Nach zwei Wochen begannen dann auch noch die Lacrosseferien. Alle fuhren in verschiedenste Urlaube, weshalb Training nicht mehr stattfand. Nur ich saß zuhause fest und hangelte mich von Therapiesitzung zu Therapiesitzung. Meine Mutter war bislang bei mir geblieben. Sie arbeitete. Ich hatte meinen Freiraum zuhause. Viel Fernsehen, viel Essen und ein paar Schularbeiten. Doch nun stand für meine Mutter ein Hollandurlaub bevor. Natürlich bei Geert auf dem Adelaar. Ich sollte bei meinem Vater bleiben. Er hatte uns ein Hotelzimmer gebucht, weil ich ja zu Frau Vergille musste und meine Mutter nicht wollte, dass er unsere Wohnung betrat. Doch je näher der Tag kam, an dem er mich abholen sollte, desto unwohler wurde mir, wie als müsste ich zur Schule gehen. Irgendwas in mir drängte mich: *Nein. Du willst nicht zu ihm. Du kannst da nicht hin.*

Ich hatte mit Frau Vergille über die Beziehung zu meinem Vater gesprochen. Ich konnte ihr nichts wirklich Schlechtes über ihn erzählen. Er schlug mich nicht, er trank keinen Alkohol oder tat sonst irgendwas, was man so im Fernsehen sah.

Aber ich konnte ihr zumindest andeuten, dass mein Vater und ich sehr verschieden waren. Und das tat mir nicht gut. Ich störte mich an seinem Verhalten. Es ging immer nur um ihn. Nie um mich. Er war nicht großzügig. Jeder Euro, der für mich ausgegeben werden sollte, wurde thematisiert. Ob wir nun Socken kaufen mussten oder ich Lust auf einen Kakao hatte.

„Hat deine Mutter dir kein Geld mitgegeben?", fragte er dann immer als Erstes.

Er zahle ihr doch so viel Unterhalt. Da müsse er nicht auch noch zusätzlich Geld für mich ausgeben. Außerdem sagte er nie, dass er mich liebhatte, stolz auf mich sei oder äußerte sonst eine Offenbarung irgendwelcher positiven Gefühle für mich. Und er übte enormen Druck auf mich aus. Meine Schulnoten waren ihm nie gut genug. Das merkte ich. Dass ich nun überhaupt nicht mehr zur Schule ging und dazu auch noch Angst vor etwas hatte, konnte er absolut nicht nachvollziehen. Er versuchte es gar nicht erst. Mich irritierte auch, wie er zu meiner Mutter und meinem Bruder stand. Entweder versanken sie in seiner Gleichgültigkeit oder sie wurden innerhalb kürzester Zeit zum Hassobjekt. Dass sie die wichtigsten Menschen in meinem Leben waren und er auch mal Teil davon gewesen war, schien er dabei gänzlich zu übersehen. Manchmal fragte ich mich sogar, ob es diese Zeit je gegeben hatte. Alle waren wir uns untereinander so fremd geworden.

Ich hatte auch hierfür keine einleuchtende Erklärung, aber mir wurde schlecht, wenn ich an ihn dachte. Mir wurde schlecht, wenn ich mir vorstellte, zehn Tage bei ihm verbringen zu müssen, zehn Tage nicht Ich sein zu dürfen, zehn Tage nicht geliebt zu werden. Und dann noch diese Silke, die ich unter keinen Umständen kennenlernen wollte. Zunächst verdrängte ich die Gedanken daran immer wieder und die Übelkeit ließ nach. Doch je näher die Tage mit ihm rückten, desto weniger gelang es mir, desto präsenter wurde die Übelkeit, die Angst. Zwei Tage vor der Abreise meiner Mutter brach ich mein leidvolles Schweigen. Wir saßen in der Küche und meine Mutter bereitete Bananenshakes zu. Milch, Bananen und Vanilleeis. Alles in einen Mixer. Ein besseres Getränk konnten wir uns im Hochsommer nicht vorstellen. Damit legten wir uns dann immer vor die Glotze. Traumhaft! Doch jetzt stand Realität an und keine Telenovela. Der Zug setzte sich in Gang. Mir gegenüber meine Mutter. Ich war nicht allein im Abteil. Ich brauchte nicht rauszugucken. Ich brauchte keine Bremse ziehen. Meine Mutter war da. Sie würde auch bleiben. Das wusste ich. Also sprach ich.

„Mama, ich will nicht zu Papa."

Sie legte die Banane, die sie gerade aufmachen wollte, auf die Küchenzeile. Sie zögerte nicht. Sie machte nicht weiter. Sie blieb im Abteil. Wir waren zu zweit.

„Okay. Warum nicht?"

Immer dieses Warum. Warum dies nicht, warum das nicht? Menschen, die Warum-Nicht-Fragen erkenntnisreich beantworten können, sollten einen Nobelpreis kriegen. Den Warum-Nicht-Nobelpreis.

„Ich will einfach nicht."

Meine Mutter setzte sich zu mir an den Küchentisch.

„Okay, mein Schatz. Du musst nicht. Möchtest du mit nach Holland kommen?"

„Ja. Zumindest lieber als zu Papa."

Sie nickte verständnisvoll.

„Okay. Ich rufe morgen bei Frau Vergille an und sage ihr,

150

dass du mit nach Holland fährst und einmal nicht kommst."

„...und sagst du auch Papa, dass ich nicht zu ihm gehe?"

„Ja, mein Schatz. Das mache ich."

Sie streichelte mich, stand auf und öffnete die Banane. Mir wurde es warm ums Herz. Aber nur etwas. Da war ein Gefühl von Vertrauen, bedingungsloser Treue, aufrichtiger Zuneigung. Aber was würde mein Vater dazu sagen? Ich konnte ihm nie wieder in die Augen schauen. Er würde nicht enttäuscht sein. Er würde sauer sein. Er würde fassungslos sein. Er würde sich für mich schämen. Er würde fragen: „Warum nicht?" Keine Antwort dieser Welt würde er akzeptieren können. Der Mixer rotierte laut und riss mich aus meinen Gedanken. Ich blickte zu meiner Mutter. Sie lächelte mich an und warf mir einen Kuss zu.

„Ich hab' dich lieb", schrie sie gegen den Mixerlärm an.

„Ich dich auch, Mama", gab ich viel zu leise zurück.

Der Zug fuhr in den Heimatbahnhof ein. Meine Mutter und ich stiegen aus.

VIEREINHALB MONATE

Mit pochendem Herzen saß ich neben meiner Mutter im Wartebereich der Praxis von Frau Vergille. Wenn ich mich so umschaute, hatte ich eher das Gefühl, in einer Wohnung zu sein, als in einer handelsüblichen sterilen, geweißten Praxis. Im Flur standen gemütliche Sofas. Warme Farbtöne in rot und orange strömten von den Wänden auf mich ein. Nur die verschiedenen Zeitschriften auf dem flachen Holztisch ließen auf ein Wartezimmer schließen. Man sollte sich wohlfühlen, wenn man schon nichts als Sorgen im Gepäck hatte.

Es war noch eine Woche bis zum Beginn des neuen Schuljahres. 8. Klasse. Meine Mutter strahlte diesbezüglich seit Tagen eine Zuversicht aus, die mir zutiefst unangenehm war. Sie dachte ernsthaft, dass ich es schaffen würde. Sie glaubte wirklich, dass ich nach den Ferien, wie jedes andere Schulkind, zur Schule gehen, meinen leeren Stundenplan ausfüllen und von meinen ganz persönlichen Sommerferien erzählen würde. Ich hatte das nicht vor. Ich wäre gern so ein normales Schulkind gewesen, aber in mir hatte sich nichts verändert. Die Woche in Holland auf dem Adelaar war mehr Verdrängung und Ablenkung gewesen, als das tiefe Luftholen vor dem neuen Schuljahr in der Normalität. Auch die Sitzung mit Frau Vergille nach dem Urlaub hatte nichts in mir bewirkt. Wir hatten über den Hollandaufenthalt, meinen Vater und über dieses und jenes gesprochen. All das fiel mir nicht schwer, ehrlich! Ich konnte mit Frau Vergille super sprechen. Ihre ruhige, vertrauenswürdige

Art färbte auf mich ab. Sie hatte meine Entscheidung, nicht zu meinem Vater zu gehen, verstanden. Ich sollte auf meine inneren Impulse hören. Sie drang tief vor in meine Seele, aber einen Schalter konnte sie dort nicht umlegen. Da waren eben auch diese anderen inneren Impulse, denen ich ergeben folgte.

Nun saßen wir wieder vor ihrem Sprechzimmer. Diesmal zu zweit. Heute sollte es darum gehen, wie ich in der nächsten Woche urplötzlich wieder zu einem Schüler mutieren sollte. Da musste meine Mutter natürlich dabei sein. *Auf was für Ideen kommen sie heute? Wie soll ich das nächste Woche schaffen?* Der Zug tuckerte langsam los. Die Tür zum Sprechzimmer wurde geöffnet. Ein kleiner Junge kam an der Hand einer Frau heraus und hinter ihnen erschien die zierliche Frau Vergille im Türrahmen. Voller Wärme hörte ich meinen Namen:

„Hugo, bitte."

Frau Vergille saß hinter einem großen Holztisch, auf dem alle möglichen Sachen lagen. Dicke Mappen, die sie mit ihrer dichten, unleserlichen Schrift füllte. Hier und da ein Spielzeug, eine Playmobilfigur und ein kleines Stofftier. Ihr gegenüber in zwei gepolsterten Stühlen saßen wir. Meine Mutter, aufrichtig erwartungsvoll, optimistisch. Ich apathisch, misstrauisch und zutiefst pessimistisch. Frau Vergille schob mir einen einlaminierten Papierstreifen zu, den ich schon kannte. Darauf waren neun Smileys zu sehen. Der ganz linke strahlte über beide Ohren und bei dem ganz rechten hingen die Mundwinkel gefühlt auf Hackenhöhe.

„Hugo, nächste Woche geht die Schule wieder los. Wir haben ja besprochen, dass du es wieder probieren wirst. Wie fühlst du dich jetzt, wenn du daran denkst? Zeige auf einen Smiley."

Was wollen sie jetzt von mir hören? Wenn ich den Trauersmiley

nehmen würde, der am besten zu mir passte, würden sie vermut-
lichen den Notstand ausrufen.

Ich zeigte auf den sechsten Smiley von links. Der erste, bei dem die Mundwinkel abwärts zeigten.

Frau Vergille und meine Mutter wechselten einen nichtssagenden Blick.

„Okay. Das ist ganz normal. Deine Mutter wird dich zur Schule begleiten. Und dann probierst du es."

Glauben die ernsthaft, dass es das irgendwie besser macht, wenn meine Mutter mich begleitet? Das macht alles schlimmer! Ich konnte diesen utopischen, realitätsfernen Glauben in mich nicht mehr ertragen.

Wir sprachen den Ablauf des Tages in der Fantasie genauestens durch. Meine Mutter und Frau Vergille redeten positiv und motivierend auf mich ein.

„Du schaffst das!"

„Wir sind bei dir."

„Du machst das alles hier so gut."

Solche Dinger ließen sie vom Stapel. Wenn die wüssten. Nichts davon kam bei mir an. Einerseits hatte ich meinen Vater verschmäht, eben weil der so etwas nie sagen würde. Jetzt versuchten mich hier zwei treue Gefährtinnen zu unterstützen und auch das war falsch. Was war bloß los mit mir? Was kam eigentlich noch bei mir an, außer der Handlungen irgendwelcher TV-Sendungen, die ich mir täglich so reinpfiff? Mir war echt nicht mehr zu helfen. Ich versank in Selbstmitleid und Minderwertigkeitsgefühlen. Psycho.

Nach einer Dreiviertelstunde verließen wir die Praxis mit einem Plan. Zumindest meine Mutter und Frau Vergille hatten einen Plan. Ich hatte noch keinen. Ich musste mir schleunigst überlegen, wie ich am kommenden Donnerstag ungesehen aus dem Schulgebäude kam, ohne dass meine Mutter mich wieder reinschubsen konnte. Und noch viel wichtiger: Ich musste auch ungesehen hineinkommen. Ich wollte nicht, dass Mitschüler mich im Eingangsbereich sahen und im Klassenraum dann nicht mehr. Was würden sie denn von mir denken? Kein Plan! Das Treppenhaus, die Haustür, der Fahrradweg, die Autotür. All das nahm ich nur verschwommen wahr. Ich stand gedanklich schon an der Platane gegenüber meiner Schule. Und es fühlte sich verdammt beschissen an! *Diese scheiß Übelkeit. Diese verdammte Angst! Wann hört das endlich auf!?*

DONNERSTAG 25.08.2005

Die Tür klackte laut auf, aber weckte mich nicht. Ich war schon länger wach und hatte mich unruhig umher gewälzt. Ich war aufgeregt. Nicht vor dem Unterricht, denn ich wusste ja, dass ich nicht hingehen würde. Mir graute es davor, heute wieder alle möglichen Menschen zu enttäuschen, eingestehen zu müssen: „Ich habe es nicht geschafft." Daraufhin würde erneut die lästige Warum-Nicht-Frage kommen. Ein Hamsterrad. Nein, ein Teufelskreis. Ich war der Hamster und gleichzeitig der Teufel, der mich durch das Rad trieb.

„Aufstehn' zur Schule gehn'!", rief meine Mutter, versucht euphorisch, in mein Zimmer.

Ich reckte meinen Kopf nicht hoch, um sie anzuschauen. Ich konnte ihren optimistischen Blick jetzt nicht ertragen. Allein dieser Aufweckreim war mir schon zu viel. Ich drehte mich auf meinem Hochbett um und vergrub mein Gesicht im Kissen. Ich öffnete die Augen und genoss die Dunkelheit. Wieso konnte ich nicht einfach in dieser Dunkelheit verweilen, bis es um 13:20 Uhr zum Schulschluss gongt?

„So, komm! Aufstehen!", weckte sie mich aus meinem Moment der dunklen Sicherheit.

Widerwillig zog ich die Decke von meinem bettwarmen Körper und wand mich die Leiter hinunter. Der Parkettboden war kalt, der Weg zur Küche endlos weit. Dort zwängte ich mir mühevoll zwei Honigtoasts rein und war wieder in meinem Zimmer. Ich öffnete meinen Ikea-Kleiderschrank, der im Inneren aussah, als wäre dort eine Bombe eingeschlagen. Trotzdem strahlte er nun Vertrautheit auf mich aus. Auch hier drin würde ich die Zeit bis 13:20 Uhr rumkriegen.

„Beeilst du dich ein bisschen!? Wir müssen los."
Ich beeilte mich tatsächlich. Ich wollte auf dem Schulweg sein, bevor meine Freunde mit dem Bus ankamen. Schnell zog ich mich an, füllte alibimäßig meinen Rucksack mit einem Etui, einem nagelneuen Block und einem leeren Stundenplan, den ich beim Bäcker geschenkt bekommen hatte, und ging in Richtung Wohnungstür. Meine Mutter stand schon bereit und nahm mich in den Arm. Ich grub mein Gesicht in ihre wohlriechende Jeansjacke.

„Du schaffst das heute! Ich habe dich so lieb und bin so stolz auf dich!"
Diese wundervollen Sätze ätzten durch die Haut bis zu meiner Seele. Sie brannten abscheulich. Wieder einmal würde ich meine Mutter enttäuschen müssen. Worauf sollte sie bei mir schon stolz sein?

Ich nickte möglichst überzeugend. Dann schob sie mich ins Treppenhaus. An der Kellertreppe wartete ich, bis meine Mutter ihr Fahrrad hochgeholt hatte. Der Zug stand noch im Bahnhof und wartete auf das Startsignal. Ich schaute raus und überlegte, wo ich aussteigen sollte. *Auf dem Klo verstecken, bis es klingelt? Über den Schulhof hinten raus abhauen? Mehr Möglichkeiten gibt es eigentlich nicht.*

Ich hielt meiner Mutter die Tür auf, sie schob ihr Fahrrad ins Freie und ich kam hinterher. Der Zug fuhr an. Unter dem Schutz der Platanen herrschte bereits Betrieb. Von überall her hörte man Kinderstimmen. Ich blickte mich schnellstmöglich um und sah zum Glück niemanden aus meiner Klasse. Gemeinsam gingen wir den langen Weg an der Hecke entlang. Meine Mutter schob ihr Fahrrad neben sich her.

„Also ich bin dann da, wenn du um halb zwei nach Hause kommst, ja? Was wollen wir essen? Döner? Pizza? Nudeln? Such dir was aus."

„Mir egal", stammelte ich. Mir war es echt egal! Denn gerade war es enorm unpassend für mich, an Essen zu denken. Mir wurde nämlich so langsam kotzübel.

„Okay, ich überlege mir was. Jedenfalls bin ich da."

„Mhm…" Zu mehr war ich nicht in der Lage. Wir passierten die große Platane. Von links und rechts strömten Schülerinnen und Schüler in alle Richtungen. Einige umarmten sich euphorisch, weil sie sich lange nicht gesehen hatten. Andere rauchten noch ihre letzte Ferienzigarette, bevor der Ernst des Lebens wieder begann. Und ganz andere standen mit ihrer Mutter neben einer Platane und kämpften gegen eine Übelkeit an, von der niemand wusste, wo sie eigentlich herkam.

„Ab hier geh' ich alleine, Mama."

„Ist gut. Du schaffst das!"

Wir tauschten eine flüchtige Umarmung aus und dann ging ich los. Der Zug raste. Links und rechts flog alles an mir vorbei. Ich ging eilig durch den Eingang, würdigte den Vertretungsplan keines Blickes (wozu auch?) und schoss durch die Eingangshalle. Es roch nach Schule: warm, muffig, schwitzig und nach frischen Brötchen. Mir wurde noch übler. Zielstrebig bog ich in den linken Gang ab, in dem auch das Klassenzimmer meiner Klasse lag. Bis dahin kam ich allerdings gar nicht, da ich den „Notausgang Toilette" nahm. Der Zug wurde langsamer. Ich nahm die letzte Toilettenkabine und schloss eilig die Tür ab. Ich klappte den Klodeckel runter und setzte mich, ohne meine Hose herunterzulassen. *Wie kann es hier jetzt schon so stinken? Hier hat doch sechs Wochen niemand gepinkelt oder gekackt?* Schultoiletten… Schlimme Orte. Jetzt aber war das hier mein kleiner, aber höchst bedeutsamer Schutzraum. Links und rechts, vorne und hinten Schutz. Niemand sah mich. Hier wartete ich, bis die erste Unterrichtsstunde zehn Minuten lief. Länger hielt ich es nicht aus. Als wäre der Teufel höchstpersönlich hinter mir her, trabte ich aus dem Schulgebäude raus, an der Platane vorbei, an der langen Hecke entlang, durch die Haustür, in die Wohnung. Geschafft! Oder auch nicht. Wie man es nimmt.

FÜNF MONATE

„Hugo ist durch vielfältige negative Erfahrungen in den letzten drei bis vier Jahren in eine Angstspirale hineingeraten, aus der er zurzeit noch nicht herauszukommen vermag." Frau Vergille hatte meine Mutter und mich zum Therapieentwicklungsgespräch eingeladen. Sie wollte vor allem meiner Mutter einen Überblick darüber verschaffen, was ihr Eindruck aus all den Gesprächen mit mir war. Sie hatte mich in einer vorherigen Sitzung gefragt, ob ich bei diesem Gespräch dabei sein wolle. Das rechnete ich hier hoch an. Ich war es leid, dass hinter meinem Rücken über mich geredet wurde. Auch, wenn ich nichts Gutes über mich erwartete, interessierte es mich doch, was meine Mutter wusste. Wie sie mich sah. Nun saßen wir hier. Frau Vergille sprach mit meiner Mutter und ich saß mit gesenktem Kopf daneben.

„Ich denke die Beziehung zu seinem Vater, und auch die Beziehung zwischen Ihnen und seinem Vater, tragen dabei die Hauptlast. Ich nehme ihn als sehr gehemmt und hoffnungslos wahr. Hugo hat ganz eindeutig eine schwere Form von Schulangst, die aus meiner Sicht jedoch kaum in schulischen Faktoren ihre Ursache hat. Er ist ein intelligenter Junge, der auf dem Gymnasium gut klarkommen müsste. Das haben die Intelligenztests ergeben und es ist auch mein persönlicher Eindruck aus den Gesprächen. Er scheint in seiner Klasse beliebt zu sein, und auch mit den Lehrern hat er keine gravierenden Probleme. Frau Winckler und ihre Toilettenaktion mal ausgeklammert.

Wir bekommen diese Angst in den Gesprächen noch nicht ganz zu fassen. Die Spuren zu ihr liegen tief in ihm und teilweise Jahre zurück. Versagensängste spielen sicherlich auch mit rein. Beim Lacrosse scheint er keine Ängste zu verspüren, weshalb er dort aus meiner Sicht unbedingt weiter hingehen sollte. Um ihm zusätzlich etwas Antrieb und Schwung zu verleihen, empfehle ich ein Antidepressivum in leichter Dosierung. In den therapeutischen Gesprächen, einer medikamentösen Einstellung und der Normalität beim Sport würde ich vorerst den weiteren Weg sehen. Es gilt außerdem, den Druck auf ihn zu verringern. Das führt zu nichts. Im Gegenteil! Streitigkeiten zwischen Ihnen und Hugos Vater sollten unbedingt ruhen. Wenn er seinen Vater gerade nicht sehen will und kann, sollte man das für den Moment, so denke ich, akzeptieren."

Meine Mutter hörte sich alles an. Nickte. Senkte hin und wieder ihren Blick. Legte mir ab und zu ihre warme, große Hand auf den Oberschenkel. Sagte nichts. Ich spürte, dass sie die Worte Frau Vergilles hart trafen. Sie schien zu realisieren, dass guter Wille und Vorsatz nicht ausreichten, um meine Ängste und inneren Widerstände gegen die Schule zu überwinden. Sie war traurig, sprachlos, sorgenvoll. Genau wie ich!

SECHS MONATE

Die Lage wurde langsam aber sicher ernst und bedrohlich für mich. Seit Ende der Sommerferien waren nun zwei Schulwochen vergangen, in denen ich nicht ein einziges Klassenzimmer von innen gesehen hatte. In der ersten Woche musste ich noch jeden Morgen das Haus verlassen und den kurzen, langen Schulweg antreten. Mich zog es dann zielgerichtet zum Schlittenberg im Wald hinter meiner Schule. Von dort beobachtete ich, aus der Sicherheit heraus, die Schülerinnen und Schüler, die zu Fuß oder mit dem Fahrrad gen Schule unterwegs waren. Mit welcher scheinbaren Leichtigkeit und Vorfreude einige von ihnen unterwegs waren. Das versetzte mir einen Stich des Neides. Wie lange hatte ich diese Leichtigkeit nicht mehr verspürt? Von Vorfreude auf Schule gar nicht erst zu sprechen… Ab der zweiten Woche konnte ich dann morgens auch wieder zuhause bleiben. Ich wurde jeden Morgen pünktlich aus dem Bett geholt, frühstückte mit meiner Mutter und musste anschließend alle möglichen Schulaufgaben erledigen. Dass meine Mutter diese nun kontrollierte, zwang mich zur Umsetzung des Mottos „Erst die Arbeit, dann die Verdrängung". Hatte ich ein Fach abgeschlossen, genehmigte ich mir eine Runde Fernsehen. Es war wieder eine gewisse Form von entspannter Alltagsroutine eingekehrt. Gedanken daran, wie es weitergehen sollte, schob ich beiseite. Die würden schon noch früh genug aufkommen. Ich musste gar nicht lange warten.

Zwei Wochen nach Beginn des Schuljahres ohne mich, nach sechsmonatiger Schulabstinenz, saßen meine Mutter und ich in unserem Auto. Wir schwiegen. Der Zug, in dem ich saß, schlidderte schon den ganzen Tag unaufhaltsam auf eine Klippe zu. So viel war klar. Wirklich! Der Abgrund lag vor mir und er hieß mit vollem Namen: Kinder- und Jugendpsychiatrie. Frau Vergille hatte meiner Mutter klargemacht, dass wir vermutlich zu zweit bei uns zuhause nicht mehr weiterkommen würden. Die Kombination aus wöchentlichen Therapiesitzungen bei Frau Vergille, Lacrosse am Nachmittag, Antidepressivum und Komfort im trauten Zuhause hatte keine Früchte getragen. Keines der vier Elemente hatte in mir einen Schalter umlegen können. Es musste eine radikale Veränderung her. Nun fuhr meine Mutter, die sich extra den Nachmittag freigenommen hatte, vor dem Krankenhaus vor, aus dem ich drei Monate zuvor ohne Befund in die trügerische Freiheit entlassen worden war. Diesmal erwartete uns allerdings nicht das Haupthaus, sondern ein im Vergleich flacher Bau aus roten Klinkern mit grün umrahmten Fenstern. Wir passierten eine gläserne Eingangstür. Ein muffiger Mix aus Desinfektion und Schweiß strömte in meine Nase. Der Zug intensivierte den Druck auf mich. Ich spürte es im Magen. Seit zwanzig Minuten hörte ich nicht mehr, was meine Mutter so sagte. Sie saß in einem anderen Abteil, abgeschirmt. Ich war auf mich allein gestellt. Unbeirrt ging meine Mutter voran und sprach einen älteren Herrn an, der hinter einer geöffneten Glastür die eintretenden Menschen in Empfang nahm. Er las gerade in der BILD-Zeitung. In großen Lettern prangte mir auf der Titelseite die Frage „Wer wird Deutscher Meister 2005/2006?" entgegen. „Die Schwächen und Stärken aller Teams". *Wahr-*

scheinlich eh wieder die verdammten Bayern. Ein kurzer Dialog weckte mich aus meinen befreienden Fußballgedanken auf.

„Schönen guten Tag, Penser, wir suchen Frau Spahn."

„Ja. Einmal im zweiten Stock klingeln."

„Danke."

Der Mann mit dem verrauchten Bass nahm die Zeitung wieder vors Gesicht und wir stiegen die Treppen hinauf. Die Luft wurde immer schwerer und modriger.

„Da sind wir.", sagte meine Mutter mit einem, wie ich fand, aufgesetzten Enthusiasmus. Bei meiner starken, stets positiven Mutter nahm ich immer größer werdende Risse im Fundament wahr. Sie sah müde aus, verweint. Sie lachte weniger gelöst. Das merkte ich daran, dass ihre vollen Lippen seltener die großen Zähne freigaben. Ich bereitete ihr große Sorgen. *Was soll ich machen?*

Sie drückte auf einen kleinen Schalter, auf dem die Abkürzung „JS" stand. Ausgeschrieben stand auf der großen Holztür in knallroten Buchstaben „Jugendstation". Sofort ertönte ein lautes Summen und meine Mutter drückte die Tür auf. Dahinter zeigte sich ein langer, ziemlich breiter, rechteckiger Flur. Die Muffigkeit erreichte hier ihren Höhepunkt. Es roch nach Fencheltee und Schweiß. Der Desinfektionsgeruch war im Treppenhaus zurückgeblieben. Der Zug hatte seine Spitzengeschwindigkeit erreicht. Ich nahm so gut wie gar nichts mehr wahr, außer der Anspannung, der Übelkeit und dem Trieb, hier schleunigst rauszukommen.

„Ach, Frau Penser... Hugo. Schön!"

Eine kleine, untersetzte Dame mit straßenköterblonden Haaren, die an einigen Stellen schon ergraut waren, stürmte auf uns zu.

„Willkommen auf der Jugendstation des Sankt Anton-Kran-
kenhauses."

„Danke."

„Sie wollten sich hier mal umsehen!?"

„Genau."

Von „wollen" kann hier keine Rede sein. Ich war nicht in der Lage
zu sprechen. Ich schaute mich um und zwang mich zu dem ein
oder anderen Reaktionslächeln und einigen Bestätigungslau-
ten. Mich hielt immer noch der Fluchtinstinkt im Würgegriff.

„Dann kommen Sie mal mit."

Frau Spahn legte eine Hand auf meine Schulter und schob
mich voran. Sie führte uns in jedes Zimmer. Auf der rechten
Seite des Flurs lagen die Schlafzimmer der Jugendlichen. In jedem dieser Zimmer war Platz für zwei Personen. Beide Raum-
hälften waren symmetrisch gestaltet. In der linken und rechten
Ecke der langgezogenen Räume standen die Betten. Davor je
ein kleines Bücherregal, ein eckiges Holztischchen und bei der
Tür ein mittelgroßer Kleiderschrank. Man konnte froh sein,
dass noch Fußboden zu sehen war. Die kleinen Zimmer waren
total zugestellt. Extrem beengend!

„Die Jugendlichen sind gerade im Werkraum.", erklärte
Frau Spahn die unbemannten Räume.

In manchen Zimmern hingen Poster über den Betten.

„Die Jugendlichen können sich hier ihr Zimmer weitestgehend so gestalten, wie sie es wollen." *Und dann sehen die Zimmer so aus? Wie Gefängniszellen? Ernsthaft?*

Frau Spahn ging voraus und erklärte einiges. Meine Mutter nickte und stellte hin und wieder eine Frage. Ich stolperte
konsterniert hinterher.

Am Ende des Flurs lag mittig der Essraum. Um eine große

Tafel standen gepolsterte Stühle. Es roch noch fade nach Essen und gesüßtem Früchtetee. Mir wurde übler und übler.

„Alle drei Mahlzeiten werden hier zusammen eingenommen. Das ist uns sehr wichtig."

Auf der linken Seite waren noch die Toiletten, zwei Zimmer für die Pfleger, ein Aufenthaltsraum mit einem Krökeltisch, einem Sofa und einem Fernseher, *immerhin,* und der Werkraum, in dem einige Jugendliche mit Ton beschäftigt waren.

„Hallo. Wir töpfern hier gerade Tassen.", rief uns ein Mann euphorisch entgegen.

Ich blickte in den Raum. Mir schauten unzählige Augen entgegen. Ich nahm niemanden speziell wahr. Ich wollte schnell weiter, fühlte mich, wie im falschen Film.

„Das ist Hugo. Der schaut sich unsere Station an.", sagte Frau Spahn in die Runde.

Tatsächlich brachte ich ein mickriges „Hallo" hervor. Ein verhaltenes Gemisch aus „Hallo", „Hi" und „Aha" flatterte zurück.

„Naja, lasst euch mal nicht stören.", beendete Frau Spahn die unangenehme Szene.

Wir gingen weiter und waren wieder an der Holztür angelangt.

„So, Hugo, das ist unsere Station. Hast du noch Fragen? Oder Sie, Frau Penser?"

Unsicher blickte ich zu meiner Mutter und schüttelte den Kopf. Glücklicherweise hatte sie bereits alle Fragen, die gefiltert an mir vorbeigeschwirrt waren, während der Führung gestellt, sodass auch sie ihren lockigen Kopf schüttelte. *Raus hier.*

„Ich werde Sie anrufen. Vielen Dank für die Führung, Frau Spahn!"

„Sehr gerne! Bis bald, Hugo. Tschüühüss."

Klack. Tür zu. Treppenhaus. Desinfektionsgeruch. Der Zug

trudelte aus. Ich konnte endlich mal rausgucken und mir über etwas klarwerden. *Wenn ich hier lande, bin ich am Arsch. Hier komme ich nicht lebend raus. Hier wäre ich verdammt nochmal eingesperrt. Scheiße!* Geschockt von dieser Erkenntnis taumelte ich meiner Mutter hinterher, vorbei an dem Portier, der immer noch die BILD vor der Nase hatte, raus aus dem muffigen Gebäude, in Richtung Auto. *Hier kann ich nicht hin! Hier wird NICHTS besser, im Gegenteil. Verdammt! Was soll ich machen?* Wir zogen die Autotüren hinter uns zu und befanden uns in der Stille unseres Autos. Meine Mutter startete noch nicht direkt den Motor.

„Wir warten noch drei Wochen, bis der Platz hier frei wird und dann kommst du hierher. Die Station war doch ganz schön. Da wird sich jeden Tag um dich gekümmert. Hier kannst du in Ruhe wieder gesund werden. Und ich komme dich immer besuchen."

Niemals! Never! Nur über meine Leiche lande ich hier. Ich fing laut schluchzend an zu weinen.

„Ich will hier nicht hin! Ich will da nicht rein! Ich will zuhause bleiben!", schrie ich.

Meine Mutter packte meine Schulter und zog mich über die Handbremse in ihre Arme.

„Ich weiß … Ich weiß. Aber solange du nicht zur Schule gehst, geht es nicht anders."

Der Zug war entgleist.

SECHS MONATE & EINE WOCHE

Circa eine Woche nachdem wir die Jugendstation des St. Anton Krankenhauses besichtigt hatten, saß ich wieder einmal im Wartebereich der Praxis von Frau Vergille. Die vergangene Woche war in einer Mischung aus Dauerrausch und Apathie an mir vorbeigezogen. Der Zug hatte durchgehend dasselbe Tempo gehalten. Ich konzentrierte mich auf das, was vor mir lag. Was links und rechts an mir vorbei flog, war mir gleichgültig. Ich konnte es nur in meinen Augenwinkeln verschwinden sehen. Ich war die Woche auch nicht mehr zum Lacrosse gegangen. Ich zog mich gänzlich in mich zurück und baute eine imaginäre Schutzmauer auf, aus Angst vor dem, was da vor mir lag. Weg von zuhause. Sicherheitsverlust. Die pure Konfrontation inmitten anderer Jugendlicher, die auch alle nicht normal waren. Eingesperrt. Eingeengt. *Nein. Dazu darf es nicht kommen. Aber wie soll ich das verhindern? Zur Schule gehen kann ich nicht.* Der Teufel, ich selbst, trieb mich immer schneller durchs Hamsterrad.

Frau Vergille hieß mich wie immer mit ihrer warmen Freundlichkeit willkommen. Keine Anzeichen von Enttäuschung waren spürbar. Sie strahlte nach wie vor ein großes Vertrauen in mich aus. Die Fassade, die bei meiner Mutter sichtlich bröckelte, blieb bei ihr scheinbar standhaft und solide. Meiner Mutter standen nur noch Angst, Stress und Enttäuschung ins Gesicht geschrieben. Hier war das anders. Frau Vergille war ein Ruhepol. Sie konnte mich nachvollziehen, auch wenn sie bislang nichts in mir hatte verändern können.

Nach dem üblichen Begrüßungs- und „Wie geht's dir?"-Geplänkel hatte sie eine Überraschung für mich parat.

„Es gäbe da vielleicht noch eine andere Möglichkeit als die stationäre Aufnahme im St. Anton."

Ich wurde aufmerksam. Meine Sensoren richteten sich aus und waren sowas von bereit für das, was jetzt kommen sollte. *Alles, nur nicht in die Psychiatrie!* Auf einmal bewegte sich der Zug nur noch im Schritttempo und ich konnte hinaussehen. *Eine andere Möglichkeit. Her damit!*

Ich reagierte nur mit einem interessierten Blick. Sie sollte weiterreden.

„Wie das Schicksal es vielleicht wollte, lag vor ein paar Tagen ein Flyer im Briefkasten unserer Praxis. Von einem Schulbegleiter. Herr Lichte."

Schulbegleiter, was ist das nun wieder für eine neue Teufelei?

„Und … Ähm … Was macht der?", stammelte ich hervor.

„Der wird versuchen, dich in die Schule zu begleiten. Wenn das nicht gelingt, wird er dich drei Stunden am Tag in seiner Beratungsstelle betreuen."

Ich blieb stumm. Ich hatte mich auf eine angenehmere Lösung eingestellt. Diese klang abermals nach Konfrontation, und zwar unmittelbar mit der Schule. *Oh nein!* Auf einmal saßen wir gemeinsam in meinem Zug.

„Naja der Vorteil ist, dass du zuhause bleiben kannst. Ich habe mit Herrn Lichte telefoniert. Er klingt wirklich nett. Ich habe ihm bereits erzählt, dass ich vielleicht jemanden für ihn hätte. Mehr erzähle ich ihm aber erst, wenn ihr euch dafür entschieden habt. Deine Mutter und auch dein Vater wissen schon Bescheid."

„Mein Vater?" Ich war schockiert. Was ging ihn das noch an? Ich hatte jeglichen Kontakt zu ihm abgebrochen. Ich konnte es einfach nicht mehr. Ich wollte mich jetzt nicht auch noch ständig verstellen müssen. Von meiner Mutter wusste ich, dass er das nicht akzeptieren konnte und sie permanent bekriegte, auf direktem Wege oder über Anwälte. Er machte alles nur noch schlimmer.

„Ja. Dein Vater ruft häufiger bei mir an, um zu fragen, wie es dir geht und ob wir Fortschritte machen. Ich habe ihm dann auch von dieser Möglichkeit erzählt."

Mir wurde schlecht. Hinter meinem Rücken wurden sich also wieder fleißig die Informationen zugeschoben. Ich war hier der Depp vom Dienst, über den alle sprachen.

„Hugo, es ist doch klar, dass dein Vater sich interessiert. Er macht sich auch Sorgen. Es ist doch gut, dass er MICH anruft und nicht mehr so oft bei euch."

Ich nickte.

„Denk ganz in Ruhe mit deiner Mutter darüber nach. Wir können Herrn Lichte dann mal hierher einladen und dann lernst du ihn kennen. Wenn du das möchtest."

Wir sprachen noch über manch andere Dinge, aber das rauschte an mir vorbei. Später war ich entlassen. Gedankenschwer hangelte ich mich das Treppenhaus runter. *Schulbegleiter oder Psychiatrie!? Das also sind die Möglichkeiten.* Mir wurde schlecht. Es wurde ernst, sowas von ernst. Das komfortable Alleinsein zuhause mit Essen, Fernsehen und ein paar Hausaufgaben war vorbei. Das ließ man mir nicht mehr durchgehen. Es musste etwas passieren.

Ich ging zu Fuß nach Hause und spielte gedanklich beide Möglichkeiten durch. Ich kam nicht wirklich weiter. Spontan bog ich in einen Döner-Imbiss ein und bestellte mir einen Lahmacun und eine Dose Uludag dazu.

SECHSEINHALB MONATE

Ich war nicht nur morgens viel allein zuhause, sondern auch unzählige lange Abende. Meine Mutter hatte viele Hobbies. Montags ging sie zum Tanzen, dienstags und donnerstags zum Sport und freitags spielte sie hin und wieder Canasta. Ich genoss die Zeit, konnte so viel fernsehen, wie ich wollte, und mich selbst mit Essen versorgen. So war ich auch diesen Dienstagabend wieder allein zuhause und lag, durch das Programm zappend, auf dem Sofa. Ich konnte gar keine Sendung finden, ich war zu sehr in Gedanken vertieft. Mechanisch drückte ich auf der Fernbedienung herum.

Ich ging nach wie vor nicht zur Schule. Gemeinsam mit Frau Vergille und meiner Mutter hatte ich jedoch entschieden, die Sache mit diesem Schulbegleiter zu probieren. Mir graute es zwar davor, jeden Morgen aus dem Haus zu müssen, aber wenigstens würde ich meinem eigenen Bett entschlüpfen und nicht, zwischen anderen nicht ganz normalen Jugendlichen, irgendwo eingesperrt sein. Ich hatte mitbekommen, dass erst noch geklärt werden musste, ob das Jugendamt dieser Betreuung zustimmen würde. Die Entscheidung mussten wir abwarten, bis wir Herrn Lichte kennenlernen konnten und ich mit ihm allmorgendlich auf Konfrontation mit dem Feind Schule gehen würde.

Mir sollte das Recht sein. Ich wartete gern. Es blieb dabei, dass ich einmal wöchentlich zum Gespräch bei Frau Vergille antrat. *Antidepressiva.* So nannten sich die Teile. Sollten mir die Angst nehmen und die Übelkeit verhindern. Bisher merkte ich nicht, dass sie mich auch nur ansatzweise in Richtung Schule beflügelten, aber auch das tägliche Tablettenschlucken sollte mir recht sein. Alles besser als Psychiatrie. *Psychiatrie. Antidepressiva. Schulbegleiter. Mein Gott, was ist nur mit mir los?* Ich schämte mich mittlerweile vor mir selbst. Mein neues Ich war mir unbegreiflich. Ich hatte nicht die leiseste Ahnung, wie ich mich in diesen Teufelskreis eingeschleust hatte. Nun kam die ständige Angst vor dem Aufeinandertreffen mit Herrn Lichte dazu.

Da hatte ich gerade einen Mann aus meinem Leben gestrichen, der immer Druck auf mich ausgeübt hatte, da kam direkt der nächste um die Ecke. Ich konnte nicht gut mit Männern. Männer hatten mich irgendwie immer enttäuscht. Außer Opa. Aber der war viel zu weit weg. Männer machten auf mich stets den Eindruck, als hätten sie überhaupt kein Verständnis für Gefühle, Ängste oder Schwächen. Was ich jetzt am wenigsten gebrauchen konnte, war einen neuen Mann in meinem Leben, der mich nicht verstand, wo ich mich schon selbst nicht entschlüsseln konnte. Mit Sicherheit würde ich mir jeden Tag die mittlerweile mehr als bekannte Warum-Nicht-Frage anhören müssen. Tja. *Warum nicht?* Ich sah wenig Erfolgversprechendes in Person dieses Schulbegleiters auf mich zukommen. Mir wurde stets mulmig, wenn ich an ihn dachte, ohne überhaupt ein Gesicht vor Augen zu haben. Eine gespenstische Ungewissheit schwebte auf mich zu.

Dann riss mich das Klingeln des Telefons aus meinen zermürbenden Gedanken. Schnell sprang ich auf und trabte in Richtung Telefonstation im Flur. Meine Alarmglocken schlugen an. Erst einmal die Nummer auf dem Display checken.

173

Mein Vater war es schonmal nicht. Eine heimatliche Vorwahl war es ebenfalls nicht, also auch niemand von der Schule. Außerdem kam mir die Nummer so gar nicht bekannt vor und ich hatte eigentlich alle brenzligen Kombinationen abgespeichert. Hier konnte ich bedenkenlos abheben. Wahrscheinlich jemand für meine Mutter.

„Hallo, hier ist Hugo Penser."

„Ja. Hallo, Hugo. Hier ist Detlev."

Der Zug ächzte los. Der beste Freund meines Vaters. *Scheiße, was will der denn?* Mit Detlev hatte ich nie viel zu tun gehabt. Er selbst war kinderlos. Mein Vater und er hatten sich eigentlich fast immer nur zu zweit getroffen. In irgendeiner Kneipe oder beim Tischtennis.

„Ah, hallo Detlev."

„Hugo. Du sag mal, ist deine Mutter da?"

Puh, er will nur Mama sprechen. Der Zug verließ in gemächlichem Tempo den Heimatbahnhof. Einen Arm auf den Computerschrank gelehnt, blieb ich im Flur stehen. Das Telefonat würde ja bald zu Ende sein.

„Nee. Die ist beim Sport.", antwortete ich mit kräftiger Stimme.

„Aha. Das ist gut. Dann können wir uns ja mal unterhalten." *Was bitte? Was kommt denn jetzt?* Der Zug beschleunigte unvermittelt. Links und rechts strich Bekanntes an mir vorbei, ohne dass ich es betrachten konnte. Ich heftete den Blick auf die Kopfstütze des Vordersitzes. *An einem Punkt festhalten. Sonst wird mir hier gleich speiübel bei dem Tempo.* Ich werde wohl irgendeinen Laut hervorgebracht haben. Jedenfalls legte er los. Seine Stimme wurde schlagartig schärfer. Er meinte es bitterernst.

„Sag mal. Was ist eigentlich los mit dir? Erst gehst du nicht mehr zur Schule und jetzt willst du nicht mehr zu deinem Papa? Ist dafür deine Mutter verantwortlich?"

„Wofür jetzt?", stammelte ich zurück. Was will der?

„Na, dass du nicht mehr zu deinem Papa gehst. Der ist dar über ganz traurig. Das kannst du echt nicht machen."

Der Zug beschleunigte so sehr, dass es mir einen Stich in die Magengrube versetzte. Die Gleise glühten unter mir.

„Ähm, nee… Also … Eigentlich… Ich will das selber nicht." Ich war nicht mehr in der Lage einen geraden Satz herauszubringen. Ich wollte nur raus aus diesem verdammten Zug. *Wo ist die Notbremse? Einfach auflegen? Nee, ey, das kann ich nicht bringen.* Er wurde lauter, die Stimme polterte gewaltsam in mein Ohr.

„Weißt du, was du deinem Vater damit antust?"

„Ähh…" Mehr ging nicht.

„Willst du schuld sein, wenn dein Vater bald am Strick baumelt?"

Die Frage hallte kurz in mir nach. Nein, sie stach roh und schonungslos in meine junge Seele. Der Zug war entgleist. Ich bekam kaum Luft. Mir war schlecht. Ich legte auf. Ich drückte den Knopf mit dem roten Hörer so weit in das Plastikgehäuse, dass das Display sich blau verfärbte. Ich feuerte das Telefon in Richtung Sofa, schlug meine Zimmertür zu, kletterte in mein Hochbett und zog die Decke über meinen Kopf. Ruhe. Stille. Sicherheit. Ich weinte. Wo blieb nur meine Mutter?

Die aggressive Stimme von Detlev ging mir nicht aus den Ohren. *Willst du schuld sein, wenn dein Vater bald am Strick baumelt? Was zur Hölle!? Ich hasse euch!* Ich richtete mich in meinem Bett auf und schaltete mit der Fernbedienung eine CD an. Zu *Who Can We Trust* von Drapht schlug ich auf meine Kissen ein.

SIEBEN MONATE

Es war wieder etwas Ruhe eingekehrt. Den Vorfall mit Detlev hatte ich mit meiner Mutter und Frau Vergille nachbesprochen. Beide waren sichtlich empört gewesen, über das was ich mir da hatte anhören müssen. Mich bestärkte diese Geschichte nur umso mehr darin, mit meinem Vater vorerst nichts mehr zu tun haben zu wollen. Er tat mir nicht gut, passte nicht zu mir, half mir gerade nicht weiter, im Gegenteil! Ich verspürte Wut, Enttäuschung und Hass, wenn ich an ihn, seine Familienseite und Detlev dachte. Keinen interessierte, wie ich mich fühlte. Nur mein Vater war ihnen wichtig.

Nach wie vor warteten wir auf grünes Licht vom Jugendamt, sodass Herr Lichte und ich starten konnten. Meinetwegen konnte das Jugendamt sich noch bis Weihnachten Zeit lassen. Bei mir war wieder der entspannte Alltag eingekehrt. Psychiatrie und Schule lagen in weiter Ferne. Nach dem Anruf von Detlev wurde ich wieder in Watte gepackt. Ich genoss das und hatte so auch den Kopf freier für Lacrosse.

Ich legte meine Stickbag auf dem Kunstrasen ab und begrüßte meine Teamkollegen. Wir alberten eine Weile herum, bis unser Trainer lauthals schrie:

„Männer, los jetzt, einlaufen! Come on Boys. WORK!"
Unwillig trotteten wir los. Es ging in eierförmigen Runden um den Kunstrasenplatz. Dabei wurde gequatscht. Ich lief mittendrin. In der Mannschaft war ich noch ein angesehener Typ. Ich war einer der besseren Spieler und durch meine Witze und

selbstbewussten Sprüche auch abseits des Sportplatzes vorne mit dabei. Hier gab es keine schulische Übelkeit, kein Druck, keine Sorgen. Hier war ich immer noch der Hugo von vor sechs Monaten. Ja, es gab ihn noch. Er kam nur seltener zum Vorschein. Neben mir liefen Louis und Edgar, zwei meiner besten Lacrossekumpels. Alle lauschten auf das, was wir so sprachen. Louis erzählte davon, wie er ein Mädchen angesprochen hatte. Sie trafen sich jetzt und da war wohl schon so einiges gegangen. Fingern und so etwas. Petting. Die Jungs kicherten interessiert. Dann fing Edgar an, von seiner Schule zu berichten. *Wollen wir jetzt hier ernsthaft über Schule reden?* Es ging um irgendwelche Klassenarbeiten, die bald anstanden. Ich war raus. Hier konnte ich nicht mitreden. Ich saß jeden Morgen zuhause rum und bereitete mich sicher nicht auf irgendeine beschissene Klassenarbeit vor. *Themawechsel bitte!* Während ich mir für den Fall der Fälle gerade ein Märchen aus meinem momentanen Unterricht ausdachte, sprach Edgar mich plötzlich direkt an. Zu dem Thema! Mich!

„Ich habe übrigens mit Frau Maier-Vorbrink über dich gesprochen!" Er erzählte mir das mit einem breiten Grinsen. Er merkte gar nicht, dass er mit diesem Satz meinen Zug in Gang brachte. Hier auf dem Lacrosseplatz! *Ist man denn nirgendwo sicher?!*

„Ach, du hast sie ja auch in Religion, die Legende", versuchte ich möglichst lässig zu antworten. Frau Maier-Vorbrink war sowohl an meiner als auch an Edgars Schule Religionslehrerin. Die Schulen lagen im selben Stadtteil, nicht so weit auseinander, und im Fach Katholische Religion herrschte Lehrermangel.

„Jaah. Haha sie ist echt eine Legende. Sie meinte, du bist ein netter Junge, aber sie hat dich ewig nicht mehr gesehen, weil du nie zur Schule kommst. HAHA." Meine Teamkollegen kicherten. Ich wimmerte ein jämmerliches „Hehe" hervor. Doch die scharfe Zugluft schnitt mir weitere Sprüche ab. Ich fiel nach und nach zurück in der Laufgruppe. Das ganze Training lief an mir vorbei. Ich fing kaum einen Ball und traf nicht mal in die Richtung eines Tores. Edgar hatte mich bloßgestellt. Ich hatte stets geahnt, dass einige Mitspieler etwas wissen könnten, doch war es nie zur Sprache gekommen, sodass ich mit der Zeit völlig entspannt und ausgelassen zum Training gegangen war. Auch das war nun vorbei. Da redete meine Religionslehrerin hinter meinem Rücken mit einem Mitspieler. *Wer redet eigentlich noch alles über mich? Gesprächsthema Nummer 1: Hugo geht nicht zur Schule. Warum denn bloß nicht?* Benommen und beiläufig versucht, anwesend zu wirken, beendete ich das Training, packte schneller als üblich meine Tasche und verabschiedete mich flüchtig. Das letzte Stück Normalität war mir soeben abhandengekommen. Das Spielfeld, die Mannschaft, der Schweiß und die Ausgelassenheit – das war meine Zuflucht gewesen. Der reale Fahrtwind auf dem Fahrrad bremste den Zug. Ich saß noch drin, konnte mich aber umgucken, konnte begreifen, was passiert war. Ich war so beschämt, so enthüllt, so angegriffen. An der ersten Ampel kramte ich meinen MP3-Player aus meiner Stickbag. Ich brauchte jetzt Rap-Musik. Ich musste mein Häuflein Elend von Ego wieder aufpolieren. Italo Reno & Germany mit *Ihr schafft das.*

Ich richtete mich kurz auf meinem Fahrrad auf, breitete meine Arme aus wie ein Vogel, schloss für eine Sekunde die Augen, atmete tief ein und ließ einen kurzen, lauten Schrei raus, den ich hinter dem wummernden Beat nur gedämpft hörte. Dann trat ich fest in die Pedalen.

SIEBENEINHALB MONATE

„Hugo, du weißt schon, dass das eigentlich nicht in Ordnung ist, oder? Ich nehme einen Schüler mit, der gar nicht zur Schule geht. Aber zum Turnier, nach Berlin, das geht dann. Meine Herren, das bringt mich im Lehrerzimmer noch in Teufels Küche, ehrlich."

Kurze Stille am Telefon. Dann:

„Aber wir können nicht auf dich verzichten. Schließlich wären wir ohne dich wahrscheinlich gar nicht so weit gekommen. Das Team braucht dich. Manchmal muss man eben Ausnahmen machen."

Herr Klein machte mir die allergrößte Freude. Mit der Lacrosse-Schulmannschaft hatten wir uns, bevor das alles mit mir und der Schule abgestürzt war, für die Deutsche Schulmeisterschaft qualifiziert. Vom 19. bis zum 21. Oktober, in der letzten Herbstferienwoche, kamen die Schullandesmeister in jeder Sportart nach Berlin, um sich dort zu messen und den jeweiligen Deutschen Meister zu ermitteln. Die Teilnahme hatte ich schon längst abgehakt gehabt, weil ich ja streng genommen kein aktiver Teil der Schule mehr war. Doch nun hatte mich Herr Klein trotz dessen nominiert. Ich durfte mitfahren.

So saß ich mit acht anderen Jungen meines Alters und Herrn Klein im Zug auf dem Weg in die große Hauptstadt. Keiner von ihnen ging in meine Klasse. Ich saß nicht allein im Abteil, konnte aus dem Fenster schauen und mit meinen Teamkollegen quatschen. Ich hatte die Kontrolle. Ich war wieder jemand. Nicht nur ein Hauch, ein lauer Sommerwind von Normalität. Den Großteil der Sorgen ließ ich zuhause.

Das Jugendamt hatte in der Zwischenzeit bewilligt, dass ich in einer der beiden Wochen nach den Herbstferien mit diesem Schulbegleiter starten konnte. Konfrontation stand mir bevor. Raus aus der Komfortzone! Doch das war jetzt unwichtig.

In Berlin angekommen, wurden wir von einem Fotografen empfangen, der jedes Team ablichtete, das Berlin erreichte. Wir fühlten uns wie Stars. Überall stiegen sportliche Jugendliche in ihren Trainingsanzügen aus. Auf dem Vorplatz des Berliner Hauptbahnhofs waren Stände aufgebaut und es lief laute Musik. Alles für uns! Alles für die Sportler. Ich ging voran, zog meine Mitspieler von Stand zu Stand. Fast überall konnte man sich etwas mitnehmen: Aufkleber, Sportdrinks oder Anstecker. Ich war stets der Erste, der zugriff und ermutigte meine Team-Kollegen, sich ebenfalls die Taschen vollzustecken. Ich war plötzlich der Junge, der ich sein wollte: zielstrebig, vorangehend und lebensfroh. All das, was mir im Alltag gänzlich abging. Nachdem wir alles abgegrast hatten, fuhren wir mit der Straßenbahn weiter zu unserer Jugendherberge, die mitten in Kreuzberg lag. Die Großstadt beeindruckte uns stark. Überall Dönerläden. So viele Menschen, die anders aussahen als wir. Die langen Straßenbahnen waren zum Bersten voll. Diese Stadt wimmelte, wie ein großer Ameisenhaufen. Unsere Jugendherberge lag unmittelbar am Landwehrkanal. Aus unserem Dreierzimmer konnten wir nicht nur auf das langsam dahinfließende Wasser schauen. Wir sahen auch den Alex. Ich verspürte eine Leichtigkeit, aber auch ein aufregendes Kribbeln. Ich war frei. Die quälende Enge hatte mich ausgeborgt. Wir hatten Fahrkarten ausgehändigt bekommen, mit denen wir uns die nächsten drei Tage kostenlos durch Berlin bewegen konnten. Herr Klein wollte wahrscheinlich selbst ein paar entspannte Tage verleben. Jedenfalls war er locker drauf und ließ uns überall allein hinfahren. Wir fuhren zum Checkpoint Charlie, zum Sony-Center, zur alten Mauer und zum Alex. Ich ging stets voran. Ich entschied, wo es hinging. Ich steuerte uns durch die fremde Weltmetropole. Vor lauter Überschwang fing ich mitten in der Bahn an, die Vereinshymne unseres heimischen Fußballvereins zu grölen. Mitten in Berlin! Die Jungs stiegen mit ein und wir machten uns zum Gespött der Passagiere. Mein Herz war leicht und pumpte das pure Leben durch meine Adern.

Die Abschlussfeier fand in der großen Max-Schmeling-Halle statt. Alle Sportler, egal welcher Sportart, kamen zur Siegerehrung und Abschlussparty zusammen. Die Halle war bis obenhin voll mit Jugendlichen, Jungs und Mädchen. Nachdem die zähe Siegerehrung überstanden war, erschallte Madonnas *Hung Up* durch die Boxen, während die Stühle vom Hallenboden geschoben wurden und eine Tanzfläche entstand. Wir mischten uns euphorisiert unter die tanzende Menge. Herr Klein hatte uns zwei Stunden verschafft. Um 23 Uhr sollten wir uns unter dem großen Tourplakat von Robbie Williams versammeln. Mädchengruppen umtanzten uns. Die Hallenluft bestand schlagartig aus einem Gemisch von verschiedensten Mädchenparfümen und diesem süßlichen Schweiß, der beim Tanzen entsteht, der noch gut riecht. Ich versuchte, so viele Blicke wie möglich einzufangen und tanzte immer ausgelassener. Nach einigen Songs auf der Tanzfläche rief Benne, der Älteste aus dem Team, uns zusammen. Dann rannten wir alle in Richtung Ausgang. Ein milder Herbstwind wehte uns entgegen, als wir auf dem großen Vorplatz ankamen.

„Kommt, wir suchen uns einen Kiosk!"

Geschlossen folgten wir Benne, ohne genau zu wissen, was er eigentlich vorhatte. Als wir einen Kiosk gefunden hatten, nahmen wir erstmal irritiert zur Kenntnis, dass über dem Eingang des kleinen Ladens eben nicht Kiosk, sondern Spätkauf stand.

„Wartet draußen", sagte Benne und zwinkerte uns zu.

Dann hörten wir ihn von drinnen sagen:

„Hallo, haben Sie Smirnoff Ice?"

Wenig später kam er mit einer klirrenden Tüte wieder raus. Jedem von uns drückte er eine eiskalte Flasche, mit weißer Flüssigkeit drin, in die Hand. Dann gingen wir zurück zur Max-Schmeling-Halle.

„Scheiße! Hat jemand einen Flaschenöffner?", fragte Benne plötzlich in die Runde. Wir anderen schüttelten, immer noch etwas überrumpelt, die Köpfe.

„Egal, kommt mal mit!"

Wir folgten Benne in einen kleinen Park neben der großen Halle. Da machte er nacheinander an einer Bank unsere Flaschen auf. Ich war schwer beeindruckt. Wir rochen an dem Zeug! Dann erst fanden wir unsere Stimmen wieder.

„Benne, ich weiß ja nicht…", sagte Tarek skeptisch. Tarek war 13, wie ich.

„Probiert doch erstmal. Das schmeckt wie Limo, mega lecker!"

Und so tranken einige von uns das erste Mal in ihrem Leben richtig Alkohol. Dieses Smirnoff Ice schmeckte wirklich verdammt gut und mit jedem Schluck wurden auch wir jüngeren immer selbstsicherer.

„Voll cool. Danke Benne!", brachte Pascal glücklich hervor.

„Kein Ding!"

Wir redeten nicht viel mehr, sondern waren alle unheimlich damit beschäftigt, die Eindrücke der ersten Flasche Alkohol einzuordnen. Ich verspürte schon einen leichten Schwindel, ganz oben im Kopf, der aber angenehm war. Mir wurde warm. Ich wurde ganz leicht. Ich hatte immer mehr Lust zu leben, zu tanzen, mit den Jungs zusammen zu sein, Mädchen zu beobachten.

„Wollen wir wieder rein?", drängte ich plötzlich.

Benne nickte und schaute verschwörerisch in die Runde. Dann rief er „Ex oder Arschloch" und leerte die Flasche in tiefen Zügen. Wir taten es ihm gleich, mehr schlecht als recht. Die kalte Kohlensäure trieb mir die Tränen in die Augen. Es kümmerte mich nicht! Ich fühlte mich so gut. Als wir zur Halle sprinteten, dachte ich kurz an meinen Bruder. Ich erinnerte mich daran, wie er mir mal erklärt hatte, warum er kifft. *Alles, was mich nervt, verschwindet.* Genauso ging es mir jetzt! Ich schwebte über den Vorplatz. Wir lachten laut und boxten uns gegenseitig auf die Schultern. *Es ist chillig und wirkt noch besser als Alkohol.* Irgendwann müsste ich wohl doch mal einen Joint mit ihm rauchen, dachte ich kurz. Dann schluckte uns die bebende Halle. 50 Cent mit *Candy Shop* ließ mich vollends abheben.

Nebenbei hatten wir übrigens auch noch ziemlich gut abgeschnitten. Von sechzehn teilnehmenden Mannschaften wurden wir guter Vierter. Die Tage in Berlin waren im Nu verflogen. Ich hatte funktioniert, gut gespielt und war in der Gruppe mehr als integriert gewesen. Ich hatte wieder meine früheren Scherze gemacht, mit denen ich gut ankam, war vorangegangen. Ich hatte meine erste Flasche Alkohol getrunken, selbstverständlich inmitten anderer Jugendlicher. Den alten Hugo gab es also noch, irgendwo in mir drin. Doch warum kam er nur in Berlin zum Vorschein? Es hatte mich hier nicht einmal gestört, dass meine Mannschaftskameraden von meiner langen Schulabstinenz wussten. Es sprach eh keiner an. Wir genossen einfach die Zeit. Umso mehr traf mich die Realität mit der Härte eines Prügels, als wir nach drei paradiesischen Tagen in der Heimatstadt einfuhren. Keine Fotografen. Keine Stände mit Musik. Nur der triste, erdrückende Alltag in unserer kleinen Großstadt. Ich verabschiedete mich von meinen Team-Kollegen und drückte auch Herrn Klein die Hand. Meine Mutter hatte mir aufgetragen, mich dafür zu bedanken, dass er mich netterweise mitgenommen hatte. Niedergeschlagen trat ich zu ihm.

„Herr Klein. Tschüss. Und danke, dass ich dabei sein durfte." Der grauhaarige Lehrer schaute mich aus seinen wässrigen Augen an.

„Ja nu' Hugo. Kein Problem, aber jetzt gehste mal wieder hin, wa'?"

Ich nickte wenig überzeugt. Dann trennte sich die „Reisegruppe Berlin". Ich schulterte meine Stickbag und ging mit hängenden Schultern und gesenktem Kopf zur Stadtbahn, die mich nach Hause bringen sollte. Zurück ließ ich Freiheit und Glückseligkeit. Verdaut wie ein köstliches Festessen. In unserem Stadtteil begrüßten mich unter der Platanenallee Enge, Beschwerlichkeit, zweifelnde Angst und ein bitterer, fader Geschmack auf der Zunge.

SIEBEN MONATE & DREI WOCHEN

Ich saß angespannt bei Frau Vergille im Sprechzimmer. Noch waren wir zu zweit. Gleich würde Herr Lichte kommen. *Wie sieht er wohl aus? Was ist er für ein Typ Mensch? Verständnisvoll? Sensibel? Oder doch streng und uneinsichtig?* All diese Fragen waren mir in den vergangenen Wochen durch den Kopf gegeistert und türmten sich nun als große Ungewissheit in mir auf. Eine furchtvolle Neugier nagte an mir. Ich hoffte so sehr, dass es passen würde, doch ich glaubte nicht daran. Sensibel, verständnisvoll und ein Mann? Unwahrscheinlich. Das passt einfach nicht zusammen.

Dann klopfte es. Die kleingewachsene Frau Vergille ging mit kurzen Schritten zur Tür und öffnete. Im Türrahmen erschien ein großer, hagerer, grauhaariger, glattrasierter Mann mit eisblauen Augen.

„Hallo, Frau Vergille. Hallo, Hugo. Freut mich! Ich bin Ullrich Lichte."

Er sagte das mit einer gewissen Vorsicht in der Stimme. Hier kam keiner, der gespielt euphorisch tat. Ich merkte ihm sofort an, dass er um meine Not wusste, dass er sie ernst nahm. Ob das gut für mich war, wusste ich in diesem Moment noch nicht zu bewerten. Er setzte sich neben mich, blickte mich von der Seite an. Ich hielt meinen Blick beim Vertrauten, bei Frau Vergille.

„Jaah…", fing sie an und lächelte abwartend, scheinbar leicht verunsichert, zwischen uns beiden hin und her. Ich lächelte zögerlich zurück. Dann drehte Herr Lichte sich ruckartig in seinem Stuhl zu mir und suchte meinen Blick, meine Aufmerksamkeit. Er übernahm direkt das Fahrerpult. Mein Zug fuhr schneller.

„Ja, Hugo. Ich bin Schulbegleiter und wir werden die nächsten Wochen zusammenarbeiten. Ich versuche, dir zu helfen!" Ich schaute ihm in die hellblauen Augen. Einerseits strahlte er Vertrauen aus, andererseits wollte er mich mit meiner Angst konfrontieren. Er gehörte zu ihr. Er war Teil der Angst. Er war der Feind!

Ich wiegte leicht meinen Kopf hin und her. Eine Mischung aus Nicken und zweifelhaftem Hilfesuchen. Doch Frau Vergille nickte bestätigend und lächelte mich aus ihren braunen Augen an.

„Hast du irgendwelche Fragen an mich?"
Ich verneinte sofort, obwohl in mir unzählige Fragen rotierten.

„Ich werde ab morgen immer um acht Uhr bei dir sein. Dann gehen wir zusammen zur Schule."
Ich schüttelte energisch den Kopf.

„Nein. Ich schaffe das noch nicht."
Mir lief der Schweiß. Mir wurde schlecht. Frau Vergille und Herr Lichte mit im Abteil. Sie hatten nun die Kontrolle über den Zug. Wohin würden sie mich ziehen?

„Das macht gar nichts. Wenn du es nicht schaffst, gehen wir einfach zu euch nach Hause und machen gemeinsam Schularbeiten. Nach ein paar Wochen können wir dann in unsere Beratungsstelle fahren. Da haben wir mehr Ruhe, Material und Platz. Nach drei Stunden gehe ich wieder oder bringe dich nach Hause."

Was sollte ich schon sagen? Natürlich machte es mich nervös, was hier mit mir als Protagonist geplant wurde. Herr Lichte wirkte zwar ganz nett, aber er wollte mich jeden Morgen zur Schule schleifen. *Was für eine Scheiße?!* Das Projekt war zum Scheitern verurteilt, aber immerhin brachte es mir Zeit ein. Zeit zuhause. Zeit, in der ich nicht noch isolierter in einer Psychiatrie hocken musste. Ich musste mir überlegen, wie ich von nun an jeden Morgen ungesehen mit Herrn Lichte zur Schule und wieder zurückkam. Die Betonung lag dabei auf UNGESEHEN. *So peinlich! Unter Begleitung den Schulweg gehen, um dann prompt wieder wegzulaufen. Wenn das die Jungs sehen...* Herr Lichte streckte mir seine raue, kräftige Hand entgegen.

„Bis morgen, Hugo."

„Bis morgen."

Es ging also los.

ACHT MONATE

Wir saßen an einem großen, quadratischen Tisch: meine Mutter, mein Vater, Frau Kampe vom Jugendamt und ich. Meine Mutter links neben mir. Mein Vater schräg gegenüber. Frau Kampe rechts von mir. Meine Mutter hatte mir erklärt, dass es um das alleinige Sorgerecht gehe, das sie beantragt habe. Sie sei dann allein für mich verantwortlich. So müsse sie sich nicht, wie bislang, ständig über jede Entscheidung mit meinem Vater streiten. Ich sollte nun klarstellen, dass das in meinem Sinne war. War es auch! Ich vertraute meiner Mutter. Und es war ja meine Entscheidung gewesen, dass ich nicht mehr zu meinem Vater ging. Auch wenn er das nicht wahrhaben wollte.

„So, Familie Penser. Ich begrüße Sie im Jugendamt Peißstraße. Mein Name ist Kampe und es geht heute um das Sorgerecht für Hugo." Sie sprach, als würde sie das gerade von irgendeinem Tonband abspielen, das auf Repeat gestellt war.

Meine Eltern nickten. Beide wirkten gewappnet. Meine Mutter blickte entschlossen, legte mir hin und wieder mit freundlichem Blick die Hand auf die Schulter. Mein Vater wirkte nervös. Man konnte fast meinen, dass er zitterte. Eine Mischung aus Wut, Trauer und Unsicherheit sprach aus seiner Miene.

„Zunächst einmal, Hugo, hast du das Wort. Warum möchtest du nicht mehr zu deinem Vater?" Sie klickte die Mine ihres Kugelschreibers heraus und sah mich erwartungsvoll,

189

fast schon begierig, an. Wie eine Journalistin, die auf die Story ihres Lebens wartete. Und wie sollte es auch anders sein: eine Warum-Nicht-Frage.

„Ja ... Äh ... Ich geh ja zurzeit nicht zur Schule. Und Papa ... Ähm ... Der übt halt ganz schön Druck auf mich aus. Und ...“ Weiter kam ich nicht. Mein Vater richtete sich auf und schüttelte wirsch den Kopf.

„Das bekommt er von seiner Mutter indoktriniert. Sie schafft es nicht, Hugo zur Schule zu bewegen. Er kann gerne zu mir ziehen. Bei mir hat er ohnehin schon ein Zimmer. Ohne Druck geht es nun mal nicht mehr. Dass ich an allem schuld bin, kommt von seiner Mutter. Das hätte er vorher nie gesagt!“, trug er ohne Unterlass vor.

„Peter, du hast nach wie vor nicht verstanden, dass es hier nicht um mich geht. Hugo hat psychische Probleme. Ihm muss geholfen werden. Und, wenn es ihm hilft, dass er erst einmal nicht mehr zu dir geht, dann müssen wir das akzeptieren. Jedenfalls hilft es ihm sicher nicht, fünfhundert Kilometer weit wegzuziehen.“, entgegnete meine Mutter mit ruhiger, aber überlegener Stimme. Sie hassten sich. Ich konnte es förmlich spüren.

„Und dann ziehst du gleich vor Gericht und willst dir das alleinige Sorgerecht erstreiten? Dass ich nicht lache! Das ist inakzeptabel! Du vermischst hier zwei Sachverhalte.“ Sein Blick wurde aggressiver. Ich war nun außenvor. Meine Eltern saßen sich gegenüber und schauten sich hasserfüllt an. Mir wurde schlecht. Der Hass in diesem Raum wollte mich entzweireißen. *Können die sich nicht normal unterhalten? Mann!*

„Okay, okay. Also gut...“, leitete Frau Kampe einen Beschwichtigungsversuch ein. „Dein Vater wirft deiner Mutter

190

vor, dass sie dich dazu zwingt, deinen Vater nicht mehr zu besuchen. Stimmt das, Hugo?"

Ich schüttelte ehrlich, aber verunsichert den Kopf.

„Okay und tut deine Mutter alles dafür, dass du wieder zur Schule gehst?"

Ich nickte. *Was will die Alte? Glaubt die Papa etwa?*

„Na gut. Schau mal, Hugo. Du kannst ja noch einmal darüber nachdenken. Ein Kind braucht beide Eltern. Dein Vater ist sehr traurig, wenn er dich nicht mehr sehen kann. Das musst du dir gut überlegen.", legte Frau Kampe nach.

Der Zug fuhr jetzt so rasant, dass es mir speiübel wurde. Vorwürfe. Druck. Konfrontation. Vier Leute im Abteil, doch nur mich störte scheinbar diese Geschwindigkeit. Oder?

„Hugo, ich glaube du gehst jetzt mal besser raus. Sie haben ja alles gehört von ihm, oder? Ja." Meine Mutter wartete die Antwort von Frau Kampe gar nicht erst ab, sondern zog mich aus dem gepolsterten Stuhl und schob mich zur Tür raus. In weiter Ferne nahm ich dumpf wahr, dass mein Vater dagegen protestierte, aber meine Mutter ließ sich nicht beirren. Sie drückte mir den Autoschlüssel in die Hand und flüsterte mir zu.

„Warte im Auto. Hab' dich so lieb."

Dann war mir, als richtete sie sich nochmal kurz auf. Sie straffte sich, machte sich kampfbereit, als legte sie sich ein Kettenhemd an. Dann schloss sie die Tür und ich stand auf dem Flur des Jugendamtes. Auf einmal fand ich mich allein im Abteil wieder. Schwummerig wandelte ich die Treppen runter zum Ausgang. *Nur weg hier.* Ich nahm nichts mehr wahr. Mir kamen Leute entgegen, die mich grüßten. Mechanisch grüßte ich zurück, aber meinte das gar nicht so. Alles passierte mich

191

und lag außerhalb des Zuges. Ich trieb vorbei. Ich schloss unser Auto auf. Wir hatten noch keinen Schlüssel mit Fernbedienung. Dann ging ich um das Auto herum und ließ mich in den Beifahrersitz sinken. Ich vergrub mich richtig im Polster. Die Füße stemmte ich gegen das Armaturenbrett, sodass ich kaum noch zu sehen war. Dann schossen die Tränen heraus. Lautlos weinte ich voller Bitternis, voller Überforderung. Ich hatte meinen Vater vor Augen. Diese Wut, diese Enttäuschung in seinem Blick. Er hasste meine Mutter. Meine Mutter hasste ihn. Da war nichts mehr, was sie verband, nicht einmal mehr ich. *Ich mache alles kaputt.* Ich drehte das Radio an und weinte weiter. Lautlos. Ohne zu schluchzen. Die Tränen liefen widerstandslos in meinen Pullover. Irgendwas in mir fühlte sich gespalten an. Wie ein Holzscheit, das soeben von einer scharfen Axt entzweit worden war. Doch welcher Teil war nun ich? Und was passierte mit dem anderen? Dann spielte das Radio auch noch, wie in einem schlechten Film, *Family Portrait* von Pink. Nach dem ersten Refrain musste ich wegschalten.

ACHTEINHALB MONATE

Herr Lichte und ich standen unter der Platane und schauten zu meiner Schule. An dieser Stelle hielten wir seit drei Wochen immer an. Wir waren Teil der Schülerwellen, die zu den verschiedenen Schulen im Stadtteil strebten, doch waren wir im Endeffekt so weit davon entfernt, am Ziel angespült zu werden. Ich musste gar nichts mehr sagen. Wir blieben einfach an dem alten Baum stehen, von dem jetzt all das gelbe und orangefarbene Laub abgefallen war. Ich fuhr mit der rechten Schuhsohle durch die Blätter auf dem Boden und schob sie zu kleinen Haufen zusammen. Herr Lichte verfolgte die Bewegungen mit seinen Augen.

„Weißt du eigentlich, warum die Bäume ihr Laub im Herbst abschmeißen?"

Was? Ich schaute nur fragend zurück.

„Sie spüren, dass der Winter kommt, dass sie nicht mehr genug Wärme erreicht. Die Blätter werden auf einmal zu Angriffsflächen. Sie müssen sich von ihnen trennen, um den Winter zu überstehen. Sie ziehen all ihre Energie und Kraft in ihr Zentrum zurück. In den Stamm."

Was soll der Vortrag?

„Bäume wissen, sich zu schützen. Sobald es wieder wärmer um sie herum wird, die Erde wieder feuchter wird, erschaffen sie neue Blätter. Sie kommen stärker und erneuert zurück."

„Warum erzählen Sie mir das?"

„Weil ich glaube, dass wir Menschen den Bäumen sehr ähnlich sind. So gesehen schmeißt du gerade all dein Laub ab. Alle Blätter, die dir nicht guttun. Du sammelst die Energie in deinem Stamm, deinem Zentrum. Und das ist richtig, Hugo! Du schützt dich, konzentrierst dich auf dich. Und du wirst stärker zurückkommen, wenn du wieder bereit bist! Davon bin ich fest überzeugt. Diese Zeit wird vorbeigehen." Er schaute mich eindringlich an. Ich verstand nur so halb, was er mir sagen wollte. Überfordert schaute ich zu Boden. Wir schwiegen gedankenschwer.

Einen Vorteil hatte der einbrechende Winter zumindest. Er verbarg uns morgens in seiner tiefen, klammen Dunkelheit. Wir waren unter der großen Platane nur noch irgendwelche Anonymen, die dort einfach herumstanden. Nichts entlarvte die Kämpfe, die wir auf meinem Seelenparkett ausfochten. Wir tummelten uns immer nur kurz um den abgeblätterten, nackten Stamm.

„Weiter nicht?"

„Nein."

„In Ordnung. Gehen wir zurück?"

Ich nickte. Es war für mich irgendwie schon eine Erleichterung, nicht mehr zum Schlittenberg fliehen zu müssen. Dort hatte ich mich zwar stets sicher gefühlt, aber auch ziemlich einsam. Nun war Herr Lichte bei mir. Und das war mittlerweile angenehm geworden. Er verstand mich. Er nahm sich meiner Angst an. Er akzeptierte, dass ich es nicht an der Platane vorbeischaffte. Es war in Ordnung. Ich war in meiner Pein nicht mehr allein, sondern hatte einen Partner an die Seite bekommen, der mir das Gefühl gab, dass alles gar nicht so schlimm war, dass alles gar nicht so abnormal war, der auf mein Inneres achtgab.

Auf der anderen Straßenseite, dort wo nicht die lange Hecke entlangführte, sondern Einfamilienhäuser standen, gingen wir zurück zu unserem Wohnhaus, dem Strom der Schülermassen entgegen. Ich holte mein Fahrrad aus dem Keller und Herr Lichte wartete auf mich. Er hatte ein älteres Fahrrad mit einer Gepäckträgerbox hinten drauf. Das hatte ich bis dahin noch nie gesehen. Ich kannte Satteltaschen oder Körbe, aber er hatte eine große Box, in die er alles Mögliche reintun konnte. Irgendwie praktisch, aber schon auch uncool. Wir fuhren die wenigen Kilometer zur Beratungsstelle. Die Anfangszeit, in der wir zur Eingewöhnung noch bei uns geblieben waren, lag bereits zurück. Das fand ich auch ganz gut. Ich fühlte mich in der Beratungsstelle recht wohl und hatte nun das Gefühl, auch mal morgens rauszukommen und so etwas wie einen sinnvollen Alltag zu haben. Wir schlossen unsere Fahrräder vor der Haustür an und kamen in ein warmes Treppenhaus, indem es jeden Morgen nach frischen Brötchen roch, da im Erdgeschoss eine Bäckerei war. Ich wurde dann immer ganz hungrig. Dieser wohlige Geruch war so ziemlich das genaue Gegenteil von meiner allmorgendlichen Schulübelkeit, die rund um die Platane jeglichen Appetit auf irgendwas abtötete. Ich folgte Herrn Lichte in den zweiten Stock. Ich war mir nicht ganz sicher, ob er rauchte. Er zog einen ganz subtilen Zigarettengeruch hinter sich her. Aber er war wirklich so subtil, dass ich stets rätselte. Vor mir rauchte er jedenfalls nicht. Ich traute mich nicht, ihn zu fragen. Diese Unklarheit ließ ihn irgendwie spannend und geheimnisvoll erscheinen.

Die Beratungsstelle war an sich wie eine ganz normale Wohnung aufgebaut. Sofort empfing uns eine behagliche Heizungswärme, wenn wir eintraten. Der Boden war mit einem

gemütlichen Teppich ausgelegt, weshalb wir die herbstlich ver-
dreckten Schuhe im Eingang zurücklassen mussten. Wir gingen immer in denselben Raum, hinten rechts mit Blick auf die
befahrene Straße, an der wir unsere Fahrräder abgestellt hatten.
Auf der Fensterbank saßen Kasperle-Puppen auf der Lauer, die
wohl für die jüngeren Patienten gebraucht wurden. Mir spielte
Herr Lichte mit ihnen jedenfalls nichts vor. Auch besser so für
ihn! Links in der Ecke war eine Höhle aus Holz gebaut worden,
in die man sich zurückziehen konnte. In ihr lagen verschiedenste Bälle, Bücher und andere Dinge für den Zeitvertreib. In
der Mitte des Raumes stand ein Holztisch, an dem wir immer
die Schularbeiten erledigten. Wir machten Englisch, Französisch, Deutsch. Eigentlich alles. Zu meinem Leidwesen sogar
Mathe. Herr Lichte konnte erstaunlicherweise alles ganz gut.
Ich fing an, ihn zu bewundern, zu respektieren und auch zu
mögen, denn wenn wir ein Fach abgeschlossen hatten, machten wir immer eine sportliche Pause. Wir hatten uns einver-
nehmlich auf Volleyball geeinigt. Das mochten wir beide. Also
holte ich dann immer einen Softball aus der Höhle hervor, den
wir uns um die Ohren pritschten und baggerten. Ziel war es,
dass der Ball möglichst nie den Boden berührte. Wir zählten
die Kontakte. Von Tag zu Tag wurden wir besser. Wir stellten
immer größere Rekorde auf. Je länger der Ballwechsel wurde,
desto lauter lachten wir beide. Herr Lichte hatte auch Spaß
dabei. Das merkte ich. Nach drei Stunden Schularbeiten und
Volleyball brachte er mich dann mit dem Fahrrad wieder nach
Hause. Es hatte sich, trotz aller vorherigen Befürchtungen,
wieder eine gut erträgliche Alltagsroutine eingestellt. Der Start
war zwar immer unangenehm, aber ich wusste ja, dass wir nur
zur Platane gingen. Ab dann war es wirklich entspannt. Ich

war nicht mehr so einsam, wie noch bis vor kurzem. Ich hatte meinen ganz persönlichen Lehrer und Volleyballpartner, der mich rücksichtsvoll forderte. Hier war ich jemand! Nicht nur ein Sonderling unter vielen, der ohne Wenn und Aber abliefern musste. Also meinetwegen konnte es so weitergehen.

Herr Lichte und ich standen wieder an der Platane. Früh-morgendliche Kälte umgab uns. Es war Winter geworden. Ich vergrub mein Kinn im Schal und zog die Mütze tiefer ins Gesicht. Nur noch die Augen und die Nasenspitze waren der schneidenden Winterluft ausgesetzt. Der Winter zog seinen grauen, zerstörerischen Mantel über die Welt. Alles, was zu Boden fiel, wurde von der kalten Nässe zerfressen. Der alte Baum war jetzt kahl. Alle Blätter waren fort. Gerade noch so zauberhaft und majestätisch, Teil einer warm leuchtenden Baumkrone, von der goldenen Herbstsonne bestens in Szene gesetzt, und jetzt elendig zertreten auf der Erde. Aus den Augen, aus dem Sinn.

„Bis hierhin?"

Ich nickte. Doch sofort witterte ich, dass da noch mehr kam. Sein Blick und die Art und Weise, wie er gefragt hatte, signalisierten mir, dass er sich heute nicht mit dem üblichen Prozedere zufriedengeben würde. Meine Sensoren waren hier in der Gefahrenzone in höchster Alarmbereitschaft aktiviert. Und sie arbeiteten zuverlässig.

„Hugo, ich glaube, es ist heute an der Zeit, mal weiterzugehen. Vielleicht bis vor den Eingang?"

Ich schüttelte energisch den Kopf. Er hatte mich überrumpelt. Mit diesem konfrontativen Vorschlag hatte ich beim Aufstehen und Fertigmachen nicht gerechnet. Ich hatte gedacht, dass wir, wie immer, bis zur Platane gehen würden und dann in die gemütliche, vorgewärmte Beratungsstelle. *Warum kommt der mir heute so? Unangekündigt.*

Der Zug fuhr los.

Herr Lichte atmete warmen Dampf aus seiner Nase aus. Seine klaren, eisblauen Augen schauten mich an. Er überlegte sich scheinbar gut, was er jetzt sagen sollte.

„In Ordnung. Dann lass uns umkehren."

Erleichtert schlug ich unseren alltäglichen Rückweg ein. Doch ich war noch nicht ausgestiegen. Ich bebte innerlich. *Er hätte doch schon vorher fragen können, ob wir heute weitergehen. Stattdessen fragt er erst, als wir schon an der Platane stehen! Was denkt der sich? Dass es auf einmal geht?* Ich sagte kein Wort. Der Zug tuckerte langsam vorwärts. Ich war in Bereitschaft. Angespannt. Es kam nun nicht der entspannte Teil, wie sonst. Herr Lichte war plötzlich wieder Komplize der Angst, der Schule, der Konfrontation. Er übte Druck auf mich aus, was nicht abgesprochen war. Ich musste ihn auf Abstand halten.

Auf den Fahrrädern fuhr ich die ganze Zeit einige Meter hinter ihm. Ich hatte keine Lust neben ihm zu fahren, geschweige denn mich mit ihm zu unterhalten. Ich blickte auf den Fahrradweg, sah die Ritzen im Pflaster an mir vorbeiziehen. Enttäuschte Leere füllte mich aus, lähmte mich. Dann nahm ich Stimmen wahr.

„Guuuten Tag. Einmal absteigen, bitte."

Herr Lichte ging vor mir in die Eisen. Ich tat es ihm gleich. Zwei Polizisten standen vor uns, mitten auf dem Radweg. *Was kommt denn jetzt?* Der Zug legte an Tempo zu. *Sind die wegen mir hier?* Ich hatte davon gehört, dass die Polizei auch nach Schulschwänzern suchte, diese aufgriff und zur Schule brachte. *Das muss man sich mal vorstellen: Es klopft an der Klassenzimmertür und herein kommen Hugo Penser und an jeder Seite eine Polizistin oder ein Polizist.*

„Hier bringen wir euch den Schulschwänzer Hugo Penser zurück. Wenn er wieder mal nicht zum Unterricht erscheint, sagen Sie einfach Bescheid! Schließlich gibt es eine Schulpflicht. Koste es, was es wolle! Guten Tag!"

Die maximale Demütigung.

Bis auf das Äußerste gespannt, erwartete ich, was sie nun von uns wollten.

„So, einmal hier rüberkommen."

Wir stiegen von unseren Fahrrädern und entfernten uns vom Fahrradweg.

„Gehören Sie zusammen?"

„Ja", entgegnete Herr Lichte schnell und bestimmt.

„Na gut. Sie wissen schon, dass Sie hier auf der falschen Straßenseite fahren!? Das kostet…"

„Ja, das ist richtig. Allerdings müssen wir direkt da vorne in das Haus. Von daher haben wir bereits die Straßenseite gewechselt. Nächstens wechseln wir an der Kreuzung dahinten. Kommt nicht wieder vor.", ratterte Herr Lichte überzeugend runter, als wäre er darin geübt.

„Mhm… Wäre besser! Dann schieben Sie jetzt bitte bis zu Ihrem Ziel."

Gesagt, getan. Wir entfernten uns von den Ordnungshütern. Tatsächlich lag die Beratungsstelle bereits in Reichweite.

Aus dem Mundwinkel nuschelte er mir zu:

„Puh, nochmal Glück gehabt."

Anschließend zwinkerte er verschwörerisch. Ich lächelte zurück, wobei mir schlagartig wieder einfiel, was zuvor gelaufen war. Unmittelbar stellte ich wieder auf Abblockmodus um.

Die drei Stunden verliefen zäh wie Flüssigkleber. Ich redete nur über die Inhalte mit ihm. Den Rest blockte ich stur ab. Ich machte auch deutlich, dass ich keine Lust auf Volleyball hatte. So langsam war die Zeit noch nie vergangen. Auch Herr Lichte wirkte irgendwann genervt und redete nur noch das Nötigste. Kurz bevor die drei Stunden zu Ende waren, schob er abrupt das Mathebuch weg.

„Scheiß drauf!", sagte er und schaute mich verschwörerisch an. *Sowas sagt der?* Ich wunderte mich, dass er so plötzlich die Fassung verlor.

„Du musst dir doch denken, dass wir irgendwann einen Schritt weiter gehen müssen. Bis zur Platane sind es schon drei Viertel deines Schulwegs. Du kommst schon so weit. Das ist super. Aber wir besiegen die Angst nur, wenn du ihr Stück für Stück entgegengehst. Und wenn es erst einmal nur zehn Meter sind, weißt du? Wir müssen immer weiter auf die Angst zugehen, um sie zu überwinden. Ich bin und bleibe ja bei dir."

Ich schwieg. Der Zug drängte vorwärts. Herr Lichte mit im Abteil. Er sorgte für die Beschleunigung. Er sorgte für die Übelkeit. Ich schaute ihm in die Augen, denen ich eigentlich vertraute. Rechts und links verschwamm alles.

„Ich weiß, dass du das kannst, Hugo. Denk mal drüber nach. Wenn es dann wieder nächste Woche die Platane ist, dann ist es so. Aber irgendwann müssen wir weiter! Hörst du? Der Angst entgegen. Ich bin und bleibe bei dir! Wenn dir schlecht wird, gehen wir sofort zurück. Zusammen!"

Mittlerweile starrte ich die Tischplatte an. Ich reagierte gar nicht. Ich schützte mich gegen alles, was da auf mich einprasselte. Aber ich hörte zu. Die Worte kamen an. Sie taten mir weh, verursachten Übelkeit, Druck und Angst. Konfrontation. Die Worte waren längst verflogen, doch sie hafteten irgendwo in mir. Dagegen konnte ich nichts machen. Nachhaltige Stille.

„Okay."

Herr Lichte stand auf, packte alles zusammen. Ich blieb sitzen. Stur. Destruktiv. Einsam. Er verließ das Zimmer. Wenig später guckte er wieder zur Tür rein.

„Können wir?"

„Ich fahre heute alleine nach Hause."

Ich griff meinen Rucksack, stülpte eilig die Schuhe über meine Füße, zog die Tür auf und knallte sie, so laut wie möglich, hinter mir zu. Schnell trabte ich runter bis in das Erdgeschoss. Dort blieb ich stehen. Mich umgab wieder der Geruch von frischen Brötchen. Ich lauschte. Stille. Herr Lichte kam nicht. Er hatte akzeptiert. Ich schnürte meine Schuhe noch einmal vernünftig zu, legte den Schal um meinen Hals, zippte die Jacke zu und trat ins Freie. Wenig später schlug mir der reinigende Fahrtwind ins Gesicht.

Er hat ja Recht. Natürlich muss sich was ändern. So ist es jetzt schon wieder viel zu lange. Aber die Übelkeit. Wie soll ich es weiter schaffen? Er ist ja bei mir. Das hat er gesagt. Und wenn was ist, dann gehen wir wieder zurück. Nein es geht nicht… Oder doch?
Ich hielt an und fischte meinen MP3-Player aus den Tiefen meines Rucksacks. Play. Rapmusik. Kopf hoch. *Hold Your Head Up von Macklemore.*

ACHT MONATE & DREI WOCHEN

Herr Lichte hatte etwas verändert. Mir war klar geworden, dass ich weiterkommen musste. Ich wusste nicht, wie lange er noch mit mir bis zur Platane und zurück gehen konnte. Irgendwann war auch diese Komfortzone aufgebraucht. Und dann? Psychiatrie? *Bitte nicht!*

Schritt für Schritt der Angst entgegengehen.

Das ergab plötzlich Sinn für mich. Herr Lichte hatte seinen Vortrag nicht überemotional vorgetragen, wie es vielleicht von meinen Eltern oder anderen Familienmitgliedern gekommen wäre. Er hatte in mir nichts kaputt gemacht, wie die Ausfälle meiner Eltern es hin und wieder getan hatten. Er hatte überzeugend, weil offen, geduldig und gutmütig, gesprochen. Er hatte sich zu mir ins Abteil gesetzt. *Ich bin und bleibe bei dir. ZUSAMMEN!* In dem Moment hatte ich mich vor diesen Worten geschützt, äußerlich abgeschirmt. Doch sie waren durchgedrungen und hatten das Wochenende über Keime der Hoffnung, des Willens und der Zuversicht in mir sprießen lassen.

Ich bin nicht allein. Wir müssen weiterkommen.

Am Montag ging ich, nicht ganz so gehemmt wie sonst, den langen Weg an der Hecke entlang. Ich wollte heute etwas abliefern, einen nächsten Schritt gehen. Mein Ziel war es, dass Herr Lichte meinen Eltern, dem Jugendamt und Frau Vergille einen Erfolg verkünden konnte. Wir passierten die Platane. Ich blieb nicht stehen. Herr Lichte ging verblüfft weiter. Mir hinterher. Ich hatte ihn auch überrumpeln wollen. Er war nicht vorbereitet. Ich schaffte es bis zum Vorplatz der Schule, dann blieb ich stehen und schaute zu Herrn Lichte hoch. Er lächelte mich an. Sah ich da Stolz?

„Super, Hugo! Richtig super."

Der Zug nahm zwar Tempo auf, weil immer mehr Mitschüler an uns vorbeihasteten. Doch wir waren zu zweit im Abteil. *ZUSAMMEN!* Und erstmals hatte ich, trotz der drückenden Geschwindigkeit, ein gutes, wärmendes Gefühl, das sich mit in die Übelkeit mischte. Einen Stolz, etwas geschafft zu haben. Hundert Meter an der Platane vorbei, fast bis zur Eingangstür der Schule.

„So, reicht jetzt aber auch."

Auf Höhe der Platane sah ich einige meiner Mitschüler kommen. Eilig steuerte ich in unsere entgegengesetzte Richtung. Herr Lichte kam wortlos nach, in die falsche Richtung. Ein Umweg zu unseren Fahrrädern. Er wusste es. Stillschweigend. Ein echter Komplize. Das mochte ich so an ihm. Als wir einige hundert Meter vom Schulvorplatz weggegangen waren, schlug er mir kräftig auf die Schulter.

„Hugooo. Geil!"

Hö, sowas sagt der? Geil? Ich konnte mir ein Lachen nicht verkneifen, aber:

„Naja, war ja nur ein bisschen weiter."

„Hugo."

Er hielt mich mit festem Griff am Oberarm fest und blickte mir geradewegs in die Augen.

„Das war ein großer Schritt! Ein großer Schritt in Richtung Angst. Sei stolz auf dich!"

Das Lob machte mich verlegen und ich wich seinem Blick aus. Ich ging weiter. Ich würde lügen, wenn ich behaupten würde, dass mich nicht etwas Gutes durchströmte. Eine starke Wärme des Stolzes. Ich hatte meiner Angst hundert lange Meter die Stirn geboten und es war gar nicht so schlimm gewesen. Erst als ich auf dem Vorplatz stehengeblieben war und mich umgeguckt hatte, hatte sich mein Fluchtinstinkt durchgesetzt. Ich hatte schließlich nicht ertappt werden wollen. In den Augen Herr Lichtes hatte ich gerade Lobenswertes vollbracht, doch in den Augen der anderen war ich sicher nur ein ängstlicher Junge, der kurz vor dem Schuleingang vor sich selbst und der Schule flieht. Bis dahin hatte mich der Wille getragen, etwas zu schaffen. Das war ein gutes Gefühl. Hundert Meter zu gehen, konnte so eine Freude hervorrufen.

Die heutigen drei Stunden verstrichen wie im Fluge. Selbst Mathe ging mir ganz gut von der Hand. Beim Volleyball-Hochhalten knüpften wir an alte Rekorde an. Ein guter Tag! Ich hatte Herrn Lichte verziehen. Nicht nur das. Insgeheim war ich ihm dankbar. Dankbar, dass er aufrichtig und höflich an meiner Seite war.

Doch wie geht es weiter? Was wird der nächste Schritt sein und wie lange habe ich Zeit, bis ich ihn gehen muss?
Fragen, die mich bereits im Treppenhaus unseres Wohnhauses bedrückten.

Wir müssen ja weiterkommen.
Schritt für Schritt der Angst entgegen.

NEUN MONATE

Ich interessierte mich immer mehr für den weiblichen Körper. Insbesondere Brüste hatten es mir angetan. Diese Vielfalt, die es da gab: kleine, große, pralle, hängende, künstliche, natürliche, schöne, weniger schöne. Nein, eigentlich fand ich sie alle schön. Da ich beim Lacrosse auch mit älteren Jungs zusammenspielte, die behaupteten, bereits praktische Erfahrungen gesammelt zu haben, bekam ich immer mehr darüber mit. Ich selbst konnte zurzeit keine solchen Erfahrungen sammeln. Ich war ausgegrenzt von diesem Terrain. Potenzielle Schwärme gab es in der Schule und natürlich auch beim Lacrosse. Aber aufgrund meiner Abnormität, was meine Vormittagsgestaltung anging, kamen solche Möglichkeiten gar nicht infrage. Ich sehnte mich danach, doch wollte ich gleichzeitig nicht bloßgestellt werden. Mich nicht noch schwächer und unzulänglicher fühlen als ohnehin schon. Seit neun Monaten hatte ich nichts von Mara gehört. Ich vermisste sie jedes Mal, wenn ich *Hey There Delilah* hörte. Und das war oft, denn es lief im Radio rauf und runter. Ich hatte mich aber auch damit abgefunden, dass sie mich vergessen hatte, dass sie sich von Typen umwerben ließ, die auch zur Schule gingen. Nicht solche Angsthasen. *Wie interessant ist denn ein Junge, der Angst vor der Schule hat und deshalb nicht hingeht und jeden Tag zuhause hockt und wartet, dass der Nachmittag losgeht?* Was hatte ich derzeit schon zu bieten? Doch die Geschichten, die ich so aufschnappte, weckten in mir Lust und Fantasie. Einige, die schon ganz vorne mit dabei waren, was Erfahrungen mit Mädchen anging, begnügten sich nicht mit der unmittelbaren Liebelei. Sie berichteten stolz, dass sie sich täglich einen runterholten. Es wurden sogar CD's mit dem neuesten Pornomaterial ausgetauscht. Das war mir fremd. Ich hatte mir noch nie einen runtergeholt. Ich wusste gar nicht, ob das bei mir überhaupt schon ging. Jedenfalls hatte ich noch keinen Samenerguss gehabt. *Und der erste kommt doch von selbst, oder?* Auch in Bezug darauf, machte ich mir nun immer häufiger Gedanken, ob denn alles mit mir stimmte. Nach und nach berichteten immer mehr Teamkollegen, die teilweise sogar jünger waren als ich, von ihren Erfahrungen beim Onanieren. Manche sprachen auch von „schrubben", „wichsen" oder „kurbeln". Achim aus meiner Mannschaft hatte letztens gesagt:

„Boah, ich kurbel mir zurzeit zwei bis dreimal am Tag einen runter. Und immer auf meinen Teppich. Der ist schon ganz weiß."

Dann lachten alle. Ich auch. Doch brachte es mich auch ins Grübeln, wann es denn wohl mal bei mir endlich losgehen würde. *Muss ich immer bei allem hinterherhinken und außenvor sein?*

Eines Tages wollte ich das erzwingen, was mir von selbst verwehrt blieb. Ich ging in etwa um zehn Uhr ins Bett, wie üblich. Meine Mutter so gegen elf. Ich las im Bett ein Buch und hielt mich wach. Ein euphorisches Kribbeln durchfuhr meinen Körper. Gleich würde ich es versuchen. Ich hörte gespannt, wie meine Mutter alles abdunkelte, die Vorhänge zuzog und ihre Zimmertür schloss. Es war zehn nach Elf. Ich würde noch fünfzig Minuten warten müssen, bis die Sexy-Sport-Clips begannen. Ab null Uhr fingen die Frauen im Fernseher bekanntlich an, sich auszuziehen. Da wollte ich heute dabei sein. Ich schlug die Zeit tot, bis es endlich Mitternacht war und ich meine Mutter im Tiefschlaf zu wissen glaubte.

Ich schälte mich aus der Decke hervor und kletterte leise von meinem Bett herunter. Unser Wohnzimmer war durch eine Schiebetür mit meinem Zimmer verbunden. Ich würde sicher nicht den Weg durch den Flur gehen. Die Gefahr, dass meine Mutter etwas von meiner nächtlichen Aktivität mitbekam, war viel zu groß. So schob ich langsam und möglichst geräuschlos die eine Hälfte der Schiebetür auf. Als der Spalt breit genug war, huschte ich hindurch. Behutsam schloss ich die Wohnzimmertür. Dann klickte ich den Fernseher an und regelte direkt erst einmal die Lautstärke runter. Plötzlich war das Wohnzimmer hell erleuchtet. Ich legte ein altes T-Shirt, das ich nie anzog, vor mich auf den Teppich und legte mich dahinter. In großen Lettern wurden gerade die Sexy-Sport-Clips eingeleitet. Dann erschien eine zierliche blonde Frau in einem dünnen Top und einem Minirock. Sie ging auf einem Sportplatz hin und her. Um sie herum liefen Leichtathleten. Einer sprang in eine Sandgrube. *Wie absurd eigentlich. Als ob sich eine Frau da vor Sportlern am helllichten Tag auszieht. Sexy Sport Clips halt.* Nach und nach begann sie, mehr mit ihren Hüften zu kreisen. Sie zeigte sich dabei mal von vorne, drehte sich aber auch um und wackelte mir mit ihrem kleinen, knackigen Po entgegen. Sie war wirklich schlank. Ich sah schon, dass sie kleine Brüste hatte. Sie erregte mich. Sie war heiß. Zuerst zog sie in einer unaushaltbaren Langsamkeit ihr Top aus und offenbarte einen pinken BH. Ihr Ausschnitt war tatsächlich nicht üppig, aber zog meine Blicke auf sich. Nun fummelte sie an ihrem Minirock herum und zog auch diesen, mit ewigem Hinhalten, nach und nach herunter. Ich wurde ungeduldig und zog mir schon mal die Hose etwas herunter. Ich nahm meinen kleinen, schlaffen Penis in die Hand und fing an, meine Vorhaut vor und zurück zu bewegen. Erst vorsichtig, dann immer schneller und kräftiger. Mein Blick lag dabei tief zwischen den kleinen Brüsten der tanzenden Blondine. Sie tanzte vor mir herum und würde wahrscheinlich noch Ewigkeiten brauchen, bis sie ganz nackt vor mir stand. Ich legte schon los. Vor und zurück. Vor und zurück. Immer schneller. Ich stellte mir gerade vor, wie die Nippel der Frau wohl aussehen würden, da drehte sie sich mit dem Rücken zu mir und klippte hinten ihren BH auf. Mich durchfuhr ein warmer Schauer. Sie drehte sich wieder um. Langsam, übertrieben nervig langsam, ruckelte sie an ihrem BH herum, bis dieser die schönen kleinen Brüste freigab. Sie hatte ganz kleine zarte Nippel. Vor und zurück. Vor und zurück. Plötzlich veränderte sich etwas. Mein Körper spannte sich langsam an. Mich durchfuhr abermals ein warmer, wohliger Schauer. Mein Glied wurde steifer, größer. Dann krampfte sich mein Unterleib zusammen. Eine Gänsehaut stellte sich in mir auf. Ich konnte ein ganz leises, zaghaftes Stöhnen nicht unterdrücken. Dann schoss eine weiße, warme Flüssigkeit aus meiner Eichel in das alte T-Shirt hinein. In drei, vier Schüssen kam sie hervor. Ich schaute schon längst nicht mehr auf den Fernseher. Es war egal, ob die Frau noch ihr Höschen anhatte oder nicht. Spannend war, was da gerade mit mir passierte. Meine rechte Hand war glitschig warm, voll mit Sperma. Ich roch daran. Es roch fremd. Ich schaute meinen Penis an, der nun größer und dicker war als je zuvor. Stolz durchströmte mich. Endlich konnte ich mitsprechen. Endlich war ich auch ein Mann. Wie ich mich jetzt schon auf das nächste Training freute. Schnell stand ich auf, noch mit knapp heruntergelassener Hose. Ich klickte den Fernseher aus, griff das siffige Shirt und zwängte mich durch die Schiebetür zurück in mein Zimmer. Ich trocknete noch schnell meine Eichel und meine Hände in dem Shirt ab und versteckte es ganz hinten in meinem Kleiderschrank. Dann krabbelte ich zurück ins Bett. Mein Herz schlug kräftig vor lauter Selbstherrlichkeit. Mein erster Samenerguss! Endlich war ich so weit. Ich fühlte mich, als könnte ich auf der Stelle mehrere Bäume ausreißen. Mit einem breiten Lächeln drehte ich mich auf die Seite. Die zarte Blondine vor dem geistigen Auge, schlief ich bald ein.

NEUN MONATE & ZWEI WOCHEN

Mein intimer Erfolg vor dem Fernseher hatte mich einige Tage höher fliegen lassen. Ich fühlte mich irgendwie wertvoller, spürte wieder, dass ich jemand war, der aktiv am Leben teilnahm. Ich sehnte mich noch mehr nach Mara und glaubte nun doch, ihr etwas bieten zu können. Trotzdem ließ ich das mit dem ständigen Onanieren, wovon die Jungs beim Lacrosse immer prahlten, erstmal sein. Irgendwie ja auch armselig, ständig in ein altes T-Shirt reinzuwichsen. Und irgendwann würde mich bestimmt mal meine Mutter erwischen.

Alsbald kehrte wieder eine bleierne Trägheit ein. Ich wusste, dass ich den nächsten Schritt gehen musste. Der Angst entgegen. Aber meine Füße waren gefesselt. Doch nicht nur das! Auch meine Augen waren bedeckt. Ich sah die Möglichkeit eines nächsten Schrittes gar nicht. Selbst wenn meine Füße entfesselt gewesen wären, ich hätte nicht gewusst, wohin sie mich realistischerweise hätten tragen können. Ich verließ mich da auf Herrn Lichte. Er sollte mir den nächsten Schritt weisen. Dass ich es war, der ihn gehen musste, sah ich ein. Den Schritt bis auf den Schulvorplatz hatte ich gesehen. Doch dahinter lag ein trüber Dunst, als wäre die Welt dort zu Ende. Ich machte ihn nicht aus, den nächsten Zug auf dem Schachbrett, im Spiel gegen die Angst. Eines Tages nahm Herr Lichte den Schleier von meinen Augen und eröffnete mir eine Möglichkeit, die Angst weiter von mir weg zu schieben. Wir verteilten gerade die Schularbeiten auf dem Holztisch in der Beratungsstelle und ich stellte mich auf das erste Fach ein, als er sagte:

„Ich war gestern noch in deiner Schule und hatte ein Gespräch mit dem Direktor und Frau Winckler."

In furchtvoller Erwartung blickte ich auf. Es wirkte, als würde Herr Lichte wieder einmal seine Worte sammeln, sie wohlweißlich auswählen, um keine Verwüstung in mir anzurichten. Dann erst redete er weiter:

„Wir bekommen jetzt in der Schule einen Raum, in dem wir drei Tage in der Woche sein können."

Ich sagte immer noch nichts. Ich saß in meinem Zug, in den Sessel gedrückt, unfähig etwas zu tun. Herr Lichte hatte wieder einmal die Hebel in der Hand. Aber von Mal zu Mal stieg mein Vertrauen in seine Lokführerfähigkeiten. Er blieb ja bei mir. Ich war nicht allein im Abteil. Ich konnte mich doch auf ihn verlassen. Oder?

„Wir machen da einfach unsere Schularbeiten. Ich kann auch gerne einen Volleyball mitbringen. Das ist der nächste Schritt in Richtung Angst, Hugo. Und ich bin bei dir. Ist das in Ordnung für dich?"

Ich nickte mechanisch, meinte das gar nicht so. Erneut war ich Hauptakteur einer Idee, die mir widersagte.

Prompt stieg mir der ungelüftete Schulgeruch in die Nase, mir klingelten die schrillen Schülerstimmen in den Ohren und eine säuerliche Übelkeit erhob sich in mein Bewusstsein. Doch da war irgendwas in mir, was mich nicht direkt aufgeben ließ, was nicht nach bedingungsloser Vermeidung schrie, was mich nicht zur Flucht zum Schlittenberg animierte. Etwas in mir war dem gewachsen, was da in mir aufbrauste, was die anstehende Auseinandersetzung mit meiner Angst in mir auslöste. Etwas blieb, obwohl so viel in mir weglaufen wollte, und sorgte dafür, dass ich den Plan akzeptierte.

„Aber wir gehen rein, bevor die anderen mit dem Bus ankommen, okay?"

„Ist gut. Dann komme ich von jetzt an einfach eine Viertelstunde früher."

Wir nickten uns verschwörerisch zu.

So saßen wir zwei Tage später in einem kleinen Raum im Biologietrakt der Schule. Sonst tagten hier Vertrauensschüler und ab und zu Vertreter der Schülerzeitung. Nun hatte das Zimmer eine weitere Funktion dazugewonnen: Quartier für einen Jungen mit Schulangst und dessen Schulbegleiter. An drei Tagen, je drei Stunden, in der Woche. An den beiden übrigen waren wir, wie gehabt, in der Beratungsstelle. Sie bildeten die Oase in der Wüste der Konfrontation, denn ich brauchte an diesen Tagen den Schulweg gar nicht erst anzutreten. Wir fuhren direkt zur Beratungsstelle. Völlig ohne Druck!

Ich sah zu, dass ich an den Schultagen morgens noch etwas früher bereit war, um auch möglichst ungesehen durch das Schulgebäude zu kommen. Oftmals erwartete ich Herrn Lichte schon vor der Haustür, sodass wir direkt losgehen konnten, wenn er sein Fahrrad mit der Sattelbox angeschlossen hatte. Dann ging es schnurstracks an der Hecke entlang, ohne innezuhalten an der alten Platane vorbei, auf das Schulgebäude zu. Meine Schritte waren schnell, eilig und zielgerichtet. Herr Lichte ging stets leicht versetzt hinter mir, aber an meiner Seite, und ließ mich das Tempo bestimmen. Entschlossen zog ich dann die Schuleingangstür auf und glitt an dem Vertretungsplan vorbei, der uns nichts anging. Der dumpfe Geruch der Pausenhalle traf mich unbarmherzig. Es roch immer gleich. Auch jetzt natürlich. Links und rechts vom Zug zerfloss alles. Wir mussten zwei Stockwerke hochgehen und dann war es schon die erste Tür auf der rechten Seite. Uns hatte niemand gesehen. Herr Lichte schloss schleunig auf und wir schlüpften in die sicheren vier Wände, die so etwas wie unser Rückzugsort werden sollten. Hier hielt der Zug an. Wir blieben auf unseren Plätzen sitzen, aber konnten uns umsehen.

Herr Lichte hatte keinen Volleyball mitgebracht, weshalb wir die Pause zum Quatschen nutzten. Ich ging dabei durch den Raum und blickte aus dem Fenster in einen kleinen Innenhof, der von Schulklassen botanisch gepflegt und gestaltet wurde.

„Und wie lief euer Spiel am Wochenende?"

„Gut. Wir haben gewonnen, haben aber immer noch weniger Punkte als die Dragons."

„Hm. Wie viele haben die denn mehr?"

„Zwei."

„Das ist doch aufzuholen."

„Ja, wir müssen sie einfach im direkten Duell schlagen und dann…"

„Kriegt man drei Punkte für einen Sieg?"

„Genau. Drei für einen Sieg und einen für ein Unentschieden."

„Puh, dann wird das ja gegen die Dragons ein Sechspunktespiel, was?"

Ich nickte.

„Manchmal hätte man doch im Sport auch mal mehr Punkte verdient, oder? Wenn eine Mannschaft ein ganz besonders wichtiges Spiel gewonnen hat beispielsweise. Oder wenn ein Team ein Spiel verloren hat, aber trotzdem gut gespielt hat. Manchmal gibt es außergewöhnliche Widrigkeiten, die eine Mannschaft überwinden muss, und sie gewinnen trotzdem. Dann wären doch mehr Punkte ein toller Ansporn.", sinnierte Herr Lichte vor sich hin.

„Aber wer entscheidet dann, wann es mehr Punkte gibt und wann nicht? Das geht nicht.", entgegnete ich kopfschüttelnd.

Er antwortete nicht und wirkte, als würde ihn das Punktevergabesystem beim Lacrosse noch weiter beschäftigen. Für mich war das Thema abgehakt.

Wir zogen unser Pensum für drei Stunden durch und verließen ungesehen das Schulgebäude. Ohne viele Worte trennten wir uns bei seinem Fahrrad. Ich spürte, dass uns eine Zufriedenheit verband. Wir waren den nächsten Schritt gegangen. Herr Lichte hatte mir die Augen geöffnet und ich meine Fußfesseln gelöst. Das fühlte sich gut an. Es war wieder ein kleiner Erfolg. Doch über jedem kleinen Fortschritt schwebte auch eine düstere Wolke, die mich runterdrückte. *Wie geht es weiter? Was ist der nächste Schritt?* Wie bei Super-Mario kämpfte ich mich von Level zu Level, in dem Wissen, dass irgendwann der Endgegner auf mich wartete. Der Endgegner war in meinem Fall das Klassenzimmer, der Unterricht, die Mitschüler, die Lehrer. Und ich wusste, den Endgegner besiegt man nicht beim ersten Mal. Da braucht es viele Anläufe. Viele meiner Freunde hatten ihre Gameboyspiele abgebrochen, ohne den Endgegner je besiegt zu haben. Da musste schon Vieles passen. *Wie viele Zwischenmissionen kann ich noch erfüllen, bis es soweit ist? Bis der Endgegner vor mir steht?* Irgendwas in mir verhinderte die folgende Frage: *Kann ich nicht auch einfach das Gameboyspiel weglegen, ohne den Endgegner besiegt zu haben?* Kurz gesagt: aufgeben? Die Frage kam mir gar nicht. Der Duckmäuser in mir, der solche Gedanken produzierte, blieb irgendwo, geknebelt von seelischen Recken, liegen und konnte nichts anrichten, konnte meine Gedanken nicht vergiften. Wieder einmal war ich blind für den nächsten Schritt. Ich hatte nur Angst, dass meine Fußfesseln zu fest verknotet waren, um überhaupt noch weiterzugehen.

Wie immer, wenn dunkle Wolken über mir aufzogen, wärmte ich mich in der betrügerischen Sonne der Ablenkung. Bis meine Mutter kam und Mittagessen machte, fläzte ich mich auf das Sofa und ließ mich vom frühen Nachmittagsprogramm berieseln.

ZEHN MONATE

Die kurzen Weihnachtsferien waren vorüber und die besinnlichen Feiertage im Kreise der Familie mussten dem schnöden Alltag Platz machen, der einen jedes Jahr aufs Neue überrumpelt, nachdem man so viel leckeres Essen verzehrt hat, so gut zueinander war und so großartige Geschenke abgesahnt hat. Oder auch nicht. Weihnachten ist einerseits das Fest, bei dem man sieht, was man hat: Anzahl der Familienmitglieder, Menge und Wert der Geschenke und einen reichlich gedeckten Tisch. Aber mir fiel immer eher auf, was fehlte. Und das war dieses Jahr augenscheinlicher denn je. Mein großer Bruder war aus der größeren Stadt heimgekommen. Die Beziehung zwischen ihm und meiner Mutter war derzeit höchst kompliziert. Mit meinem Vater und dessen Familienseite hatte er, soweit ich wusste, gar nichts mehr zu tun. Er kiffte nach wie vor viel und war ständig mit Rappen beschäftigt, worunter seine Schullaufbahn massiv litt. Beim Rappen lief es wohl ziemlich gut. Aber ich hatte mitbekommen, dass er kurz davorstand, sich die letzte Chance auf ein Abitur zu verbauen. Entweder ging er gar nicht, bekifft oder gedanklich abwesend hin. So saß meine Mutter mit zwei Schulverweigerern unter dem liebevoll geschmückten Tannenbaum. Immer wieder hallte der Satz meiner Mutter

„Womit habe ich nur solche Kinder verdient?" in mir nach. Nun fühlte ich Wertlosigkeit im Doppelpack. Schöne Bescherung. Sonst war niemand da. Geert feierte in Holland mit seiner Familie. Meine Mutter vermisste ihn und wäre am liebsten bei ihm gewesen. Das spürte ich und es bereitete mir ein sehnsüchtiges Leiden. Was mein Vater gerade machte, wusste ich nicht. Ich wünschte mir eine heile, einfach eine normale Familie. Ich konnte mir das kaum noch vorstellen: Alle im Glück vereint an einem Tisch. Das gab es nicht mehr für mich. Für uns. Meine Mutter bemühte sich, es uns schön zu machen. Sie wickelte die Geschenke in ihre Halstücher und Schals ein. Das war bei uns so Tradition. Es gab kein Geschenkpapier. Nachhaltigkeit und so. Sie stand lange in der Küche und servierte uns ihre Königspasteten, die es wirklich nur Heiligabend gab. Und dann sang sie aus vollem Herzen Weihnachtslieder und versuchte uns mit dem ganzen heiligen Segen anzustecken. Doch mein Bruder war bald schon in getriebener Eile. Er hielt es nicht lange bei uns aus, wollte noch mit seinen Freunden losziehen, hatte keine Lust auf Kirche, was meine Mutter jedes Jahr aufs Neue traurig machte. Ich ging mit, denn wo sollte ich schon hingehen? Wenigstens diese Freude konnte ich meiner Mutter machen. Traurig schaute ich meinem Bruder nach, als er ging. Wir hatten uns so selten. Nicht einmal an Weihnachten konnte er bei uns bleiben. Wenigstens war er frei. Da draußen war er jemand, auf den gewartet wurde. Neidvolle Einsamkeit übermannte mich.

Am ersten und zweiten Feiertag kamen meine Großeltern zu Besuch, damit meine Mutter nach Holland fahren konnte. Das genoss ich sehr. Ich liebte es, meinem Opa etwas von unserer Stadt zu zeigen, weil er sein Leben lang auf dem Dorf gelebt hatte und irgendwie immer von Dingen beeindruckt war, die für mich selbstverständlich waren. Er staunte zum Beispiel nicht schlecht über die Lakritzauswahl bei meinem Kiosk des Vertrauens.

„Schon eine schöne Sache mit den Kiosken. Sowas hatten wir

nicht damals.", sagte er dann, während er das steinharte Lakritz zerkaute.

Es war das erste Weihnachten ohne meinen Vater. Sonst waren die Feiertage immer gerecht aufgeteilt worden. Ich hatte zwar doppelt Geschenke bekommen, aber auch stets diese Zerrissenheit verspürt. Beide Familienseiten waren so unterschiedlich und feierten demnach auch ganz anders Weihnachten. Wo gehörte ich hin? Was davon war ich? Das hatte mich immer angestrengt. Nun gab es das nicht mehr. Ich wollte es ja nicht. Mein Vater hatte eine Karte geschickt. Meine Oma väterlicherseits auch. Allein der Gedanke an ihre Worte tat mir schon weh, ohne dass ich überhaupt wusste, was sie geschrieben hatten. Ich hatte das Vertrauen in sie soweit verloren, dass ich nur verbale Hiebe erwartete. Ich überflog die Karten trotzdem:

Lieber Hugo,

dieses Jahr kann ich dir leider keine frohen Weihnachten wünschen, da sie nicht froh sind. Daher kriegst du auch keine Geschenke. Wenn du mich wieder besuchst und Weihnachten wieder zu unserer Familie kommst, gibt es auch wieder tolle Geschenke für dich. Ich weiß, dass deine Mutter für das alles verantwortlich ist und ich hoffe, dass du dich bald gegen sie durchsetzt und wieder zu mir kommst. Du kannst auch ganz zu uns ziehen. Dann kannst du auch wieder zur Schule gehen. Hier wird es dir sicher gut gehen.

Also, hoffentlich bis bald.

Dein Papa

P.S.: Liebe Grüße auch von Silke. Sie würde dich sehr gern bald kennenlernen.

Lieber Hugo,

ich wünsche dir frohe Weihnachten. Bitte melde dich bei deinem Papa. Er macht sich große Sorgen und vermisst dich. Schade auch, dass du dieses Jahr nicht an unserem Tannenbaum sitzt. Wann gehst du wieder zur Schule? Schule macht doch so Spaß. Denk doch nur an den schönen Aufsatz, den wir einmal zusammengeschrieben haben. Erinnerst du dich?

Deine Oma

Ich ließ die Zeilen nicht an mich heran, unterband den aufbrausenden Ärger über diese Texte, drückte die Karten meiner Mutter in die Hand und drehte meine Stereoanlage auf: G-Unit. Gangsterrap, an dem ich mein kleines, zerrüttetes Ego hochziehen konnte: *Eye For Eye*.

Es war vielleicht auch das erste Weihnachten, an dem sich die funkelnde Freude über dieses Fest, die sich so verlässlich durch die Kindheit gezogen hatte, der händeringenden Suche, dem angeschlagenen Zweifel und der bitteren Traurigkeit über Verluste geschlagen geben musste. Alles erschien mir in den Tagen unehrlich, demoliert und unvollständig. Wenn man der kindlichen Erregtheit noch so nah ist, die dieses Fest Jahr für Jahr hervorgerufen hat, dann enttäuscht einen diese unwillkommene Neuerung zutiefst.

So fuhr ich, noch ziemlich bedrückt, das erste Mal im neuen Jahr mit Herrn Lichte in die Beratungsstelle. Auf seine Frage hin, wie denn mein Weihnachtsfest gewesen war, spendierte ich lediglich ein scheinheiliges:

„Gut. Und Ihres?"

„Auch gut."

Mehr Informationen tauschten wir nicht aus. Unsere schneebeschmutzten Winterstiefel ließen wir im Treppenhaus stehen und saßen wenig später am Holztisch. Ich hatte das alles kein bisschen vermisst. Aber es war auch nicht schlecht hier. Wirklich!

Nun waren schon drei Wochen vergangen, seit wir unsere Kammer in der Schule bezogen hatten und der Angst somit einen großen Schritt entgegen gegangen waren. Schon wieder fast ein Monat. Und ich lauerte erwartungsschwer darauf, dass Herr Lichte den Deckmantel vom nächsten Stein zog, den wir aus dem Weg zu räumen hatten.

„Heute machen wir bis zur ersten Volleyballpause mal etwas anderes. Kein Schulfach."

Nichtsahnend stieg mein Interesse.

Er legte ein DIN A3-Papier vor sich auf den Tisch. Es war so eins, was man auch im Kunstunterricht zum Malen benutzen würde. *Will der jetzt ein Bild malen oder was?*

„Stell dir mal vor, du würdest wieder zur Schule gehen…"

Okay, er ist auf Konfrontation aus. Jetzt wird es ernst. Diese Einleitung versetzte mich unmittelbar in Alarmbereitschaft, in Abwehrhaltung. Der Zug fuhr los. Doch in mir sorgte auch etwas dafür, dass ich dablieb, dass ich mitmachte, dass ich jetzt kooperieren sollte. Herr Lichte saß mit mir im Abteil. Wir saßen in einem Vierer mit Tisch.

„Mhm?"

„Welches wäre das Fach, wo du zuerst hingehen würdest, was dir am wenigsten Probleme bereiten würde?"

Ich überlegte keine Sekunde, sondern antwortete direkt:

„Sport."

Er nickte und schrieb „Sport" in die linke obere Ecke des Blattes.

„Sport … Wie viele Punkte würdest du dir dafür geben,

222

wenn du zu Sport gegangen bist?"

Ich schaute ihn fragend an.

„Da Sport dir vermutlich am leichtesten fallen würde, würden wir dir einen Punkt dafür geben, okay?"

Verwirrt nickte ich. *Was will der?*

„Okay. Was würde als nächstes kommen? Welches Fach käme dann?"

Diesmal musste ich kurz überlegen.

„Hm, ich denke Deutsch … Oder Reli… Vielleicht noch Kunst … Erdkunde, da mag ich die Lehrerin."

Er schrieb mit. Ich überlegte weiter.

„Noch was?"

„Nee."

„Alle wären gleich schwer für dich? Oder magst du davon irgendwas weniger oder vielleicht genauso wie Sport?"

Ich ging die Fächernamen durch, die er notiert hat und schüttelte den Kopf.

„Okay, dann würdest du für diese Fächer zwei Punkte kriegen!?" Irgendwie klang es wie eine Frage, aber er schrieb, ohne meine Reaktion abzuwarten, je eine Zwei hinter Deutsch, Kunst, Religion und Erdkunde.

„Und weiter? Wofür sollen wir dir drei Punkte geben?"

Ich grübelte. *Was gibt es denn noch?*

Herr Lichte schob mir meinen Stundenplan hin, den er innen in seine Mappe geklebt hatte. Warum auch immer. Ich ging ja eh nie irgendwohin.

„Okay… Musik … Geschichte … Und … Joa … Bio."

Er schrieb mit und notierte entsprechend immer eine Drei dahinter.

„Guuut. Das läuft doch. Kommen wir zur Vier!"

Wieder ließ ich meinen Blick über den Stundenplan schweifen.

„Physik… Französisch… Ähh… Englisch."

Nun fehlte nicht mehr viel.

„So, beenden wir das Ganze mit den fünf Punkten."

Angewidert sprach ich geschwind die Namen der Erzfeinde aus:

„Mathe und Chemie."

„Five Points go to Mathe und Chemieee."

Nun standen alle Fächer auf dem Papier mit der passenden Punktzahl. Doch mir war immer noch nicht ganz klar, was das Ganze sollte und Herr Lichtes scheinbare Euphorie übertrug sich nicht auf mich.

„Hugo, du weißt ja. Wir müssen weiterkommen. Schritt für Schritt der Angst entgegen. Wir waren jetzt schon häufig im Schulgebäude, was ein Riesenerfolg ist. Doch der nächste Schritt ist der Unterricht. Ich glaube du bist jetzt bereit dafür."

Energisch schüttelte ich den Kopf. Unbeirrt redete er weiter.

„Wir fangen mit Sport an. Ich komme mit rein. Du machst mit. Und dann gehen wir wieder. Ist alles mit deiner Klassenlehrerin abgesprochen, die das an die anderen Kollegen weitergibt."

Mein Kopfschütteln verlor an Deutlichkeit.

„Dann tragen wir auf diesem Blatt deine Punktzahl für den jeweiligen Tag ein. Eine Sportstunde, ein Punkt. Wir sammeln gemeinsam Punkte gegen die Angst."

Ich stierte ihn an. Mir was das alles noch nicht ganz geheuer.

„Ah."

Er strich die Fünf hinter „Mathe" durch und ersetzte sie durch eine Sechs.

„Mathe ist das Sechs-Punkte-Spiel."

Ich erinnerte mich an unser Gespräch über die Punktevergabe im Lacrosse und nickte zaghaft.

„Der Endgegner.", rutschte es mir heraus.

Herr Lichte nickte begeistert. Mit einem verschwörerischen Lächeln auf den Lippen wiederholte er:

„Der Endgegner!"

ZEHN MONATE & EINE WOCHE

Heute trafen wir uns erst zur zweiten Stunde. Um 8:40 Uhr betraten wir die Kammer der Sicherheit, mitten im feindlichen Gebiet. Mein Klasse hatte heute in der dritten und vierten Stunde Sport. Das 1-Punkt-Fach. Ich sollte an diesem Tag die ersten Zähler für mein Scoreboard einstreichen. Der Fahrtwind, der an meinem Zug vorbeirauschte, pfiff mir in die Ohren. Schon seit ein oder zwei Tagen, seit der Plan bestand, hatte ich das Abteil nicht mehr verlassen können. Der Zug fuhr unaufhaltsam, mal langsamer, mal unerhört schnell, dass es mir fast den Atem verschlug, aber permanent. Nun, wo mich der Schulgeruch leibhaftig umgab, raubte mir die Fahrtgeschwindigkeit sämtlichen Zugriff auf Körper und Geist. Es rumorte in meinem Magen. Ich hatte ständig das Gefühl, auf Toilette zu müssen. Die Worte, die Herr Lichte an mich richtete, flogen vorbei, fanden in mir keinen Halt. Ich war durchängstigt. Doch ich war auch wachsam konzentriert, auf das was mir bevorstand. Hier war der Ort zum Aufgeben. Hier war ich sicher. Sobald wir unterwegs waren zur Turnhalle, sobald ich eintauchte in den alltäglichen Schülerfortlauf, sobald man mich also sah, gab es kein Umkehren mehr. Hierbleiben, Schulaufgaben machen und dann nach Hause. Unbeschadet, aber feige. Der Ehrgeiz siegte. Ich wollte Punkte sammeln, wollte etwas vorweisen können. Die sportliche Gier nach Punkten hatte mich gepackt und trieb mich in die Fänge der Angst.

So gingen wir los. Die Treppe runter, an eilenden Lehrpersonen und Schülern vorbei. Schwermütig hielt ich meinen Blick geradeaus gerichtet. Seitlich verzerrte sich alles. Herr Lichte war da. Das spürte ich noch. Aber plötzlich störte er. *Soll er wirklich beim Sportunterricht auf einer Holzbank sitzen und jeden meiner Schritte verfolgen? Wie ein Vater, der sein Kind beim ersten Spiel auf dem Spielplatz nicht aus den Augen lässt, aus lauter Angst, es könnte stürzen.* Zu der Turnhalle führte ein langer, überdachter Laubengang seitlich am Schulhof entlang. Wir waren ihn vielleicht ein Drittel gegangen, da sah ich am Ende des unendlich wirkenden Schlauches meine Mitschüler stehen. Sie warteten darauf, von der Sportlehrerin herein geholt zu werden. Ein Mitschüler sah mich, zeigte auf uns und plötzlich waren viele Blicke auf mich gerichtet. Ich blieb kurz stehen. Kotze hing mir gefühlt auf Kehlkopfhöhe. Die Welt um mich herum wankte. Bäume verschwammen in ihren Bewegungen. Stromernde Schüler verwischten in ihrer Umtriebigkeit. Herr Lichte blickte mir besonnen in die Augen. Er war auf alles vorbereitet.

„Ab hier gehe ich alleine." Tief in mir war etwas erwacht, was dafür sorgte, dass dieser Satz vollendet hervorkam. Er stand für sich, brauchte keinen Nachtrag. Herr Lichte konnte sich ein stolzes Lächeln nicht verkneifen.

„Ist gut. Viel Erfolg! Ich warte noch ein paar Minuten auf dem Schulhof auf dich. Wenn die Stunde losgegangen ist, bin ich oben in unserem Raum. Da bin ich die ganze Zeit. Wenn Sport vorbei ist, warte ich hier wieder auf dich."

Ich nickte und ging wortlos weiter. Den Mitschülern entgegen. Allein im Abteil. Bei Rekordgeschwindigkeit. Nun blickten mich alle an, als sähen sie ein Alien auf sie zukommen. Ich steuerte auf meine Freunde zu, von denen ich nicht wusste, ob sie überhaupt noch meine Freunde waren. Mit dem Rest wollte ich erst einmal nichts zu tun haben. Kasper, Kilian und Ihlas und noch einige Jungs standen an die Wand der Turnhalle gelehnt. Sie strahlten. Ihlas war als erster bei mir.

„Hugo. Du hier? Geil. Bist du jetzt wieder da?"

„Ich mache erstmal nur Sport mit. Mal gucken."

Die Freunde begrüßten mich und klopften mir aufmunternd auf die Schulter. Ich war wieder da. Doch ich gehörte nicht dazu. Ich war nur einer, der mal eben Sport mitmachte. Alles, worüber sie in der Umkleidekabine sprachen, ging mich nichts an. Erlebnisse aus anderen Unterrichtsstunden, an denen ich nicht teilgenommen hatte. Insider, die ich nicht verstand. Unterrichtsinhalte, die ich nicht mit ihnen erarbeitet hatte.

Wenn eine Fliese aus einem Mosaik bricht, bleibt das Mosaik bestehen. Aus der Ferne betrachtet, ist immer noch zu erkennen, was das Mosaik darstellen soll. Doch wer nah herangeht, dem fällt auf, dass ein kleines Steinchen herausgebrochen ist. Es fehlt und hinterlässt eine kleine Lücke. Die zerbrochene Fliese kann durch eine neue ersetzt werden. Dann gewinnt das Mosaik, auch aus der Nähe, ihre alte Schönheit zurück. Wenn aber die zerbrochene Fliese gekittet und anschließend wieder eingefügt wird, passt sie nicht mehr perfekt ins Bild. Man sieht stets den Sprung, der sie durchzieht. Die anderen Steinchen sind unverändert, heile, haben keinen sichtbaren Riss. Sie passen perfekt in die Stelle, an der sie schon immer waren.

So schritt ich, betäubt von meiner Abnormität, in die Turnhalle. Frau Jankowski trat direkt auf mich zu und streichelte mir die Haare.

„Hugo! Wie schön, dass du da bist."

Frau Jankowski war eine jüngere Lehrerin mit einem so dermaßen heißen Körper. Sie trug immer eine enge Sportleggings, die die Rundung ihres schönen Pos perfekt nachzeichnete. Sie hatte ein helles Gesicht mit nicht zu kräftigen aber doch vollen Lippen. Ihre Brüste konnte ich nicht so ganz einschätzen, aber ich malte sie mir in meinen Tagträumen als wundervoll aus. Sie freute sich wirklich über meine Teilnahme am Sportunterricht. Das merkte ich. Und das überdeckte für den Moment meine sichtbaren Risse und ließ mich dazugehören. Ich war Teil des Mosaiks.

Wir spielten Basketball. Je länger der Unterricht lief, desto mehr gehörte ich dazu. Ich spielte gut. Das brachte mir sofort spürbare Anerkennung zurück, die mir so gefehlt hatte. Die Mädchen warfen schüchterne, aber interessierte Blicke auf mich und die Jungs nahmen mich nach und nach immer ernsthafter in ihren Kreis auf. Wir lachten laut, als Sabine einen Basketball direkt an ihren Hinterkopf bekam und wie eine Bahnschranke zu Boden ging. Es war das Gesprächsthema Nummer eins in der Umkleidekabine nach Ende der Doppelstunde. Nun waren wir unter uns und konnten die Szene, ohne Beisein der Mädchen, noch einmal ausgiebig nachspielen. Ihlas lag vor lauter Lachen, mit Tränen in den Augen, auf dem Boden. Sami stampfte vor Freude mit der Sohle auf. Ich lachte ausgelassen mit, stellte auch nochmal nach, wie sie aus meiner Sicht zu Boden gegangen war und alle kicherten erneut. Ich war dabei, konnte mitreden. Ich konnte mich an einem schwachen Moment einer Mitschülerin aufs Podest der Mitschüler hochziehen, war Teil eines Insiders.

Als das geifernde Getöse sich gelegt hatte und wir alle klassenzimmertauglich gekleidet waren, schubste Kasper mich wieder vom Podest der Gleichgesinnten.

„Ey, Hugo, kommst du mit zu Geschichte?"

Betrübt wich ich seinem Blick aus und schüttelte nur den Kopf.

„Okay. Dann bis bald. Wir gehen schonmal."

Und so leerte sich die Umkleidekabine schneller, als ich gucken konnte. Bleierne Stille blieb in dem Raum zurück, der eben noch gefüllt war von jungenhafter Leichtsinnigkeit. Kurz atmete ich die bitter gewordene Schweißluft ein und verließ auch die Kabine.

Ich traf Herrn Lichte direkt in der Laube. Er war mir schon entgegengekommen, hatte meine Klasse weggehen sehen. Er strahlte.

„Na? Und?" Erwartungsvoll strahlten seine blauen Augen auf mich herunter.

Ich nickte. Und plötzlich schüttelte ich die Schwere der jäh wieder eingekehrten Abgeschiedenheit ab. Ein Funken Stolz durchschoss mich und rang mir ein Lächeln ab.

„Zwei Punkte!"

Er nickte und schlug mir wuchtig auf die linke Schulter, dass es mich einmal ordentlich durchschüttelte.

„Zwei Punkte!", wiederholte er.

„Ich glaube, wir schenken uns jetzt mal weitere Schularbeiten und gehen ein Stück Kuchen essen. Oder?"

Ich lächelte.

Wenig später saßen wir, jeder mit einem üppigen Kuchen samt Sahnebeilage vor der Nase, in der Bäckerei nahe meiner Schule. Ich war froh, dass wir uns für das Geschaffte belohnten und weitere Schularbeiten schwänzten. So schwang das Gefühl von Normalität noch etwas in mir nach. Kurzzeitig war ich wieder ein Junge gewesen, der sich zwischen schwitzenden Mitschülern über einen Fauxpas lustig machen konnte, dessen

Hauptakteur er ausnahmsweise mal nicht gewesen war. Herr Lichte schob meinen dampfenden Kakao zur Seite, hob die Teller mit Kuchen auf den unmittelbar angrenzenden Nebentisch, an dem niemand saß, und breitete das Din A3-Papier aus, welches wir vor kurzem angelegt hatten. Er hatte es in einer festen Plakatrolle aus Pappe transportiert, sodass diesem bedeutenden Dokument kein Schaden zukam. Warmer Stolz krabbelte in mir hoch. Aus Angst, dass Herr Lichte meinen Anflug von hochmütigen Selbstwertgefühlen wahrnahm, griff ich zu meiner Tasse Kakao und verbrannte mir bei einem völlig überhasteten Schluckversuch Zunge und Gaumen.

Er zog indes zwei Linien: eine Y-Achse und eine X-Achse. Die Y-Achse stattete er mit Zahlen von 1-6 aus. Bei einem Zentimeter zeichnete er auf der X-Achse einen Strich ein. Diesen Zwischenraum kennzeichnete er mit dem heutigen Datum.

„So! Heute hast du zwei Punkte geholt. Zwei Stunden Sport. 1+1."

Ich nickte und fuhr mit der rau gewordenen Zunge über meinen Gaumen. Langsam kam das Gefühl zurück.

Herr Lichte zeichnete ein Balkendiagramm bis zum Punkt 2 auf der Y-Achse. Anschließend schraffierte er den Balken blau. Dann drehte er das Plakat zu mir und lächelte mir erwartungsvoll zu.

„Das sind deine ersten Punkte. Toll! Mal schauen, wie es weitergeht."

Bedächtig nickte ich. *Wie es weitergeht.* Trüber Dunst machte sich über der Hochstimmung breit. *Wie es weitergeht.*

Kann man nicht einfach mal kurz zufrieden sein, mit dem, was man gerade geschafft hat? Muss denn immer schon der nächste Schritt anvisiert werden?

Ich bemühte mich, dieses aufziehende Unwetter in mir zu vertreiben, doch es gelang mir nicht. So trank ich beklommen meinen Kakao aus, kratzte den Teller bis auf den letzten Flecken Sahne aus und machte Anstalten für einen Abschied. Es war wieder etwas zwischen uns getreten. Eine Rastlosigkeit. Eine unliebsame Betriebsamkeit. Zwei Punkte hatte ich geholt. Dieser Wert würde in Zukunft Standard sein. Weniger war eine Enttäuschung. Es gab keine drei Sportstunden in der Woche, weshalb mir klar wurde, dass ich die restlichen Punkte aus einem „normalen" Schulfach ergattern musste. Doch trotz der Schularbeiten, die Herr Lichte und ich immer machten, fühlte ich mich weit entfernt vom normalunterrichtlichen Geschehen. In Sport konnte ich nahtlos anknüpfen. Dort fielen die Risse in meinem Mosaiksteinchen nicht so auf. Doch in den Fächern, in denen es auf Inhalt ankam, in denen man sich melden und mit Wissen glänzen musste, würde schnell auffallen, dass meine Fliese aus der Reihe fiel.

Wir trennten uns vor unserer Haustür. Das Lob bei der Verabschiedung kam nun nicht mehr bei mir an. Zu düster waren die Wolken, die über mir aufgezogen waren, zu stark der Druck der Angst, der mich zerquetschen wollte. Ich ließ Herrn Lichte abfahren und schaute seinem Fahrrad hinterher. Ich lehnte mich mit dem Rücken gegen die hölzerne Eingangstür und schaute in die nackten Kronen der Platanenallee hoch. Im Winter waren sie machtlos gegen den nebligen Himmel, der von oben herabdrückte. Aller Zusammenhalt, diese Macht, die der Tunnel aus Blättern gegen die kräftige Sommersonne zu bieten hatte, fehlte nun. Die Eiseskälte, die von oben herabstürzte, konnte ungehindert eindringen in die Straße, in die Seelen der Menschen, in mein verängstigtes Inneres. *Wie es weitergeht. Der nächste Schritt.* Ich schüttelte mich kurz, wie als würde ich die schlechte Stimmung auf der Straße zurücklassen wollen, und schloss die Tür auf. Wohlige Sicherheit hüllte mich im Treppenhaus ein. Zwei Treppen auf einmal nehmend, hastete ich hoch. *Scheiß drauf, wie es weitergeht! Ihr könnt mich alle mal!* Ich legte eine neue CD in meine Stereoanlage ein und skippte zu *F.A.Y.* von Masta Ace. Beim Refrain streckte ich beide Mittelfinger in alle Richtungen meines Zimmers.

ZEHN MONATE & DREI WOCHEN

Mein vierzehnter Geburtstag stand kurz bevor. Ich erinnerte mich gut daran, wie meine Freunde und ich im vergangenen Jahr in der Soccerhalle ein ambitioniertes Fußballturnier ausgetragen hatten. Im Anschluss hatte es Pizza bei uns zuhause gegeben. Es war ein jungenhafter, sorgloser Tag gewesen, an dem ich im Mittelpunkt gestanden und gesehen hatte, was ich besaß: Freunde, die mir obendrein noch schöne Geschenke machten. Nun lauerte ich diesem Tag niedergeschlagen und zweifelnd auf. *Wird überhaupt jemand kommen?* Wie ich es auch drehte und wendete. Ich war in der Zwickmühle.

Ich kann unmöglich die Sport- und Schulfreunde mischen, womöglich werden dann noch Infos ausgetauscht, die mir schaden könnten. Wenn nur Lacrosseleute kommen, werden sie sich wundern, dass keine Schulfreunde da sind.

Meine Mutter bewegte mich eines Tages zu einer Entscheidung. Wir saßen beim Abendessen.

„Wie möchtest du denn jetzt eigentlich deinen Geburtstag feiern?"

Ihre Frage implizierte gar nicht die Möglichkeit, dass kein Fest stattfinden würde. Sie versuchte, etwas Normalität zu stiften, wo ich sie nicht finden konnte. Da ich keine Lust auf ein Pro- und Contra-Gespräch hatte, entschied ich mich spontan und intuitiv.

„Gar nicht."

Meine Mutter widmete sich ihrem Brot und ließ weitere Nachfragen sein. Ich schämte mich für den Sohn, der ich war. Meine Mutter, die Gesellschaft liebte, die Feste feierte, wie sie fielen, die großzügig einlud und sich als Gastgeberin vorteilhaft zu positionieren wusste. Und ich, der seinen 14. Geburtstag ausfallen lassen wollte, der diesen Tag am liebsten überspringen würde, um zu verpassen, was fehlte. Wie ich es auch hin- und herdachte, es gab für mich kein vorstellbares Setting, mich selbst zu feiern.

Mein Geburtstag fiel auf einen Montag und montags waren Herr Lichte und ich immer in der Beratungsstelle, da unser Raum in der Schule an diesem Tag anderweitig geblockt war. Er stellte mir an diesem Tag einen Muffin mit einer kleinen Kerze vor die Nase und gratulierte mir herzlich, aber wenig überschwänglich.

„Glaub' nicht, dass ich jetzt für dich singe.", belächelte er mich freundschaftlich. Ich war damit sehr einverstanden.

„Nee, nee. Bitte nicht! Danke."

Und so saßen wir einige Momente voreinander und betrachteten die kleine Lebenskerze, die auf dem Muffin herunterbrannte, ohne etwas dazu zu sagen. Kurz bevor das flüssige Wachs den Teig traf, pustete ich sie aus und schaute erwartungsvoll hoch.

„Hast du etwas von deinem Vater geschenkt bekommen?"

„Nur einen Brief. Hab' ich aber nicht aufgemacht."

Herr Lichte nickte nachdenklich.

„Anfangen?"

„Anfangen."

Wir kümmerten uns um Deutsch, Englisch, Französisch und Mathe und spielten zwischendurch Volleyball. Auf dem Scoreboard war nichts einzutragen. Ich war nun insgesamt dreimal bei Sport gewesen, hatte also dreimal zwei Punkte geholt. Die Balken gingen ineinander über, ohne Abfall und ohne Steigerung. Es war wieder eine trügerische Routine eingekehrt. Montags und donnerstags Beratungsstelle, dienstags eine Stunde in unserem Raum in der Schule und zwei Stunden Sport mit der Klasse, mittwochs und freitags, mangels Sportunterrichtes, nur im Raum. Statt der Angst weiter entgegen zu gehen, bewahrte ich einen wirkungslosen Sicherheitsabstand. Und das breitete sich, wie immer, auch auf die Stimmung aller Beteiligten aus. Meine Mutter scharrte mit den Hufen, ohne absichtlich Ungeduld zu zeigen. Herr Lichte setzte sachte Vorstöße, versuchte mir den Weg zu weisen. Frau Vergille probierte mit mir in unseren Sitzungen, die mittlerweile nur noch alle zwei Wochen stattfanden, Gedankenreisen in fiktive Unterrichtsstunden vorzunehmen, die praktisch noch fernlagen. Einfach, um mich auf alle Eventualitäten vorzubereiten. Doch der Moment musste sich mir im Schlachtfeld bieten. Ich musste selbst bereit sein und niemand anders. Herr Lichte würde mich bis zur Schwelle begleiten können, doch ab dann war ich auf mich allein gestellt. Weil ich es so entschieden hatte, da ich, wenn überhaupt, dem Endgegner eigenständig gegenüberstehen wollte. Zumindest insoweit musste ich mein entstelltes Gesicht noch wahren. Doch sah ich diesen Tag noch nicht. Er war mir fern und das machte mir Angst. Jede Stagnation ließ die Worte Psychiatrie, Jugendamt und Sorgerechtsstreit in mir Achterbahn fahren. Bei jedem Looping hinterließen sie Spuren der Verwüstung, gegen die ich mich doch aufbäumen musste. Doch wie und vor allem wann?

Mein Geburtstag verstrich ohne große Ausgelassenheit.

Als ich aus der Beratungsstelle nach Hause kam, wartete der nächste Kuchen auf mich: eine Negerkusstorte. So hieß die damals. Das muss man sich mal vorstellen! Katastrophal, aber lecker. Okay, also eine: Schokokusstorte. Ich wünschte sie mir seit mindestens einem Jahrzehnt zum Geburtstag. Daher kam beim Essen auch etwas Stimmung auf, doch was ist ein Geburtstagskuchen ohne Freunde, die mitessen. Sie kamen nicht. Ich hatte sie ja auch nicht eingeladen. Ich wollte keinen Ausflug mit meiner Mutter machen. Ich hatte ihr auch verboten, Leute einzuladen. Ich stellte mich für diesen Tag tot und trieb die Zeit zum Spurt an. Wieder hatte ich Post von meinem Vater und meiner Oma bekommen, die ich diesmal unter keinen Umständen lesen wollte. Ungeöffnet räumte meine Mutter sie vom Geschenketisch. Heute war nicht der Tag, um mich auch noch fertig machen zu lassen, mir Vorwürfe anzuhören, Schuldzuweisungen auf unserer Seite einschlagen zu spüren. Jeder Anruf wurde auf dem Display auf Sicherheit überprüft und nur bei ausgeschlossener Gefahr wurde abgehoben. Da musste meine Mutter heute auch mitmachen. Wir verbrachten den Tag auf dem Sofa, betäubten die Sehnsüchte mit Daily-Soaps und sahen zu, dass wir zumindest die Hälfte des Kuchens wegbekamen, um so zu tun, als wäre jemand da gewesen.

Abends lag ich im Bett und weinte bitterliche Tränen. Ich war so einsam, fühlte mich so falsch. *Welcher Vierzehnjährige feiert schon seinen Geburtstag nicht?* Ich lag auf dem Bauch und vergrub mein Gesicht im Kissen, sodass die Tränen im Bezug versiegten. Plötzlich durchfuhr mich ein Verlangen, etwas zu ändern. Ich krallte mich im Laken fest und schrie so laut ins Kissen, wie ich konnte. „Maaaaaaaaaaaaaaaaaaaaaaaaaaaaaaaa-aaaaaaaaaaaaaaaaaaaaaaaaaaaaaaaaaaaaaaaaaaaaaaaaaaaaaaaaaaaaaaaaaaaaaaaaaaaaaaaaaaaaaaaaaaaaaaaaaaan! Was mache ich hiiiiii iiiiiiiiiiiiiiiiiiiiiiiiiiiiiier?"

Ich hatte einen Geburtstag in meinem Leben verschenkt, verschenkt an die Angst, an die Scheu, an die Scham. Ich boxte auf meine Matratze ein.

„F u u u u u u u u u u u u u u u u u u u u u u u u u u u - uuuuuuuuuuuuuuuuuuuuuuuuuuuuuuuuuuuuuuuuuuuck! Ich habe da keinen Bock mehr drauuuuuuuuuuuuuuuuuuuuuuuf!"
Das Salz in meinen Augen machte sie müde. Ich schlief nicht viel später ein, doch irgendwas in mir speicherte diese Wut auf mich, diesen Drang nach Veränderung, nach Normalität, in meinen Zellen und verbreitete all das von Körperteil zu Körperteil. Als ich aus meinem Geburtstag herausschlief, stand etwas in mir auf.

DIENSTAG

Wieder einmal stand ich, umringt von schwitzenden Klassenkameraden, in der Umkleidekabine. Sportunterricht war heute nur mittelmäßig gewesen. Wir hatten Hochsprung gemacht. Nicht so mein Fall! Aber ich hatte wieder tiefe Schlucke aus dem Normalitätsglas getrunken, die mir so guttaten, die sich, warm wie wohltuender Tee, im ganzen Körper ausbreiteten. Doch nun stand ich, wie jede Woche, vor dem Ausgang. Raus aus der Normalität in die Abgeschiedenheit eines Sonderlings. Meine Sprüche wurden leiser. Ich konzentrierte mich aufs Umziehen, nahm kaum noch teil an den Kabinengesprächen. Plötzlich rief Kasper quer durch den Raum:

„Ey, Hugo, kommst du jetzt noch mit zu Geschichte?"

Ich drehte mich um und spürte mindestens zehn Augenpaare erwartungsschwer auf mich gerichtet. Was sollte ich schon sagen? Außerdem wallte der wütende Tatendrang des gestrigen Abends wieder in mir auf.

„Ja.", antwortete ich möglichst bestimmt.

Ihlas, der sich neben mir umzog, schlug mir kräftig auf den Rücken, wie wir das früher häufig gemacht hatten.

„Sauber!"

Dieser Moment glich einer ganzen Tasse Normalität, die mir eingeflößt wurde.

Ich zog mich schneller um und hängte mich kleinmütig an meine Freunde ran. Sie durchgingen zielstrebig den Laubengang Richtung Klassenzimmer, während in mir Kräfte gegeneinander arbeiteten, ihnen hinterher und in die entgegengesetzte Richtung. Ich bemühte mich, an der Gruppe dranzubleiben. Dann sah ich Herrn Lichte vom Schulhof auf uns zu kommen. Die Jungs wurden langsamer, still und unsicher. Es war ihnen sichtlich unangenehm.

„Ich gehe mit zu Geschichte.", rief ich ihm schnell zu und ging, ohne innezuhalten, weiter. Die Jungs schauten sich noch einmal nach Herrn Lichte um, der mich nur kurz angelächelt hatte und dann fraglos auf den Schulhof umgekehrt war. Nun war ich wieder der Sonderling, der einen Schulbegleiter brauchte. Ich merkte, wie kurios meine Freunde das alles fanden, aber sie machten keinen blöden Spruch. Sie gingen einfach weiter und ich versuchte so zu tun, als wäre nichts passiert.

„Was ist denn eigentlich Thema in Geschichte?", lenkte ich schüchtern ab.

„Französische Revolution.", antworteten mir drei Stimmen auf einmal.

„Fffffff.", pustete ich möglichst lässig und desinteressiert wirkend zwischen meinen Zähnen hervor.

„Ja, mega lame!", reagierte Kilian.

Wir hatten die Pausenhalle durchquert und kamen in den Flur, in dem die Klassenzimmer lagen. Der drückende Geruch legte sich ohne Rücksicht in meine Nase. Ich ging durch das Abteil meines Zuges, den Freunden hinterher. Aber ich zog einen schweren Koffer hinter mir, der bei steigender Geschwindigkeit immer schwerer und schwerer wurde. Ich hatte große Mühe, Schritt zu halten. Merkten die Jungs denn gar nicht, wie wir rasten? Der wackelnde Zug warf meinen schweren Koffer und mich hin und her. Dann bogen wir in unser Klassenzimmer ein. Seit fast zehn Monaten war ich nicht mehr hier gewesen.

Es hatte sich nichts verändert, nur die Sitzordnung war eine andere geworden. Dort, wo ich gesessen hatte, saß jetzt Clara. Ich blieb im Eingang stehen, zurück im Abteil, während alle ihren Sitzplatz gefunden hatten und mir klar wurde, dass ich nicht reserviert hatte. Alle schmissen zielgewiss ihre Rucksäcke an den eigenen Plätzen ab. Doch wo sollte ich hin? Ich gehörte hier nicht mehr her. In dem Mosaik war kein Platz mehr für meine Fliese, auf der gerade wieder die Risse sichtbar hervortraten. Ich stand da, wie gelähmt. Es ging nicht weiter. Ein ausgeprägter Fluchtinstinkt durchschoss mich. *Weg hier.* Übelkeit bäumte sich auf. Mein Magen verkrampfte sich. Beide Handflächen wurden feucht. Niemand half mir. Ich drehte mich um, doch da stand schon Herr Ebert in der Tür. Er hatte mich noch nicht gesehen, weil er mit einer Kollegin sprach, die in das gegenüberliegende Klassenzimmer wollte. Mein Fluchtweg war versperrt. Eine kalte Schweißperle kullerte sekundenschnell meinen Rücken runter, in die Unterhose hinein. Dann sah er mich.

„Ach, Hugo. Hallo. Schön. SO, alle hinsetzen!"
Er zog die Tür hinter sich zu und schob sich an mir vorbei. Das war es schon. Mehr Aufmerksamkeit gab es nicht. Doch wo sollte ich mich hinsetzen? Herr Ebert stellte seinen ledernen Aktenkoffer auf dem Pult ab und ließ einen strengen Blick durch den Raum schweifen. Ich stand immer noch an der Tür, wie ein Ausgestoßener, wie eine demolierte Mosaikfliese. Der Zug raste. Ich wollte fliehen.

„Alle setzen jetzt. Wir wollen anfangen. Hugo, worauf wartest du? Machst du mit?"
Hilflos nickte ich.

„Aber…", ich musste mich räuspern. Unsicherheit ließ mich wanken.

„…Wohin… Chrm chrmmm… Soll ich mich setzen?"

„Och, Hugo. Hier und hier oder da. Such es dir aus. Wir wollen anfangen!"

Ich entschied mich für einen Platz in der dritten Reihe neben einem stillen Mädchen namens Mila. Ich ließ mich auf den Stuhl fallen, erleichtert, endlich einen Platz im Gefüge gefunden zu haben. Mila rückte instinktiv etwas in die entgegengesetzte Richtung und machte mir Platz auf dem Tisch. Unbeholfen angelte ich Block und Etui aus meinem Rucksack und verhielt mich ruhig. *Bloß nicht zu sehr auffallen jetzt hier.* Aus der Ferne war das Mosaik jetzt vollständig. Aus der Ferne.

„So, wer erzählt denn Hugo mal, worüber wir letzte Woche gesprochen haben?"

Die Geschichtsstunde plätscherte so dahin, wie es eine typische Geschichtsstunde eben tut, in winzigen Tröpfchen, bis das Fass dann irgendwann mal voll ist. Mir entging nichts, kein Wort, keine Frage, kein Inhalt. Aus Angst, irgendwas gefragt zu werden oder wiederholen zu müssen, saß ich erwartungsgespannt aufrecht auf dem harten Holzstuhl. Nicht einmal Mara konnte mich ablenken. Jetzt, wo ich sie endlich wieder anschauen konnte, musste ich mich auf etwas anderes konzentrieren. Doch meine Stimme hörte man nicht. Hätte jemand gelauscht, wäre ich nicht dagewesen. Ich konnte wieder einmal nicht mitreden. Das Thema ging mich nichts an. Ich war nicht Teil der Französischen Revolution. Selbst wenn ich dazu etwas gewusst hätte, hätte ich mich nicht geäußert. Meine Stimme blieb stumm.

Dann gongte es. Schulschluss, welch zauberhaftes,

schwungvolles Wort. Herr Ebert ging, ohne mich besonders zu beachten. Ich packte meinen Block und mein Etui ein und folgte meinen Freunden aus dem muffigen Klassenraum. Ich redete nicht mit, versuchte nur Schritt zu halten. Dabei suchte ich die Umgebung nach Herrn Lichte ab. Er war nirgends zu sehen, weder vor dem Klassenraum, noch in der Pausenhalle, noch vor der Schule. Er war wohl schon gefahren. Ein Gefühl von Unabhängigkeit flackerte in mir auf und brachte Selbstvertrauen. Ich legte an Tempo zu und positionierte mich mittig in der Jungengruppe. Ich wollte jetzt mitreden. Endlich wieder einmal war ich Teil des Stroms auf dem Weg zur Bushaltestelle.

„Roy Makaay ist locker zehnmal besser als Pizarro, ey.", schmetterte Kilian raus.

„Aber keiner von beiden ist so gut wie Miro Klose.", steuerte ich entschieden bei.

Nickende Zustimmung, die mich bestärkte.

„Nicht zu vergessen: Carsten Ramelow und Jens Jeremies!", legte ich mit ironischem Tonfall nach.

„Hahahahahahahaha." Die Gruppe lachte laut. Selten hatte mich ein Lachen so einbalsamiert, wie dieses. Ich fühlte mich anerkannt. Und das auf dem Schulweg.

„Und was ist mit Crischy Wörns?", prustete Kasper hervor.

„In den letzten Wochen spiel' ich eigentlich überragend.", imitierte ich einen Interviewausschnitt von Christian Wörns, der als TV-Total-Nippel bekannt geworden war.

Wieder lachten alle ausgelassen.

Dann kamen wir an der Bushaltestelle an. Hier musste ich abbiegen, nach Hause. Ich verabschiedete mich von den Jungs per Handschlag. Traurig, dass der Weg schon vorbei war, auf dem sich vieles so angefühlt hatte wie früher.

„Bis morgen?", stellte Ihlas die Masterfrage.

„Bis morgen!", antworte ich, ohne nachzudenken.

Dann ging ich, schmeckte noch etwas die heitere Luft der Normalität nach, während mir die Bedeutung meines soeben verkündeten Versprechens deutlich wurde. *Bis morgen. Du Hornochse. Was hast du da bloß zugesagt?*

MITTWOCH

Am nächsten Tag saß ich um viertel nach sieben mit Herrn Lichte an unserem Küchentisch. Ich hatte ihn am Vortag angerufen und ihm von meinem Erfolg und dem überstürzten Versprechen für den heutigen Tag erzählt. Daher mussten wir uns bereits vor Schulbeginn treffen, um Einiges zu besprechen. Zuerst mussten meine errungenen Punkte eingetragen werden. Schließlich hatte ich die die dauerhafte Bestmarke von zwei Punkten für den Sportunterricht überboten.

„Zwei Punkte für Sport und zusätzliche drei Punkte für die Geschichtsstunde machen zusammen fünf Punkte. Neuer Rekord! Super, Hugo!"
Während er den neuen Balken in das Diagramm einfügte, setzte meine Mutter ihm einen dampfenden Kaffee vor. Ich löffelte indes halb zufrieden und halb erwartungsschwer in meinem viel zu gesunden Müsli herum. *Was haben Nüsse, Rosinen und Bananenchips bloß in Müsli zu suchen? Und das schon so früh morgens? Wie soll ich da irgendwas herunterbekommen? Widerlich!* Herr Lichte schüttete zwei Teelöffel Zucker in seinen Kaffee und rührte dann gemächlich um.

„Und heute möchtest du nachlegen?" Herr Lichte blickte mich mit leuchtenden Augen an. Meine Mutter stand im Türrahmen. Sie lächelte schief, wie sie das so oft tat. Zuerst hob sich nämlich bei ihr der rechte Mundwinkel, der linke folgte immer etwas später. Genau wie bei mir.

„Ich glaube ja."

„Und du möchtest deine Freunde schon am Bus treffen und mit ihnen zur Schule gehen?"

„Ja. Ich warte dann gleich am Bus auf sie."

„Ist gut. Ich werde etwas später losgehen und in unserem Raum auf dich warten, falls etwas ist. Wenn alles gutgeht, werde ich nach der dritten Stunde fahren, okay?"

Ich nickte. Meine Mutter nickte komischerweise für mich mit. Dann lächelte sie mir warmherzig zu und sagte:

„Du schaffst das!"

Diesmal nickte Herr Lichte bestätigend.

„Chemie, Deutsch, Kunst, Englisch, Mathe und Religion...", er fuhr mit seinem Kugelschreiber die Punkteskala ab. „...würde einundzwanzig Punkte ergeben. Von fünf auf einundzwanzig. Großes Ziel!"

Sofort legte sich ein Gewicht auf meine Magengegend, das jeden weiteren Löffel Müsli verhinderte. Ich stand auf und stellte das Müsli in den Kühlschrank, ich würde es später aufessen müssen, beziehungsweise heimlich ins Klo kippen. Dann machte ich mich fertig, denn etwas in mir wollte diese 21 Punkte mit aller Macht an mich reißen. Das wäre mal ein Erfolg, den man in die Welt hinausschreien könnte. *Mama, Papa, Jugendamt, Frau Vergille, Psychiatrie, alle hergehört: Hugo holt mit einem ganzem Schultag 21 Punkte.* Ich wollte mal wieder für Stolz sorgen, für Normalität, die sich für mich als Endgegner verkleidet hatte. Ich wollte das! Unbedingt!

„Ich trinke meinen Kaffee noch aus und gehe dann los."

„Ich warte noch, bis Herr Lichte geht. Ich habe dich lieb." Mit diesen Worten entließen mich die beiden guten Komplizen hinaus ins Haifischbecken. Schon im Treppenhaus merkte ich, dass ich allein war, schrecklich allein. Ich hatte mich dafür entschieden, meinen Mitstreiter gegen die Angst mit seinem Pott Kaffee in der Küche sitzen zu lassen. Keiner ging schützend, leicht versetzt, neben mir her. Keine ruhige, verlässliche Aura des Verständnisses und der bedingungslosen Treue schob mich voran. Ich war auf mich allein gestellt. Und diese Neuerung traf mich kurzzeitig völlig unvorbereitet. Bevor ich die schwere Haustür öffnete, hielt ich kurz inne. *Hier warten? Mit Herrn Lichte in die Schule gehen? Auf Nummer Sicher? Es gibt die Kammer der Sicherheit noch. Diese Möglichkeit besteht. Null Punkte... Wieder null Punkte.*

Etwas zu energisch riss ich die Tür auf und stand im Freien. Überraschende Milde empfing mich. Ich atmete einmal tief ein und dann aus und ging auf die Bushaltestelle zu. Ich schaute auf meine Casio-Uhr. Noch 3 Minuten, bis der Bus vorfuhr, der meine Freunde mitbrachte. Ich lehnte mich gegen eine Laterne und kämpfte gegen einen überraschend geringen Drang an, dem jetzt hier zu entfliehen. *Null Punkte. Einundzwanzig Punkte. Willst du fliehen oder siegen?*

Mit den Augen verfolgte ich die letzten hundert Meter, die der Bus auf die Station zufuhr. Ächzend hielt er an und spuckte eine wilde Menge an Schülerinnen und Schülern jeden Alters aus. Da waren auch Kasper, Kilian und Ihlas. Kilian sah mich zuerst. Sie schlenderten auf mich zu und schlugen ein.

„Du bist ja wirklich da. Cool!" Ich nickte. Wir gingen los. Auf dem Weg der Normalität, der für mich so lange der Weg der Angst und der Einsamkeit gewesen war, an der langen Hecke entlang, geradewegs auf die alte Platane zu. Kurz sagte niemand etwas. Dann sprach Kasper:

„Ist dein Psychiater heute gar nicht mit?"
Er schaute mich an, als hätte er da etwas völlig Selbstverständ-

liches gesagt, ohne jede Ahnung, was er damit anrichten könnte. Etwas drückte plötzlich tonnenschwer auf meinen Brustkorb. Die Luft wurde mir knapp. Ich kann nicht mehr sagen, ob ich darauf etwas entgegnete, da ich betäubt war, betäubt von der Atemnot, von der Übelkeit, von dem Wort, dass in mir nachschlidderte und alles mitriss, was eben vermeintlich noch heil gewesen war. Der Zug war nur in einer kurzen Frage von 0 auf 100 beschleunigt worden. Irgendwie brachte ich den Schulweg hinter mich. Ich sprach kein Wort. Die Jungs auch kaum. Alle waren noch müde. Es war noch ziemlich dunkel und kalt. Nur ich war hellwach, hellwach in meiner Panik, in meiner Verletztheit, in meiner Bloßstellung. *Mein Psychiater. Und das aus Kaspers Mund. Wie reden die in der Klasse eigentlich über mich. Hat er das von Frau Winckler? Oder von seinen Eltern?* Die Jungs hielten vor dem Vertretungsplan an. Ich wollte weiter, weg von hier.

„Jungs, ich geh mal pissen.", stammelte ich hervor, versucht, mir nichts anmerken zu lassen. Dann trabte ich schnellen Schrittes in die Pausenhalle. Ich hielt erst an, als die Toilettenkabine abgeschlossen war. Ich setzte mich auf die Toilette. In meiner Lunge sammelte sich langsam wieder Luft, stinkende Schulkloluft, aber immerhin Luft. Lautlose Tränen purzelten mir aus den Augen. Ich fühlte mich so nackt. *Psychiater. Dieser Wichser!* Wut packte mich.

Ich stand erst auf und spülte, als der Gong den Unterricht einläutete. Dann wusch ich mir die Tränen aus dem Gesicht und verließ das Jungenklo. Als ich wenig später in unser Quartier der Sicherheit eintrat, standen in Herrn Lichtes Augen tatsächlich einen kurzen Moment Überraschung und auch Enttäuschung geschrieben. Doch er fing sich schnell, drückte mich auf einen Stuhl und schloss sachte die Tür hinter mir.

„Erzähl."

„Vergiss, was Kasper gesagt hat! Auch wenn es schwer ist. Er weiß nicht, worüber er spricht und hat es sicher nicht böse gemeint. Man könnte als Außenstehender, wenn man keine Ahnung hat, ja denken, dass ich so etwas wie ein Psychiater von dir bin."

„Aber sind Sie doch gar nicht. Sie sind doch nur mein Schulbegleiter. Die denken jetzt alle, ich bin ein Psycho. So peinlich, ey."

„Ich sage dir jetzt mal was. Jugendliche vergessen sehr schnell. Kasper weiß wahrscheinlich jetzt schon nicht mehr, was er da vorhin zu dir gesagt hat. Und wenn du morgen wieder zur Schule gegangen bist, haben sie schon wieder vergessen, dass du heute doch wieder weggegangen bist. Sie haben ganz andere Sachen im Kopf, ihren eigenen Kram, ihre eigenen Sorgen. Du hast in den letzten Wochen so viel geschafft, so große Schritte bist du gegangen in Richtung deiner Angst. Lass dich von diesem blöden Satz jetzt nicht aufhalten!"

Mir war schwindelig. Alles hallte in mir nach und schüttelte mich, brachte mich aus dem Gleichgewicht, doch Herr Lichtes Worte waren angekommen, hatten sich dort festgesetzt, wo ich ruhig war, wo es nicht wankte.

Der Tag war gelaufen. Ich hatte keine Lust auf Schularbeiten. Herr Lichte akzeptierte das und brachte mich nach Hause. Er forderte auch keinen neuen Schlachtplan von mir ein oder zwängte mir einen auf. Er beließ es bei:

„Bis Morgen um acht! Ruh dich etwas aus."

Mit hängenden Schultern und gesenktem Blick schleppte ich

mich die Treppen hoch in unsere Wohnung. Auf dem Weg durch mein Zimmer schmiss ich den Rucksack ab und streifte mir die Klamotten bis auf die Boxershorts vom Körper und kletterte ins Bett. Meine weiche Decke linderte die Entblößung, hüllte mich in Geborgenheit ein. Mit der Fernbedienung setzte ich eine Kassette in Gang und rollte mich ein. Es dauerte nicht lange, bis ich schlief.

ELF MONATE

Zwei Wochen später waren, anders als geplant, auf dem Scoreboard kaum Punkte hinzugekommen. Zwei Doppelstunden Sport hatte ich absolviert. Mehr nicht. Kasper hatte meine Rüstung wieder abgelegt und zugestochen. Unwissentlich!? Angeschlagen hatte ich einen Rückschritt vollzogen. Selbst das motivierende Punktesystem griff derzeit nicht mehr. Irgendwas in mir bremste mich. Es ging nicht mehr weiter. Der nächste Schritt war mir versperrt. Ich sah ihn, aber war unfähig ihn zu setzen. Meine Füße waren gefesselt, nicht fähig, mich der Angst entgegenzutragen.

Ich musste noch tiefer fallen. Mir musste noch deutlicher vor Augen geführt werden, wer, wie und was ich war.

Es gab Halbjahreszeugnisse. Meine Mutter holte meines aus der Schule ab und führte ein langes Gespräch mit Frau Winckler, während ich zuhause wartete, nichts Gutes ahnend. Nach einiger Zeit, die sich unendlich hingezogen hatte, kam meine Mutter nach Hause. Sie zog langsam ihre Jacke aus, kam mit ernstem Blick ins Wohnzimmer, nahm mir die Fernbedienung aus der Hand und schaltete den Fernseher aus. Dann legte sie ihr, in schwarzes Leder eingefasstes, Notizbuch vor sich auf den Tisch. Die Seiten waren eng und in eiliger Schrift beschrieben. Wieder einmal saß ich hilflos ins Polster gedrückt und bestimmte das Tempo und das Fahrtziel meines Zuges nicht. Ich verlor die Kontrolle über mich und meine Gefühle. Gehemmt schaute ich auf den flauschigen Wohnzimmerteppich herab. Aus den Augenwinkeln sah ich, wie meine Mutter eine hellblaue Mappe auf den Tisch legte, auf dem in schwarzen Lettern „Zeugnisse" prangte. Mit einem Lächeln legte sie mir das Zeugnis vor. Ich betrachtete es. Hinter jedem Fach stand ein „n/e" für „nicht erteilt". Oben rechts waren von 110 Schultagen 110 Fehltage vergeben. So ein Zeugnis hatte die Welt noch nicht gesehen. Ein Phantom. Ein Nichts. Ich existierte nicht mehr. Ich, das herausgebrochene Steinchen, war dem Mosaik nicht mehr beizufügen. Ich war weg. Vergessen. Nicht existent. Plötzlich fing meine Mutter an zu lachen. Verwirrt starrte ich sie an. *Ist das zum Lachen?* Es schüttelte sie plötzlich regelrecht vor Belustigung.

„Was ist so lustig?", fuhr ich sie an.

„Da drückt die mir so ein Zeugnis in die Hand... Hahahaha... Was sollen wir damit? Sollst du dich damit irgendwo bewerben? Hahaha."

Plötzlich musste ich irgendwie mitlachen, aber fühlte mich auch so grenzenlos wertlos. Ein Nichts, attestiert durch dieses Zeugnis.

„Tut mir leid. Ich mache mich nicht über dich lustig." Sie hatte sich beruhigt und mich erschlug die eigene Minderwertigkeit. Meine Mutter ließ dann ihre Augen über ihre Notizen fahren, als wollte sie sich noch einmal sammeln.

„Was hat sie denn nun gesagt?", drängelte ich ungeduldig.

Sie nahm meine linke Hand in ihre großen, warmen Hände.

„Sie können dich natürlich nicht versetzen mit diesem Zeugnis."

Ich nickte. Das hatte ich erwartet. Nur hatte ich die Folgegedanken gänzlich vermieden. Nächste Woche in eine andere Klasse zu müssen, wollte nicht in meinen Schädel rein und blieb daher draußen. Doch jetzt musste ich weiterdenken. Der Zug fuhr Spitzengeschwindigkeit, irgendwohin ins Ungewisse, wo ich nicht hinwollte. Eine eiserne Faust umfasste unnachgiebig meinen Magen.

„Aber Frau Winckler ist toll. Sie haben sich auf der Zeugniskonferenz eine gute Lösung für dich überlegt."
Ich blickte nur auf. Ich war bereit für das, was da kam, aber erwartete nichts, was mich befriedigen würde.

„Du wirst erst nach den Sommerferien zurückgestuft. Bis dahin hast du Zeit, dich wieder einzugliedern in den Schulbetrieb, in die Klasse, die dir vertraut ist. Du kannst schon wieder Noten machen, musst du aber auch nicht, da du eh zurückgestuft wirst. Und wegen G8 machst du dann irgendwann mit deinen Freunden zusammen Abitur. Ihr seid ja der Doppeljahrgang. Verstehst du? Du verlierst dadurch kein Jahr!"
Mit einem Mal sackte ich zurück ins Polster des Sofas. Meine Gedanken schwirrten unregelmäßig umher, wie Fledermäuse bei Einbruch der Nacht oder Schwalben, die ein aufziehendes Unwetter wittern. *Nicht versetzt. Neue Klasse. Aber erst im Sommer. Zusammen Abitur. G8. Ist das jetzt alles gut oder verdammt scheiße? Tag oder Nacht? Sonnenschein oder Gewitter?* Ich wusste es nicht.

ELF MONATE & ZWEI WOCHEN

Mit der Entscheidung der Zeugniskonferenz über meine Zukunft wurde ein wesentlicher Felsbrocken von meinem Weg geräumt, der mich unter anderem noch aufgehalten hatte: der Leistungsdruck. Denn eine Sache war mir schon irgendwie die ganze Zeit klar gewesen. Wenn ich meinen großen Gegner, die Schulangst, besiegt hatte, waren meine Belohnung mündliche Noten, Klassenarbeiten und Hausaufgaben. Normalität. Wie nah lag da ein sofortiger Rückfall in alte Muster? Sehr nah. Doch nun war mir diese Teiletappe, zumindest vorerst, abgenommen worden. *Eingliederung. In die vertraute Klasse. Noten machen, musst du aber auch nicht. Ab Sommer in einer neuen Klasse. Das ist ja noch weit weg.*

Und so hatte ich mich in den letzten zwei Wochen bei einem täglichen Punktedurchschnitt von ungefähr 18-25 Punkten eingependelt. Das Plakat war voll geworden und wir mussten das Diagramm auf der Rückseite fortführen. Selbst Schreckgespenstern, wie Mathe oder Chemie, hatte ich mich gestellt. Meinen Status als Sonderling behielt ich natürlich bei. Ständig war ich ausgenommen: von unangekündigten Prüfungen an der Tafel, vom Vorlesen der Hausaufgaben, von Klassenarbeiten und von mündlichen Noten. Ich war nach wie vor ein Phantom. Einerseits entspannte mich diese Position, da ich mich auf ihr ausruhen konnte. Es ging für mich nur noch darum, überhaupt zu kommen. Die Betonung liegt auf NUR. Dieses NUR war bis vor kurzer Zeit noch eine Utopie für mich gewesen war. NUR ist halt immer relativ. Niemand hatte weitere Erwartungen an mich und das konnte ich leicht übertreffen. Denn irgendwo wurmte mich diese Freiheit auch. Mit der Zeit packte mich ein Ehrgeiz, mich endlich zu beweisen, endlich wieder eine Stimme zu haben. In Fächern wie Chemie und Mathe blieb ich stumm. Doch in Deutsch, Religion und anderen Fächern, die mich interessierten, kam ich bald zu meinen ersten Meldungen. Wie einen Stummen, der, wie durch ein Wunder, sprechen gelernt hatte, schaute man mich dann an. Man traute mir nichts zu. Und egal, was ich sagte, die Lehrerinnen und Lehrer nickten zufrieden.

Hin und wieder kostete es mich noch Überwindung, die Kontrolle über den Zug zu übernehmen, in dem ich nach wie vor regelmäßig fuhr, meist bei überschaubaren Geschwindigkeiten. Doch ich wusste nun, dass ich nicht nur einfach aussteigen konnte, dass ich nicht mehr fliehen durfte. Vor nicht allzu langer Zeit war ich viel zu oft bei rasender Geschwindigkeit abgesprungen. Am Schlittenberg stand ich dann, erleichtert, dass ich der Raserei entkommen war. Nun konnte ich selbst erst die Bremse ziehen und dann aussteigen. Ich gewann immer mehr die Kontrolle über den Zug und sammelte nebenbei Punkte. Ich spürte die Zufriedenheit bei meiner Mutter, die plötzlich wieder ausgelassener lachen konnte, die sich ganz anders hielt, aufrechter, energischer und lebensfroher. Ich sah Herrn Lichte immer seltener und wenn ich ihn sah, blickte er mich an, als wäre ich sein großer Stolz, sein geglücktes Projekt. Auch Frau Vergille wirkte erleichtert und zufrieden, als ich diese Woche bei ihr war. Doch bei ihnen allen spürte ich auch eine minimale Unsicherheit, eine latente Angst, ein Misstrauen gegenüber dieser derzeitigen Situation. Auch in ihren Augen war ich ein Sonderling, noch nicht rehabilitiert, noch nicht gänzlich zurück in der Normalität. Ich war ein rohes Ei, dass man behutsam auf dem Löffel weitertragen musste. Die Ziellinie war noch nicht überschritten. Das stachelte mich zusätzlich an. Ich wollte endlich auch für meine drei engsten Vertrauten der letzten Wochen und Monate kein rohes Ei mehr sein. Wie konnte ich ihnen das besser zeigen als durch kontinuierliches Sammeln von Punkten im 20er-Bereich?

ZWÖLF MONATE

Ich hatte mich gerade von meinen Freunden an der Bushaltestelle verabschiedet und beschritt den kurzen Weg nach Hause, als ich bemerkte, dass mir jemand hinterherlief.

„Hugo, warte!"

Ich drehte mich um und blickte in die leuchtenden Augen von Mara. Mehr, als sie überrascht anzustarren, bekam ich nicht hin.

„Hast du…?"

Weil sie plötzlich nervös wirkte, wurde ich im Gegenzug selbstsicherer.

„Hast du… was?"

„Na, hast du vielleicht Lust, ein Eis mit mir essen zu gehen?"

Nun war ich wieder dran mit der Nervosität. Damit hätte ich nun wirklich nicht gerechnet. Die Antwort kam trotzdem schnell:

„Ja. Okay."

„Schön!" Sie lächelte, während ihre Wangen zartrosa anliefen.

„Ich muss nur kurz meiner Mutter… Ach, egal!"

Mara lachte und fragte dann: „Wo gehen wir hin?"

„Cortina?"

„Okay."

Wenig später saßen wir vor unseren Eisbechern und hatten schon so manchen Smalltalk durch, als ich spürte, dass Mara etwas auf der Seele brannte. Sie lächelte verunsichert, traute sich scheinbar nicht, es auszusprechen.

„Was ist?"

Sie schaute verlegen auf ihr Eis.

„Hugo, darf ich dich was fragen?"

Ich ahnte sofort, was folgen würde, und nickte erwartungs-schwer.

„Warum warst du nur so lange nicht in der Schule? Ich dach-te, ich sehe dich nie wieder."

Eine Warum-Nicht-Frage. Ich schwieg.

„Tut mir leid. Du musst nichts sagen."

Irgendwas in mir wollte ihr aber antworten, es endlich mal loswerden.

„Ich hatte Angst. Mir wurde immer schlecht, wenn ich nur an die Schule gedacht habe. Komisch, ich weiß. Aber es war so."

„Frau Winckler hat gesagt, dass das auch wegen der Tren-nung deiner Eltern war. Stimmt das?"

Ich zuckte mit den Schultern.

„Kann sein."

Ich dachte an meinen Vater, den ich jetzt vier Monate nicht gesehen hatte.

„Bei meinem Vater war es ähnlich, wie mit der Schule. Ir-gendwann wurde mir immer schlecht, wenn ich an ihn gedacht habe. Ich bin dann auch nicht mehr zu ihm gegangen. Zur Schule nicht und zu meinem Vater nicht."

Mara schwieg. Mir war der Appetit auf das Eis vergangen. Auf einmal empfand ich wieder tiefe Scham.

„Gehst du denn jetzt wieder zu ihm?"

Ich schüttelte den Kopf.

„Fehlt er dir?"

Ich zögerte.

„Ja, irgendwie schon. Aber irgendwie geht es mir jetzt auch besser ohne ihn. Ach, keine Ahnung!"

„Ich kann das alles gut verstehen."

Verblüfft schaute ich auf.

„Was? Wirklich?"

„Naja, meine Eltern sind ja auch getrennt. Mein Vater wohnt weit weg und besucht mich fast nie. Ich kenne ihn kaum mehr. Und das macht mich oft so traurig. Also, ich habe keine Angst vor der Schule. Aber ich muss oft einfach so weinen, weil mich das alles so ankotzt mit meinen Eltern. Dass sie sich ständig streiten und sich aus dem Weg gehen."

Ihr Verständnis, ihre Leidensgenossenschaft wärmte mich von innen auf. Es tat gut zu hören, dass es scheinbar auch anderen manchmal so ging.

„Und dieser Schulbegleiter? Wo ist der jetzt? Ist der nett?"

„Herr Lichte? Ja, der ist nett. Wirklich! Er ist so anders als mein Vater, zum Beispiel. Er versteht mich, oder versucht es zumindest immer. Ab und zu bringt er mich noch zur Bushaltestelle. Aber ich möchte nicht mehr, dass er mit zur Schule kommt."

Mara nickte und lachte plötzlich.

„Das sah schon immer komisch aus, wenn ich euch so zusammen gesehen habe. Ich dachte mir immer: Ist das Hugos Super Nanny von RTL?"

Und da saßen wir und lachten beide laut. Irgendwie konnte ich mit ihr über mich selbst lachen. Es beleidigte mich nicht. Ich lachte eine Spur zu laut, einen Tick zu lang, weil sich irgendwas in mir löste.

Wenig später gingen wir zur Bushaltestelle. Auf halbem Weg spürte ich ihre, für das Wetter etwas zu kalte, Hand in meine gleiten. In meiner Brust kribbelten tausend Ameisen. Ich ging tatsächlich mit einem Mädchen, mit einem sehr hübschen

Mädchen, Hand in Hand an der Platanenallee entlang. Der restliche Weg bis zur Haltestelle verging, wie eine Sekunde. Als wir auf ihren Bus warteten, ließ sie mich los. Bevor sie aber einstieg, umarmte sie mich. Dabei winkelte sie ihr rechtes Bein nach oben an, machte quasi einen Satz auf mich drauf, so herzlich war diese Umarmung.

„Ich habe dich vermisst!"

Ich war sprachlos, konnte nicht einmal „Tschüss" sagen. Dann fuhr sie im Bus davon. Man hätte mich in diesem Moment filmen sollen. Ich stand da an der Bushaltestelle und lachte dem Bus hinterher, als hätte der mir gerade einen Witz erzählt. Ich hörte gar nicht mehr auf zu strahlen. Irgendwann sah ich den Bus nicht mehr und strahlte immer noch. Ich wusste gar nicht wohin mit dieser positiven Energie. So viel Glück auf einmal war ich gar nicht mehr gewohnt.

Für die letzten hundert Meter bis nach Hause machte ich mir Musik auf die Ohren. *Hold Your Head Up* von Macklemore, mein absolutes Lieblingslied seit Wochen. Meine Mutter hatte mir auf der Arbeit den Songtext ausgedruckt. Ich rappte laut mit, als ich das Treppenhaus betrat.

ZWÖLF MONATE & ZWEI WOCHEN

Der Geruch von frischgebrühtem Kaffee wehte durch unsere Wohnung. Meine Mutter stellte gerade selbstgebackenen Rhabarberkuchen auf den Wohnzimmertisch, als es klingelte. Herr Lichte. Meine Mutter nahm ihm die braune Übergangsjacke ab und hängte sie auf. Ich führte ihn zum Wohnzimmertisch.

„Oh, das wäre aber nicht nötig gewesen Frau Penser. Das sieht super aus. Und riecht himmlisch!"
Aufrichtig höflich freute er sich über Kaffee und Kuchen. Wir setzten uns zu dritt an den Tisch. Herr Lichte legte unser Plakat vor sich. Wir hatten schon länger keine Punkte mehr nachgetragen. Ich war seit drei Wochen durchgehend in jeder Unterrichtsstunde gewesen. Ich sammelte die Punkte im Kopf Tag für Tag weiter, doch das Aufmachen neuer Plakate erübrigte sich für uns. Abgesehen davon sahen wir uns kaum noch. An drei Tagen begleitete er mich noch von der Tür bis zur Bushaltestelle. Warum wusste ich nicht. Er kam nur für diese hundert Meter, um dann wieder zu seinem Fahrrad zu gehen. Unsere Kammer der Sicherheit hatten wir seit Wochen nicht mehr betreten. Wahrscheinlich hatte sie mittlerweile schon wieder andere Funktionen dazugewonnen. Wenn ich Woche für Woche mit meiner Klasse zum Biologieraum ging, blickte ich die Tür zum Hauptquartier an, wie als würde ich einem alten Freund begegnen, den ich aus längst vergangenen, fernen Zeiten kannte.

Ich blickte zwischen meiner Mutter und Herrn Lichte hin und her. *Was wird das hier?*

„Hugo, ich komme heute, um mich von dir zu verabschieden. Du brauchst mich nicht mehr.", sprach Herr Lichte mit einer Mischung aus Zufriedenheit und Wehmut.

Mir versetzte es einen Stich. Mit nur einem Satz verlor ich eine Bezugsperson, einen treuen Begleiter, einen besonnenen Partner. Ich hatte ihn in den letzten Wochen ja gar nicht mehr wirklich gebraucht, aber die Gewissheit, dass er im Notfall immer da war, hatte mich auch tagtäglich zu diesen Leistungen getragen. *Ich bin und bleibe bei dir. ZUSAMMEN!*

Herr Lichte sah meine Überraschung, meine Trauer.

„Du kannst dich weiterhin immer bei mir melden. Aber mein Job als dein Schulbegleiter ist jetzt bis auf weiteres beendet."

Meine Mutter sprach mit Tränen in den Augen.

„Wir haben Ihnen so viel zu verdanken! Sie waren ein tolles Team!"

Herr Lichte nickte. Ich nickte traurig mit. Hier war unser Weg also zu Ende.

„Du hast es geschafft! DU! Vergiss das nie, Hugo. Ich habe dich nur begleitet. Du hast dich der Angst gestellt und sie überwunden. Denk immer daran, denn es werden Momente kommen, in denen dich die Angst wieder überwinden möchte. Du bist stärker!"

Meine Mutter weinte Rotz und Wasser. Auch mir standen die Tränen in den Augen. Ich konnte nur nicken. Ich hatte einen Kloß im Hals.

„Möchtest du das Punkteplakat gerne behalten oder soll ich es für dich aufbewahren?"

Ich räusperte mich.

„Bewahren Sie es für mich auf!"

„Ist gut."

Wir aßen Kuchen und tranken Heißgetränke. Dabei sprachen wir über andere Dinge als Schule. Manchmal lachten wir sogar, nicht ganz ausgelassen. Mir lag dieser Abschied schwer auf der Stimmung. Er tat weh. Hin und wieder hatte ich kurz daran gedacht, was nach Herrn Lichte kommen würde. Doch auch diese Folgegedanken hatte ich nie zu Ende gedacht, hatte sie ausgeschaltet, im Hier und Jetzt gelebt.

Er schüttelte mir zum Abschied etwas zu kräftig die Hand, aufrichtig und höflich. Er war kein Typ, der einfach jemanden umarmte. Doch in seinem Händedruck spürte ich die Herzlichkeit einer Umarmung mitschwingen. So ging er. Ich sah seine grauen Haare noch einmal von hinten und hörte dann nur noch die Schritte im Treppenhaus nachhallen, leiser werdend, bis die Haustür sich öffnete und zuschlug. Meine Mutter stand, immer noch weinend, hinter mir, ihre Hände auf meinen Schultern. Ich fragte mich sofort, wann ich Herrn Lichte wohl wiedersehen würden. Dann liefen auch mir die Tränen. Wieder ein Abschied. *Ich hasse Abschiede!*

SECHS JAHRE SPÄTER

Sehr geehrter Herr Lichte,

wir schreiben den 7.6.2011. Um 16:45 Uhr verlasse ich das Haus. Meine beiden besten Freunde warten vor der Tür auf mich. Zusammen gehen wir den Weg, den wir beide so oft gegangen sind. Die Bielefelder Straße in Richtung Hermann-Hesse-Gymnasium. Vorbei an der dicken Platane. Vielleicht erinnern Sie sich, dass diese Platane der Punkt war, an dem wir so viele Male umgekehrt sind. Aber heute gehe ich mit breiter Brust an diesem Baum vorbei. Er ist voller starker, grüner Blätter. Vor der Schule stehen viele Leute meines Alters. Sie warten, wie ich, gespannt auf ihre Abiturergebnisse. Einige rauchen. Einige trinken schon Bier und feiern ihr bestandenes Abitur! In etwa um 17:45 Uhr betrete ich allein das Büro des Direktors. Er ist noch derselbe, wie damals. Lächelnd gibt er mir die Hand mit den Worten: „Erstmal gratuliere ich Ihnen zum bestandenen Abitur!" Sie können sich vorstellen, wie groß der Stein war, der mir in diesem Moment vom Herzen gefallen ist.

Als ich vor einigen Jahren das erste Mal Ihren Namen hörte, waren Sie mir ein Dorn im Auge. Ein Schulbegleiter!? Ich bekam tierische Angst. Der Druck auf mich stieg wieder. Ich wollte zwar zur Schule, aber ich konnte es nicht, also wollte ich auch nicht. Tief im Inneren wollte ich unbedingt vermeiden, dass Sie meinen Fall übernehmen. Insbesondere, weil ich diesen Fall als aussichtslos einschätzte. Sie kamen zu einem Zeitpunkt, zu dem ich so tief im Sumpf steckte, dass ich nicht mehr daran glaubte, mich daraus jemals befreien zu können. Wir hatten bereits die Kinder- und Jugendpsychiatrie besichtigt. Ich wusste damals, dass eine Einweisung mein Ende gewesen wäre. Kurz bevor dies allerdings passierte, bekam Frau Vergille, meine Psychiaterin, Ihren Flyer zugeschickt. Was ich damals als Dorn im Auge empfand, sehe ich heute als Wink des Himmels, als wichtigste, schicksalshafte Begebenheit meines Lebens. Es gibt keinen Menschen, vor dem ich mich so tief verneige, wie vor Ihnen. Mit welcher Ruhe und Geduld Sie mit mir gearbeitet haben. Wie Sie mich tagtäglich um halb acht abgeholt und immer weiter an mich geglaubt haben. Sie haben sich diesem aussichtslosen Fall gestellt mit allem, was Sie aufbringen konnten. Und Sie und ich wurden dafür belohnt. Ich weiß, dass ICH es letztendlich aus dem Sumpf herausgeschafft habe. Aber ich wage stark zu bezweifeln, dass ich es ohne Sie geschafft hätte, jedenfalls in dem Zeitraum. Selbst wenn ich nur zwei Stunden beim Sportunterricht war und dann die Schule wieder verlassen habe, habe ich gespürt, wie stolz Sie auf mich waren. Dieser aufrichtige und höfliche Stolz hat mich stärker und stärker gemacht. Und nach und nach bin ich immer weiter aus meinem Sumpf heraus an das Ufer gelangt. Immer mehr Schulfächer besuchte ich, bis ich dann wieder nahezu eingegliedert war. Sie haben irgendwas in mir verändert.

Die nächsten sechs Jahre in der Schule meisterte ich mit mehr oder weniger zufriedenstellenden Ergebnissen. Aber ich war am rettenden Ufer angelangt und musste nie mehr zurück in den Sumpf. Ich blickte nur mit Stolz auf die Erinnerungen. Stolz, dass wir den Endgegner, die Schulangst, gemeinsam besiegen konnten. Im Jahre 2011 erhalte ich mein Abitur mit einem Schnitt von 2,9. Mein Ziel war das Abitur und die 2 vorne stehen zu haben. Das habe ich geschafft! Auch oder besonders dank Ihrer Hilfe. Daher widme ich Ihnen mein Abitur. Wir waren ein sensationelles Team. Wenn nicht sogar das beste! Ohne Sie würde ich nicht dastehen, wo ich jetzt stehe. Bald werde ich studieren. Ich habe mich auf Lehramt beworben. Können Sie das glauben?

Wie geht es Ihnen? Sie müssen nicht antworten, aber ich hoffe, es geht Ihnen gut. Vielleicht sehen wir uns ja irgendwann einmal wieder.

Meine Familie und ich stehen für immer in Ihrer Schuld und sind Ihnen in tiefster Dankbarkeit verbunden.

Mit freundlichen Grüßen
Hugo Penser

P.S.: Sie haben mir damals mal erklärt, warum Bäume ihr Laub fallen lassen. Ich verstehe jetzt, was Sie mir damit sagen wollten.

DANKSAGUNG

Zuallererst möchte ich meiner geliebten Frau und meiner wundervollen Tochter danken. Ihr seid meine Zuversicht, mein Trost, meine große Stütze in diesem Leben! Ohne euch wäre alles nichts.

Des Weiteren bedanke ich mich bei Demian, Maria, Sunhild, Luise, Isy, Jonas und Corinna. Ihr wart mir auf Textebene eine große Unterstützung. Ich danke euch für euer konstruktives, kritisches und wertschätzendes Feedback. Ihr habt, von Anfang an, an die Geschichte geglaubt und mich darin bestärkt, sie zu einem literarischen Werk wachsen zu lassen.

Mein lieber Marc: Ohne, dass wir uns überhaupt kannten, hast du dich sofort auf dieses Projekt eingelassen. Feinfühlig hast du den Kern dieser Geschichte erfasst und dazu ein wundervolles Cover entworfen. Ich bin so froh, dass wir zueinandergefunden haben und du ein so wichtiger Teil dieses Buchprojekts bist und bleibst!

Dir liebe*r Leser*in, danke für deine Zeit! Wenn dir der Roman etwas gegeben hat, dann empfiehl ihn doch gern weiter, sodass er möglichst viele Leser*innen inspiriert.

Und zuletzt möchte ich allen Menschen da draußen danken, die tagtäglich empathisch, altruistisch, herzlich, höflich und aufrichtig Kindern und Jugendlichen zur Seite stehen und ihnen dadurch helfen, möglichst unbeschadet, wachsen zu können. Auch für euch alle ist dieses Buch: Eltern, Großeltern, Tanten, Onkel, Lehrer*innen, Schulbegleiter*innen, Pädagoginnen & Pädagogen, Psychologinnen und Psychologen, Psychiater*innen (ob stationär oder ambulant!!!) und viele viele mehr!